U0022978

正字典

辨字正詞指南

吳順忠 著

目 錄

序言　梁天偉教授

作者吳順忠是筆者的好友兼老同事。我們相識於上世紀八十年代末期，正當筆者替黎智英籌辦《壹週刊》之時，他在《讀者文摘》總編輯戴天兄大力推薦之下，加入週刊，與筆者一起去開拓這片新天地。創刊時的《壹週刊》，人才鼎盛，高手如雲。單是編輯部門，就有詩人何達，報人金依，作家羊璧，彭熾和順忠兄等報界名人。因此，《壹週刊》在短短三兩年間，即成為全港至暢銷的刊物，開創香港時事週刊的先河。

順忠兄酷愛文字，喜研古文、詩詞、歌賦，注重邏輯思維，精通廣府話，講究粵語詞彙，重視文字的正確運用。大學畢業後，當過語文老師，編過中國語文教科書和中國文學教師手冊。曾任多份著名雜誌編輯，是一位資深的傳媒工作者、一位出色的文稿編輯。

他為人樂觀，做事認真，從不發脾氣，又樂於助人，特別肯為別人解決文字上的疑難，深受壹週刊同人愛戴。在壹週刊工作了近二十年，才退下火線。稍作休息後，隨即整理其積聚下來的正誤成語和錯別字筆記，編撰成書，稱之為《正字典》。

這書可說是作者一生精心結撰極合現代人需要的著述。他以一人之力，從過去教學和編修文稿期間蒐集得來的材料，以及從古籍和當代語文的材料中爬梳出來，加以整理、正誤、辨析，編排別出心裁，洵屬一家之言。其用意是幫助各方讀者選字用詞和正音，特別是在學的讀者，指導他們避免同音形似的混淆和方言的影響，揀選精確的、規範的詞語，認識正確的讀音，從而提升其學業成績。

正字就是正確的用字。下筆時字字準確，不寫錯別字和俗字；講話讀稿時發音正確，語音標準，字字清晰，不會誤用懶音和變音。這正正是今天傳媒工作者必須具備的基本條件。

《正字典》有三大特色：一為字形之說明，二為字音之標注，三為字義之解釋。全書編錄了五千四百多條異形詞，分別以部首來表列各同音、形似、近義或相關文字的選詞，逐一指出其常見誤寫，並加以辨析。書首附有三種檢字表，包括部首檢字表，漢語拼音檢字表和粵語拼音檢字表，方便查閱。書尾附錄各種異形詞、成語正誤和粵語用字，以供參考。可稱得上為一本真字典。特此為序。

二〇一四年九月

前言

編一本辨字正詞書的願望，由來已久。

數十年前，筆者跨進中學的校門，愛上了新文學，如飢似渴地閱讀古今中外文學作品，像初生之犢不畏虎，拿起筆桿，詩歌、小說、通訊、評論，甚麼都寫。那時追求的是具體鮮明的形象，生動活潑的語言，甚麼語法、修辭、邏輯，老師沒教，全不在意。隨着年齡的增長，慢慢覺得語言這東西，恍如茫無垠際的海洋，無窮無盡的太空，就算窮一輩子的精力，也難窺見它的什一。語言是最重要的交際工具，任何人都不能須臾離開它。運用語言，尤其是寫文章，上乘的標準是做到準確、清通、鮮明、生動，一般人起碼要做到清楚明白，不寫錯別字，而作家偏重鮮明、生動，語言學者強調準確、暢達。有些作者，其作品形象鮮明，語言生動，但偶有錯別字，用詞不當，不合語法，稱不上完美。究其原因，是由於寫作時只着眼於「積極修辭」而忽略了「消極修辭」之故。筆者進大學後較為系統地學了語法、修辭、邏輯，往後在寫作過程中，開始注意用字、用詞的問題。譬如「須」和「需」，用「不須」好還是「不需」好，「仍須」對還是「仍需」對；又如「魚」和「漁」，「魚產」還是「漁產」，「魚市場」還是「漁市場」；又，水上居民寫作「蛋民」「蛋家」對不對，等等，必須加以分辨。還有，念中學時讀到魯迅譯的俄國名著果戈理的《死魂靈》，知道「靈魂」有時是可以顛倒的，深入下去，原來中文有不少詞語都可以這樣，這對寫詩押韻可大有幫助啊。可是並非所有詞語都可以易序，調字遣詞還得多費點神。大學畢業後教授語文近二十年，絕大多數學生的母語是粵語，作文「迫」「逼」不分，「小」「少」混淆，「王」「皇」亂用。在港任職於媒體、出版社時，常發現作者、記者乃至編輯寫別字，如迫婚、迫上梁山、皇牌、天皇巨星、晉食、語重深長、不知所蹤、意識型態等。類似的錯誤已長期存在，為甚麼不能徹底克服呢？冰凍三尺，非一日之寒。原因一在於學校。中小學的語文均以講讀範文為主，範文古今混雜，年代殊異，學生暈頭轉向。教者側重賞析，很少講授字詞、語法、修辭知識，學生沒能從小打好語文基礎。二在於社會。文學作品、報章雜誌、流行歌曲等數見不鮮的「沙石」，各種形式的廣告競相玩「食」字，以致謬種流傳，久而久之，人們便以假當真，以誤為正。三在於自身，學生時代輕視中文，欠下工夫，浮皮潦草，敷衍了事；有錯而不自覺，懶查詞典，聽之任之。據知外國連小學生也沒有不備和不查字典的。

歷年來收集了不少錯別字（更多是詞），上述一些字如需、魚、蛋、迫、皇、深、蹤、型等本身沒錯，但用在某個詞或成語上就成了別風淮雨。過去曾應學生要求，或出於工作的需要，不憚其煩，編過一些正字表，但只是零敲碎打，缺乏系統性，也不夠全面。十多年前，我任職於傳媒時的上司梁天偉教授鼓勵我將多年來的勞動成果和研究心得編成一本書，以裨益莘莘學子，指導他們學好基礎科語文，全面提高學業成績，汲取更多知識養分，日後攀登事業的高峰，同時對教育界、傳播界、出版界或不無幫助。近幾年，花千樹的葉海旋老總也幾次催促，希望這本書早日問世。前年我不幸中風，健康好轉後即推掉一切工作，先編輯出版了個人的詩文選集，然後集中精神，翻筆記、找資料、查詞書、閱典籍，經年多孜孜矻矻，這本《正字典——辨字正詞指南》終於殺青了。

所謂「正字典」，並非一般的識漢字的字典，它和坊間很多的正字書不同，不是教人辨認字形，如「染」字不能多一點，「錫茶壺」每字多一畫成了「錫荼壼」，「橫戌點戍戊中空」，「開口己合口巳半口已」等。正文部分是辨字正詞，通過比較兩個或以上的詞來選擇正確的字。如「具」和「俱」跟「家」字搭配，「家具」對，「家俱」錯；「鬼斧神功」「異曲同功」的「功」是誤寫，用「工」才對；「詛」可跟「咒」組成「詛咒」或「咒詛」，用「咀」就錯了。附錄部分，其一收錄了五千多條異形詞，包括大量一般的異形詞和同素異序詞，即一個詞倒置後成了另一個詞而意義不變，還有成語和熟語的異形詞。其二是成語正誤，列出常見的成語誤寫，並提供正確的寫法。其三是粵語用字，多數是借用字或俗字，少數是造字、古語本字，供讀者參考選用。

不敢說這本書真的是「典」，所謂典範性的書，但如果它在選字用詞方面能給讀者提供丁點兒幫助，筆者就感到莫大欣慰了。筆者這輩子做過學生、語文教師、中文秘書、書刊校對、報刊和出版社編輯，長年累月跟語言文字打交道，十九世紀俄國詩人納德遜說的「語言的痛苦」(原話是「世上沒有比語言的痛苦更強烈的痛苦」) 一直烙印在心坎裏，曾為一時找不到一個準確貼切的字眼來修改一篇稿子，想不出一個恰到好處的韻腳而抓耳撓腮、頻呼奈何，也曾為一氣呵成寫出一段十分滿意的文字而手之舞之，足之蹈之。我想，凡是酷愛文學、酷愛語言文字的人，都會有相同的感受。

廣大學子和初學寫作者，當你用到一個詞其中一個字有兩個或以上選擇但不知哪個對時，本書會助你一臂之力，例如「女士」還是「女仕」，「雜錦」還是「什錦」，「呱呱墜地」還是「呱呱墮地」，「優哉悠哉」還是「優哉游哉」，可分別從「士仕」「十什雜」「墜墮」「優游悠」組找到答案。傳道、授業、解惑者，如果你的學生在作文裏寫「念念有詞」，請不要改作「念念有辭」；如果他受文學作品影響，把「命運」寫作「運命」、「空虛」作「虛空」、「富饒」作「饒富」、「迫切」作「切迫」、「應承」作「承應」，「勢均力敵」作「力敵勢均」，請勿改動它。編輯和校對，如果作者和記者的稿子中出現「天份」「時份」「百份之五」「裏腹」「魚穫」「一灘污泥」「聚精匯神」「懷緬」等，你可大筆一揮，刪掉「份」「裏」「穫」「灘」「匯」，分別代之以「分」「果」「獲」「攤」「會」，把「懷緬」再顛倒過來；如果他以「輊軒」代「軒輊」、「爽颯」代「颯爽」、

「幾率」代「概率」，請高抬貴手，放過它吧。凡此，本書均有收錄供檢閱。

當代著名的語言學者呂叔湘說：「語言學的大廈不但需要有高明的工程師搞設計，也需要有很多辛勤的工人添磚加瓦。」筆者願意當這樣一個工人，並以此和各位熱愛母語的朋友、熱愛歷史悠久的中文和傳統文化的同道共勉。

吳順忠
二〇一三年八月，香港

凡 例

一 正文

（一）欄目編排。每頁分四欄：首欄將兩個或以上同音、形似、近義或相關的字，分成若干組，以每組第一個字按傳統部首筆畫排列；次欄為每組的字配字組詞，以資比較；三欄是常見誤寫，舉出須用該組的甲字而誤用乙字的詞；末欄從形、音、義方面加以辨析，簡單析義，適當舉例。

（二）條目安排。每組的詞按該組字的先後排列，首字筆畫少的在前，多的在後，首字筆畫相同則按第二或第三字筆畫由少而多排列。

（三）檢字。首欄每一個字都可分別根據部首、漢語拼音和粵語拼音檢字，照顧不同讀者的需要。不收字的部首略去。漢語拼音檢字表和粵語拼音檢字表均按拼音字母順序排列。一字多音的字不全部注音，一般只標注一個音，少數按需要標注兩個或以上。粵語拼音檢字部分對拼法、聲母、韻母、聲調有較詳細說明。

舉例。欲比較刷和擦，部首檢字可分別查刀部和手部；漢語拼音檢字可分別查字母 S 和 C；粵語拼音檢字可查字母 TS。

（四）符號。㊟ ㊠ ㊡分別代表普通話、粵語和港詞。～表示上文提及之字。阿拉伯字 1 至 9 表示粵語聲調，放在注音字母後面。漢語拼音注音前面的 · 表示輕讀。

二 附錄

（一）條目安排。異形詞和成語正誤所有詞語均按首字筆畫為序，由少而多排列，筆畫相同則以起筆筆形為序，與首字相關的字構成的詞緊隨其後。粵語用字表不收單字，而是收整個詞語，按拼音字母歸類。字表前面有簡單說明。

（二）符號。下有網底者表示對應相異的字和粵語字。A⇄B 表示 A 通常可代替 B，而 B 只能在特定的語言環境裏代替 A。如制服⇄制伏，兩者均指用強力壓制使馴服，但制服又可解作有規定式樣的服裝。

部首檢字表

說明

一、為方便檢字，將匚（念方）、匸（念係[4]）二部合併。

二、個別字據傳統寫法定筆畫，如流為九畫、表為九畫。

三、有些偏旁的字由古到今已有所變化，如幵和开，幷和并，者和者等。古代、近代的字典（《說文解字》、《康熙字典》、舊版《辭源》、《辭海》等）俱用前者，現代的字典（尤其內地的字典）俱用後者，《漢語大字典》更視後者為主體字，前者為異體字，連台灣出版的《中文百科大辭典》亦棄幵、幷、者用开、并、者。今天電腦字多用开、并、者等。因造字麻煩，本書开、并偏旁的字一律植為併、妍、研、屏、迸等，偏旁有者的字一律植為奢、著、諸、儲等。

筆畫	字	頁
一部		
一畫	七	1
二畫	下	1
	上	1
四畫	世	4
五畫	丢	1
七畫	並	2
丨部		
三畫	中	47
	丰	133
丶部		
二畫	丸	2
丿部		
二畫	久	3
三畫	之	3
四畫	乎	43
九畫	乘	65
乙部		
十畫	乾	63
亅部		
一畫	了	120
三畫	予	4
七畫	事	4
二部		
	二	5
一畫	于	6
二畫	云	6
六畫	亟	85
亠部		
七畫	亭	6
人部		
	人	7
二畫	介	65
	仁	7
	什	25
三畫	以	4
	令	16
	仕	42
	付	7
	代	7
四畫	仿	62
	伙	7
	伎	7
	休	12
	伏	81
		124
	伕	43
	伊	7
	份	19
	价	8
五畫	佗	8
	伴	8
	佈	53
	伺	4
	但	79
	伸	105
	伶	16
	佚	140
	作	10
六畫	依	7
	併	2
	侍	4
	供	135
	佬	120
	佻	132
	侈	8
	佩	9
七畫	俎	34
	信	9
	便	10

漢語拼音檢字表

D

E

F

G

H

粵語拼音檢字表

説明

粵語拼音，香港政府一直沿用威妥瑪拼音法（郵政拼音法），全部用英文字母，好處是簡單直接，不用借助其他字母和符號，缺點是欠嚴密準確。例如ai，分不清是唉還是矮的韻母；an，既是山又是新的韻母；ui，會、對共用；eng，庚、鏡共用；等等。至今香港的人名、地名拼法仍存在這種情況。內地方面，上世紀五十年代後期北京公布了《漢語拼音方案》，廣東省教育廳則於一九六〇年公布了《廣州話拼音方案》，兩者都使用英文字母，加上一些符號。香港至今尚未「定於一尊」，沒有統一的拼法，一些高等院校傾向使用國際音標，但未見政府公布，學術界、出版界只好「各施各法」。

本着簡單實用的原則，本書的粵語拼音仍採用英文字母，像官方的拼法那樣，不用符號。參考了廣東的方案，對威妥瑪法有所改動，如輔音的塞擦音分清濁，注音為 ts 和 dz，送氣的 p、t、k 和不送氣的 b、d、g 分開，an 只作山的韻母，新另用 en 等等。當然，不用國際音標，不加符號，有些字的注音始終欠準確，不夠明晰。本書唉、矮共用韻母 ai，庚、鏡共用韻母 eng，會、對共用韻母 ui，百、德共用韻母 ak，不得已將就一下，還請讀者諒解。期待再版時能找到一個更完善的拼法。

至於粵語的聲調，廣東的方案和本港的學者將入聲分別併入平、上、去聲，只有六個調，排列方法是陰平、陰入為第一聲，陰上第二聲，陰去、中入第三聲，陽平第四聲，陽上第五聲，陽去、陽入第六聲。從調值上分，這是可行的，粵曲小曲、粵語流行曲填詞就依循這樣的調值；但對於讀寫格律詩詞，可能會造成混淆。本書粵語共九個調，排列順序是陰平、陽平、陰上、陽上、陰去、陽去、陰入、中入、陽入，第一、二聲屬平聲，其餘是仄聲，很容易區分；而第七至九聲是入聲，最能體現粵語的特色。中國北方話早已消失入聲，只有粵、客、閩語仍保留入聲，粵語入聲有三個（次方言四邑話多達四個），客、閩語各有兩個。不懂入聲，讀唐宋格律詩詞讀不出韻味，寫更會失黏、出韻，如誤把入聲當平聲，押入聲用其他仄聲字，押平聲韻誤用入聲字等。分清平、上、去、入，此等失誤當可避免。

聲母

b 巴	p 趴	m 嗎	f 花	d 打	t 他	n 那	l 啦	g 加	k 卡
h 哈	ng 雅	dz 渣	ts 叉	s 沙	gw 瓜	kw 誇	w 華	y 也	

注：y 也，屬元音，拼音時作為聲母使用。

韻母

a 呀	e（車）	o 柯	u 烏	i 衣	m 唔	ng 五
			ue 於			
			uen 冤			
ai 唉（矮）	ei（希）	oi（哀）	ui（會，對）			
		ow（歐）				
au（坳）		ou（奧）		iu 要		
am（咸）			um 庵	im 嚴		
an（山）	en（新）	on（安）	un（信）	in 煙		
	er（靴）	oon（冠）				
ang（坑）	eng（庚，鏡）	ong（昂）	ung（瓮）	ing 英		
	eung（香）					
ap（鴨）		op（合）		ip 葉		
at（遏）	et（吉）eut（律）	ot（渴）	ut（活）uet 月	it 熱		
ak（百，德）	ek（劇）euk（卓）	ok（惡）	uk（屋）	ik 益		

注：（一）例字外加括號的，只取其韻母。
（二）少數不同韻母共用一個音節，讀音以第一個例字為準，第二個例字屬借用。
（三）m（唔）和 ng（五）是自成音節的鼻音韻母。

聲調

名稱	陰平	陽平	陰上	陽上	陰去	陽去	陰入	中入	陽入	
符號	1	2	3	4	5	6	7	8	9	
例字	三	○	九	五	四	二	一（七）	八	十（六）	數字
	中	俄	土	美	意	瑞	德	法	日	國名
	英	荷	比	馬	澳	敍	厄	薩	墨	
	京	遼	陝	魯	桂	豫	吉	浙	粵	省市簡稱
	張	吳	許	李	蔡	鄭	戚	郭	葉	姓氏
	依	移	倚	矣	意	義	億	噎	亦	單字
	今	年	股	市	向	上	必	發	達	句子
	夫	人	早	已	信	任	叔	伯	姪	

注：聲調符號標在音節右上方。

GW

H

K

KW

N

NG

T

tan^{3}	坦	40
tan^{3}（俗讀）	妲	40
tan^{3}	袒	40
tan^{5}	炭	96
tan^{5}	碳	96
tap^{8}	塌	85
tap^{8}	榻	85
tap^{8}	蹋	85
tat^{8}	㒓	12
tat^{8}	撻	12
		40
tat^{8}	闥	12
teng^{2}	疼	108
teng^{2}	謄	132
tin^{3}	腆	122
tin^{3}	覥	122
tin^{3}	靦	122
ting^{2}	廷	57
ting^{2}	亭	6
ting^{2}	庭	57
ting^{2}	婷	6
tip^{8}	帖	53
tip^{8}	貼	53
tiu^{1}	佻	132
tiu^{2}	調	1
		132
tiu^{5}	跳	132
tiu^{5}	調	132
to^{2}	佗	8
to^{2}	陀	8
to^{2}	砣	8
to^{2}	鉈	8
to^{2}	駝	154
to^{2}	鴕	154
toi^{4}	怠	136
toi^{4}	殆	136
tok^{8}	托	68
tok^{8}	託	68
tong^{2}	唐	41
tong^{2}	堂	41
tong^{2}	溏	95
tong^{2}	糖	95
tong^{3}	淌	93
tong^{3}	蹚	93
tong^{3}	儻	93
tong^{5}	熨	100
tong^{5}	燙	100
tou^{1}	叨	30
tou^{2}	涂	41
tou^{2}	淘	74
tou^{2}	掏	74
tou^{2}	陶	74
tou^{2}	啕	74
tou^{2}	途	41
tou^{2}	塗	41
tou^{4}	肚	105
tow^{2}	頭	29
tuen^{2}	團	40
tuen^{2}	糰	40
tuen^{4}	斷	45
tung^{2}	筒	113
tung^{3}	桶	113
tung^{5}	痛	108

TS

tsa^{1}	叉	29
tsa^{5}	岔	29
tsa^{5}	衩	29
tsai^{1}	悽	93
tsai^{1}	淒	93
tsai^{5}	切	19
tsai^{5}	沏	19
tsai^{5}	砌	19
tsam^{1}	摻	76
tsam^{1}	攙	76
tsan^{5}	粲	101
tsan^{5}	燦	101
tsan^{5}	璨	101
tsang^{1}	瞠	111
tsat^{8}	刷	22
tsat^{8}	擦	22
tsau^{2}	巢	113
tse^{1}	奢	8
tsek^{8}	尺	50
tsek^{8}	呎	50
tsen^{1}	嗔	35
tsen^{3}	哂	35
tsen^{3}	縝	119
tset^{7}	七	1
tseuk^{8}	戳	66
tseung^{2}	長	145
tseung^{2}	祥	145
tseung^{2}	詳	145
tseut^{7}	黜	70
tsi^{2}	詞	129
tsi^{2}	辭	129
tsi^{3}	矢	8
tsi^{3}	此	87
tsi^{3}	侈	8
tsi^{3}	恥	156
tsi^{3}	齒	156
tsi^{5}	刺	21
tsi^{5}	廁	57
tsik^{7}	飭	57
tsik^{7}	螫	127
tsik^{8}	刺	21
tsim^{1}	簽	114
tsim^{1}	籤	114
tsin^{4}	踐	138
tsing^{1}	清	93
tsing^{1}	稱	112
tsing^{2}	程	112
tsing^{5}	秤	112
tsing^{5}	稱	112
tsit^{8}	切	19
tsit^{8}	設	19
tsit^{8}	掣	22
tsit^{8}	澈	19
tsit^{8}	撤	19
tsit^{8}	徹	19
tsiu^{3}	悄	36
tsiu^{5}	俏	36
		132

W

同音、形似、近義或相關字	辨字選詞	常見誤寫	辨析
一部			
七　膝	七出　七情　七竅 膝下　牛膝　促膝	 牛七	
下　暇　遐　瑕	不在話下　不相上下 放心不下　相持不下 屢攻不下 暇日　閑暇　無暇 餘暇　日不暇給 分身不暇　目不暇接 目不暇給　自顧不暇 好整以暇　應接不暇 遐方　遐想　遐齡 遐邇聞名 瑕疵　無瑕　瑕不掩瑜 瑕瑜互見　白璧微瑕	 閑瑕 分身不下 自顧不下 暇想	㈠ 暇，普通話只念 *xiá*；粵語則有兩個音：*ha*⁶ 和 *ha*²，念 *ha*⁶ 時，就會有誤寫的情況出現。 ㈡ 不下：❶ 不少於。❷ 未能攻克、取勝。❸ 表示動作沒有結果或沒有完成。 不暇：沒有空閑；忙不過來。 ㈢ 無暇：沒有閑暇時間。 無瑕：沒有污點、缺點。 ㈣ 目不暇給：形容事務繁忙，沒有空閑。 目不暇接：形容東西多得眼睛看不過來。
上　尚	至高無上　無出其上 上方寶劍 ⎫ 無上光榮 ⎬ 可用尚 無以上之 ⎭ 禮尚往來	至高無尚 禮上往來	上方寶劍，皇帝用的寶劍。 上方，也作尚方，製作或儲藏御用器物的官署。
丟　掉　調	丟人　丟失　丟掉 丟棄　丟臉 丟三落四　用完即丟 掉文　掉隊　掉下來 掉書袋　掉過兒 掉槍花　掉以輕心 尾大不掉 掉包　掉換 ⎫ 均可用調 掉頭　掉轉 ⎭ 調派　調度　調虎離山	 掉棄 用完即掉 (蘋果) 丟下來 丟書袋	丟可解作扔，掉無此義，所以不能寫成掉棄；掉可解作落，丟無此義，故掉下來不能寫作丟下來。

同音、形似、近義或相關字	辨字選詞	常見誤寫	辨析
並 併 拼 拚 迸	並力 並用 並排 比並 並發症 並蒂蓮 肩並肩 並駕齊驅 併吞 一併 比併 合併 吞併 歸併 拼合 拼配 拼接 拼搏 拼裝 拼盤 拼命 比拼 拼個你死我活 拚命（粵語拚命即拼命） 拚死無大害(粵) 迸裂 迸發 迸碎 迸濺 迸出火花 迸出一句話	拼發症 迸發症 一拼 合拼 併合 拼出火花	㊀ 合併，結合到一起；拼合，合在一起，組合。併、拼不能互換。 ㊁ 比並有三解：比肩，並列；比較，相比；較量武藝。比併則解作比試較量。一般辨別異同、比較優劣或高下，可用比並或比併。 ㊂ 拚通拼，但念 *pàn*(普)、*poon*$^{5\to3}$(粵)時解作捨棄不顧。

、部

同音、形似、近義或相關字	辨字選詞	常見誤寫	辨析
丸 圓 元 員 完 原 源 園 院 苑 緣 沿 椽 （圓渾、渾圓另見 94 頁「渾」字組）	彈丸 蝦丸 藥丸 圓渾 圓夢 圓滿 圓蹄 圓謊 方圓 桂圓 渾圓 湯圓 復圓 打圓場 圓了心願 自圓其說 銀圓：通元 元兇 元件 元素 元氣 元勳 元寶 復元 元配：可用原 幅員 復員 完人 完備 完滿 完好無缺 完璧歸趙 體無完膚 完了一樁心事 原委 復原 原形畢露 原來如此 原封不動 窮原究委 窮原竟委 原煤：可用元 原原本本：可用元、源 源於 源泉 源起	完夢 元蹄 方原 桂元 湯丸 完了心願 原兇 原素 幅原 原璧歸趙 體無原膚 完封不動	㊀ 復圓：日月蝕結束後回復圓形。 復元：病後恢復健康。 復員：軍人解除軍職。 復原：❶恢復原狀。❷同復元。 ㊁ 圓滿和完滿可以通用。 ㊂ 幅員同幅隕。幅隕見《詩經・商頌・長發》。 ㊃ 窮原通窮源，今窮原竟委有作窮源竟委，但窮源溯流、正本清源的源不用原。 ㊄ 源起：起源，事情發生的根源。 緣起：❶事情的起因。❷說明發起某種事情的緣故的文字。 ㊅ 因緣：緣分；佛教

同音、形似、近義或相關字	辨　字　選　詞	常見誤寫	辨　析
	源頭　來源　起源 淵源　窮源溯流 正本清源　世外桃源 推本溯源 園林　田園　果園 庭園　茶園　梨園 樂園 宅院　寺院　庭院 畫院　深宮大院 文苑　林苑　藝苑 緣何　緣起　因緣 姻緣　攀緣　邊緣 緣木求魚 緣由 } 緣故 } 可用原 沿用　沿岸　沿革 沿途　沿邊　沿襲 河沿　床沿　相沿 窗沿　邊沿 椽子　椽筆	 世外桃園 沿木求魚 椽木求魚	指產生結果的直接原因和輔助促成結果的條件或力量。 姻緣：婚姻的緣分。 ㈦ 邊緣：用於具體的地方、森林、屋宅等，還可用於抽象的事物。舉例： 大陸～　北部～ 屋頂～　盆地～ 草地～　森林～ ～科學　死亡的～ 崩潰的～ 邊沿：用於具體的地方和某些器物，按習慣使用；不用於抽象事物。舉例： 池塘～　村莊～ 浴缸～　馬路～ ～地區 ㈧ 庭園：有花木的庭院或附屬於住宅的花園。 庭院：正房前的院子，泛指院子。
ノ部			
久　苟	久假不歸　久曠無偶 苟延殘喘	 久延殘喘	粵語久、苟同音，常有混淆。
之　諸　支　知	付之一笑　失之交臂 束之高閣　求之不得 置之不理　操之過急 好自為之 置之死地而後生 付之一炬 } 付之東流 } 可用諸 反求諸己　付諸實施 公諸社會　公諸同好 公諸於世　公諸於眾 訴諸武力　諸如此類	 求知不得 好自為知	㈠ 諸作代詞時相當之，如公諸於世、公諸於眾、付諸一炬；但諸又可等於之和於的合音，如公諸社會、公諸同好。 ㈡ 所列詞語，或是成語，或為習慣用法，之和諸不宜掉換。

同音、形似、近義或相關字	辨字選詞	常見誤寫	辨析
	支支吾吾 告知　知之為知之， 不知為不知	之之吾吾 告之	
亅部			
予　與　預　以　已　己　矣　爾　耳	予以　准予　授予 賦予　賜予　予人口實 免予處分　請予批准 生殺予奪 寄予：可用與 給予：可用以、與 付與　施與　相與 贈與　與人方便 與人為善　無與倫比 色授魂與　時不我與 豐取刻與 與會　與會 參與　} 均可用預 干預：可用與 預防　勿謂言之不預 以及　以次　以降 以期　以還　以人廢言 習以為常　長此以往 掃地以盡　繩之以法 以往：通已往 已降　而已　業已 不能自已　由來已久 有加無已　迫不得已 己所不欲，勿施於人 由來久矣　悔之晚矣 歎觀止矣 爾後　爾曹　爾虞我詐 卓爾不群　莞爾而笑 不過爾爾　不過爾耳 何其相似乃爾	賦與 參予 禦防 與及 已還 習已為常 不能自己 不過已矣	㈠ 予和與都可解作給，一般按習慣用。 ㈡ 與會、與聞、參與、干與的與均念 *yù*(普)和 *yue*6(粵)，不念 *yǔ*(普)和 *yue*4(粵)。 ㈢ 給予、給與、給以可通用，現代漢語多用給以。三者均用於抽象事物，如： ～獎勵　～照顧 ～幫助 ～高度評價 如果後面説出接受的人，就只用一個給字，如： 給他們適當照顧 給她獎勵 ㈣ 以降：❶ 以後，表示時間在後。❷ 以下，表示等級、位置在下。 已降：以來。 ㈤ 繩之以法意為用法律來制裁他，以解作用、拿。繩之於法的於解作在、從，不及用以恰當。
事　示　是　肆　誓　勢　世　侍　伺　俟　肄 (誓另見8頁「侈」字組)	啟事　惹事　事必躬親 大事宣傳　不事生產 善事父母　無事生非 惹事生非　實事求是	啟事常誤寫為啟示 實事求事	㈠ 啟事在古漢語裏可解作陳述事情或陳述事情的文書信函；現代漢語指為了聲明某事而刊登、書

同音、形似、近義或相關字	辨　字　選　詞	常見誤寫	辨　析
	無所事事 啟示 如是者　惹是生非 各行其是　習非成是 肆虐　肆意　市肆 放肆　肆無忌憚 肆意妄為　大肆攻擊 大肆破壞 誓死　誓要　誓師 起誓　誓不甘休 誓不兩立 勢必　勢要 勢不可當　勢不兩立 勢成騎虎　勢在必行 時勢所迫　時移勢易 時勢造英雄 郁身郁勢 ㊅ 家世　身世　時世不同 生生世世　艱難時世 侍候父母　侍候病人 伺隙　窺伺　伺候病人 這人難以伺候 伺機：通倏機 肄習　肄業	 各行其事 勢必常誤作事必 時移世易 身世常誤作身勢 艱難時勢 肆業	寫或張貼出來的文字。啟示一詞是西方宗教傳入中國後才有的，現泛指啟發指示，使人有所領悟。啟事是名詞，啟示是動詞兼名詞。 ㊁ 惹事生非：引來麻煩或禍害。 惹是生非：招惹是非或引起口角。 ㊂ 大事：大力從事，多指正面的。 大肆：無顧忌地（做壞事），屬貶義詞。故大事宣傳、大事慶祝、大事改革等不要用大肆。 ㊃ 誓要：表示決心一定要。 勢要：有權勢，居要職，也指此等人。 ㊄ 誓不兩立有發誓之意，與勢不兩立有別。 ㊅ 事可解作侍奉，侍意為陪伴侍候，故善事父母以事為宜。侍候與伺候意義差不多。 ㊆ 伺候的伺普通話念 *cì*，粵語伺、侍同音，念 si^6。
二部			
二　貳　異 （異另見106頁「異」字組）	二心　二志　二話 不二法門　心無二用 別無二致 毫無二致	 別無異致 毫無異致	㊀ 貳是二的大寫，但二可解作兩樣，貳可解作變節、背叛，二者並不相

同音、形似、近義或相關字	辨　字　選　詞	常見誤寫	辨　析
	二話：通貳話 貳心　貳臣　貳行 貳志　貳言　貳話 猜貳　離貳 異心　異志　異樣 異議　無異　離異 黨同伐異 異心 異志｝可用二、貳		等。 ㊁ 二話不說以用二為佳。
于　於　如　餘	于思（腮）　于飛 于歸 於菟　等於　過於 莫過於 不如　莫如　生活裕如 運用自如　談笑自如 應付裕如　暫付闕如 存餘　寬餘 心餘力拙　略有餘裕 一覽無餘（遺）	等如 生活裕餘 應付裕餘	㊀ 古漢語于、於常通用，但二字並不全等。 ㊁ 于普通話念 *yú*；於作姓氏時念 *yū*，作介詞或後綴時為于的異體字，仍念 *yú*，等於念「等余」。操粵語的人因同音混淆，常將等於寫成等如，誤。粵語的于，左列詞語均念 yue^2，姓氏念 yue^1；而於，本地仍用作介詞和後綴，棄用于。 ㊂ 於菟（老虎）的於，普通話和粵語均念烏音。
云　芸　紜　蕓	人云亦云　不知所云 芸香　芸庶　芸窗 芸館　芸臺 芸芸眾生 紜紜　眾說紛紜 蕓薹	蕓窗 云云眾生 眾說紛云	芸臺：❶ 古時藏書的地方。❷ 油菜。 蕓薹：一種油菜。
亠部			
亭　婷	亭立　亭亭　亭亭玉立 亭亭秀秀　亭亭植立 亭亭款款　亭亭裊裊 婷娉　婷婷　婷婷嫋嫋		亭亭：解作高聳、直立、遙遠、高潔、高貴威嚴、明亮美好。亭亭玉立以用亭字為佳。 婷婷：美好貌。

同音、形似、近義或相關字	辨字選詞	常見誤寫	辨析
人部			
人　仁	成人　百年樹人 同人：通同仁 仁人　仁兄 求仁得仁　見仁見智 志士仁人　善長仁翁 一視同仁　殺身成仁	百年樹仁 人兄 善長人翁 一視同人	
付　負	付託　付梓　交付 託付　付之一笑 應付裕如 負荷　負擔　自負 肩負　負重致遠 如釋重負	 付擔　自付	
代　待 (待另見 32 頁「呆」字組)	交代　庖代 交待　擔待	 擔代	交代：❶前後任相接替，移交。❷囑咐，吩咐。❸完結，完蛋（含詼諧意）。❹說明，解釋；亦指坦白錯誤或罪行。 交待：同交代❸❹。
伙　夥	伙同　伙伴　伙房 伙計　伙食　小伙 小伙子 夥友　夥同　夥多 夥伴　夥計　小夥 小夥子		除有關伙食的詞語外，伙與夥通，而且普通話已棄用夥字。但清代以前的傳奇、話本、小說等一般用夥字，使用繁體字（原體字）如港、台等地，夥字較流行。
伊　依	伊於胡底　伊誰之力 下車伊始　秋水伊人 依人籬下　依違兩可 小鳥依人　唇齒相依	依誰之力 秋水依人 小鳥伊人	伊可解作此，可作助詞（多用於詞語的前面）。依與伊不同義，但因同音而時有混淆。
伎　技　妓	伎倆 技能　技術　技癢 技藝　黔驢技窮 無所施其技 妓院　娼妓		㈠　伎：❶古代稱以歌舞為業的女子。❷同技。 技：技能，本領。 妓：❶妓女。❷同伎❶。

同音、形似、近義或相關字	辨字選詞	常見誤寫	辨析
			㈡ 古籍伎通技，故技倆也作伎倆。但伎倆今天作貶義詞用，意為不正當手段，故不宜寫作技倆；而伎能、伎術、伎癢、伎藝今天亦以用技字為佳。 ㈢ 日文源自古漢字，藝伎、歌舞伎也作藝妓、歌舞妓。
价 價	价人　价儐　小价 來价　恕乏价催 價稱　價碼　身價 聲價　鎮日價 震天價響　漫天要價		內地把價簡寫為价，所以价有兩個讀音：*jiè* 和 *jià*，但粵語只念 *gai*[5]。左列之价字，在換簡為繁時，不能改作價。
佗 砣 鉈 陀	華佗　佗仔㊄ 秤砣：亦作秤鉈 陀螺　陀地㊄ 佛陀　盤陀	華陀	
伴 拌	伴同　伴酒　陪伴 搭伴 拌和　拌菜　拌嘴 涼拌　雜拌　攪拌	 涼伴	
侈 矢 奢 及 **誓 聲** (誓另見4頁「事」字組)	侈言　侈談　侈糜 豪侈 矢口　矢心　矢日 矢石　矢死　矢言 矢心不二　矢志不移 矢志不渝 奢念　奢侈　奢望 豪奢　窮奢極慾 誓言 聲言	奢談	㈠ 矢言：❶ 正直之言。❷ 直言，直說。❸ 立誓，發誓。可作名詞、動詞。 侈言：誇大而不切實際地談論。動詞。 誓言：宣誓時說的話。名詞。 聲言：公開地用語言或文字表示。動詞。 ㈡ 侈談：❶ 同侈言。❷ 誇大而不切實際的話。 ㈢ 豪侈義同豪奢。

同音、形似、近義或相關字	辨字選詞	常見誤寫	辨析
佩 珮 配 及 帶 戴	佩刀 佩帶 佩槍 佩戴 腰佩盒子槍 胸前佩着一朵花 玉珮 配搭 配備 配稱 搭配 帶槍 披枷帶鎖 } 可用戴 披麻帶孝 } 戴花 戴口罩 戴首飾 戴眼鏡 戴罪立功 } 可用帶 披星戴月 }	配刀 配槍 配戴 配戴首飾 配戴安全帶 玉佩 佩稱 戴槍 帶花 帶首飾 帶眼鏡	㈠ 佩帶：❶插在或掛在腰部，用於手槍、刀、劍等。❷掛在胸前、臂上、肩上等部位，用於徽章、符號等。 佩戴：義同佩帶第二項。 佩帶可代替佩戴；佩戴不全等於佩帶。 ㈡ 港人用戴，多喜加配，如配戴首飾、配戴口罩、配戴安全帶等。其實首飾、口罩等只用一個戴字就行了；安全帶可說繫上、繫牢、繫緊、扣好等。
信 訊	信息 信號 通信 電信 音信 短信 } 杳無音信 } 可用訊 通風報信 } 渺無音信 } 訊息 訊號 通訊 電訊		㈠ 信息：❶音信、消息。❷信息論中指用符號傳送的報道。 訊息：❶訊號。❷同信息。 ㈡ 信號：用來傳遞消息的光、電波、聲音、動作等，或指某種電波。 訊號：信號中的一種，即電磁波發出的信號。 ㈢ 通信：用書信互通消息。 通訊：利用電訊設備等傳遞消息；又指一種新聞體裁。 ㈣ 電信：用電話、電報或無線電設備來傳遞消息的通訊方式。 電訊：用電話、電報或無線電設備來傳播的消息，或指無線電信號。

同音、形似、近義或相關字	辨字選詞	常見誤寫	辨析
便 辯 辨	便捷 便覽 自便 任便 告便 稱便 因利乘便 辯證 辯解 分辯 巧辯 口才辯給 辯白、辯給：可用辨 辨別 分辨 辨症 辨證 識辨 明辨是非 辨正：可用辯	口才便給 明辯是非	㊀ 辯證：❶辨別考證。❷合乎辯證法的。辨證：❶同辯證❶。❷辨別症候。 ㊁ 口才辯給的辯給(亦作辨給)解作能言善辯，反應快捷；而便給意為靈巧敏捷，非指口才 ㊂ 分辯：辯白。分辨：辨別。
侷 局 跼 焗	侷促：可用局、跼 局限 跼蹐：可用局 焗住 焗油、翳焗 鹽焗雞：均粵語	焗促 侷限	
保 褓 及 母 姆 拇	保母：可用姆 襁褓 拇指	褓母 姆指	
個 過	玩個痛快 看個仔細 鬥個你死我活 問個明白 雨下個不停 一個舞蹈 三個星期 兩個西瓜 一個老虎 一個凳子 一個學校 吃過飯再走 鬥得過他 已經見過面 菜洗了三過	左列五個詞組(還有更多，不一一列舉)中的個常誤作過	㊀ 個、過普通話不同音，但粵語韻母相同、同調，故常有以過代個的情況。 ㊁ 個作量詞時，既可用於沒有專用量詞的事物(如舞蹈、星期、西瓜等)，也可用於某些有專用量詞的事物(如老虎、凳子、學校等)。個是用得最多的量詞。
做 造 作	做人 做工 做木㊕ 做手 做主 做功 做成 做伴 做作 做法 做東 做客 做活 做案 做媒 做飯 做愛 做壽	造木 造手 造案 造愛	㊀ 做、造粵語同音，操粵語的人經常誤用，最常見的是以造代做。 ㊁ 近代白話文有造飯一詞，現代漢語已

同音、形似、近義或相關字	辨字選詞	常見誤寫	辨析
	做夢　做戲　叫做 看做　做手腳 做功課　做生日 做衣服　做家具 做圈套　做買賣 做點心　做鞋子 做學問　大做文章 小題大做 當做：可用作 造人　造化　造字 造成　造作　造林 造型　造物　造紙 造船　造訪　造詣 造就　造福　造像 造影　造價　造橋 造謠　人造　打造 生造　再造　仿造 建造　假造　締造 編造　臆造　營造 翻造　鑄造　造房子 造物主　造時勢 造機器　天造地設 修造農具　塑造雕像 釀造醬油　閉門造車 登峰造極　粗製濫造 矯揉造作：可用做 造孽、製造 } 可用作 作別　作法　作價 作偽　作勢　造作 做作　天不作美 弄虛作假　當家作主 裝腔作勢 裝作、作賊心虛 } 可用做	造夢　造戲 造手腳 造衣服 造點心　造鞋子 大造文章 小題大造 做孽 天不造美 弄虛造假	棄用。 ㈢ 做人：❶待人接物。❷當個正派人。 造人：生育人，生產人。 ㈣ 做工：❶製作的技術或質量。❷同做功。❸從事體力勞動。 做功：戲曲中演員的動作和表情。 ㈤ 做手：北方話指❶動手，下手。❷能幹活的手。❸幹活或做事的人。粵語則借指做功，甚或寫作造功。 ㈥ 做成：製造完成。 造成：導致，引起。 ㈦ 做作：故意做出某種表情、腔調等。 造作：❶製造。❷同做作。 ㈧ 造價：建築物、鐵路、橋梁等修建的費用或汽車、輪船、機器等製造的費用。 作價：規定價格；在出讓物品、賠償物品損失或以物品償還債務時估定物品的價格。 ㈨ 工廠生產衣服叫製衣，生產鞋子可說造鞋。 ㈩ 本地度身訂做（不少人寫作造）用得很濫。如指做衣服，普通話作量

同音、形似、近義或相關字	辨字選詞	常見誤寫	辨析
			身訂做；如指特意製作某種東西，可作量身訂製。
偕 諧	偕同 偕行 白頭偕老 相偕而至 與子偕老 諧老 諧好 諧合 諧和 諧美 和諧 調諧 共諧連理 同諧鸞鳳	共偕連理	㈠ 二字普通話同音，粵語讀音有別。 ㈡ 偕老：共同生活到老。 諧老：諧合到老。
偃 揠	偃武修文 偃旗息鼓 揠苗助長		二字字形相似，有時會混淆。讀音無論普通話或粵語都不同，粵音差別更大。
備 被	備受批評 備受注目 備受歡迎 艱苦備嘗 關懷備至 被災 被難 被批評 被注目	被受批評 被受注目	
僵 殭	僵化 僵死 僵冷 僵局 僵直 僵持 李代桃僵 僵仆、僵屍 } 可用殭		除僵仆、僵屍可用殭外，其餘不宜用殭。
健 撻 闥 (撻另見40頁「坦」字組)	佻健 鞭撻 撻伐 排闥直入	挑撻	
優 悠 攸 休 油 鄄 柔 游 遊	優柔 優悠 優閑 優哉游哉 養尊處優 悠游 悠閑 悠遠 悠蕩 悠悠忽忽 悠悠蕩蕩 悠游自得 悠然自得 慢悠悠 利害攸關 責有攸歸 福有攸歸 休閑 休憩 善罷甘休	 優哉悠哉 養尊處休 悠遊自得 油然自得 利害悠關	㈠ 優悠：❶ 悠閑舒適。❷ 從容不迫。 悠游：❶ 從容移動。❷ 悠閑自在。 ㈡ 優閑：閑適；悠閑。 悠閑：清閑自得。 休閑：❶ (田地) 閑着，一段時間不種作物。❷ 過閑暇無事的日子，多作定

同音、形似、近義或相關字	辨字選詞	常見誤寫	辨析
	喋喋不休 油輪（船） 綠油油 油然而生 郵船（輪） 柔和 柔美 柔媚 纖柔 剛柔相濟 優柔寡斷 游動 游徙 游寇 游離 上游 游泳池 游心寓目 游光揚聲 遊曳 遊船 遊鷺 遊蜂浪蝶 遊戲筆墨 遊響停雲	優悠寡斷	語，如休閑服、休閑鞋、休閑場所等。 ㈢ 油輪（船）：用於運輸散裝油類的輪船。遊船：遊覽用的船。郵船（輪）：海洋上定線、定期航行的大型客運輪船。因過去水運郵件通常委託這種大型快速客輪運送，故名。 ㈣ 游和遊在古籍裏差不多可以換用。試列舉一些游、遊通用的詞語： ～弋 ～子 ～仙 ～民 ～行 ～走 ～玩 ～牧 ～春 ～俠 ～客 ～勇 ～記 ～逛 ～船 ～雲 ～絲 ～魂 ～說 ～樂 ～蕩 ～歷 ～學 ～擊 ～戲 ～藝 ～覽 旅～ 遨～ ～刃有餘 ～山玩水 ～手好閑 ～目騁懷 ～戲人間 甚至游泳、游龍也可用遊。游目騁懷見於王羲之《蘭亭集序》；清俞樾《右台仙館筆記》寫作遊目騁懷。內地已棄用遊字。本地習慣，表示游離、游動或與水有關之詞用游，如游牧、游泳、游說、游擊等；表示遊玩、旅遊等則用遊。

同音、形似、近義或相關字	辨　字　選　詞	常見誤寫	辨　析
儲　貯	儲戶　儲青　儲金 儲蓄　儲糧 儲存　儲備 儲藏　存儲 } 均可用貯 積儲 貯木　貯水　貯草 貯運　貯蓄		儲蓄和貯蓄：同指積存的財物。作動詞時，前者多用於錢財，後者多用於事物。
儿部			
免　勉　冕	免冠　免俗　幸免 難免　免開尊口 閑人免進　在所難免 勉勵　共勉　強勉 勖勉　奮勉　勸勉 勉為其難 加冕　衛冕　冠冕堂皇	 免為其難	免、勉同音，時有混淆。免解作去掉，除掉，避免，不要；勉解作努力，勉勵，盡力。弄清詞義，可免出錯。
入部			
全　存　傳	成全　求全　保全 健全　雙全　顧全 全身遠禍　兩全其美 茍全性命　一應俱全 委曲求全 寧為玉碎，不為瓦全 存世　共存　保存 留存　健存　圖存 並存不悖　去偽存真 片甲不存　片瓦無存 一息尚存 傳世　傳家　傳真 世傳　流傳　家傳 留傳	 顧存 存身遠禍 茍存性命 委曲求存 不為瓦存 片甲不全 一息尚全	㈠ 保全：❶ 保住使不受損失。❷ 保護機器設備正常使用。 保存：使事物繼續存在，不受損失或損壞。 ㈡ 健全：❶ 強健而沒有缺陷。❷ (事物) 完善，沒有欠缺。❸ 使完備。 健存：健康地活着 (多指老家)。 ㈢ 留存：❶ 保存，存放。❷ 事物繼續存在。 留傳：遺留下來傳給後代。 ㈣ 存世:留存在世間。 傳世：(珍寶、藝術品、著作等) 流傳到後世。

同音、形似、近義或相關字	辨字選詞	常見誤寫	辨析
兩　倆	兩個人　兩口子 老兩口　兩小無猜 兩相情願　模稜兩可 一時無兩 小倆　老倆　他倆 我倆　咱倆　哥倆好 你們倆　姊妹倆	倆個人　倆口子 倆相情願 一時無倆 他兩 我兩 你們兩　姊妹兩	㈠ 倆解作兩個時，普通話念 *liǎ*，懂普通話就不會寫錯。 ㈡ 倆後面不再接個或其他量詞。
八部			
八　百	醜八怪 五花八門 正經八擺 百寶箱：亦作八寶箱 百足之蟲	醜百怪 五花百門 正經百擺	
具　俱	具備　家具　傢具 道具　廚具　餐具 別具一格　別具匠心 獨具隻眼 一應俱全　五臟俱全 兩敗俱傷　面面俱到 萬事俱備	家俱　傢俱 五臟具全 萬事具備	具、俱普通話是同音字，廣東話並不同音，但常見有人寫錯。可能是「偏旁迷」慣性使然。有些人在書寫某些字時，總要加個偏旁才覺順眼，如人「蔘」、時「份」、麵「飽」、「渲」洩、百「份」比等，結果錯了；有些字加了偏旁也不算錯，如水果（菓）、番（蕃）茄、嘗（嚐）等，但加了反而不「受看」呢。試把「臥薪嘗膽」寫作「臥薪嚐膽」看看。
冖部			
冠　官　觀	冠冕堂皇　冠蓋如雲 冠蓋相望 五官　器官　高官厚祿 觀看　外觀　達觀 鼻觀	官蓋如雲 五觀	

同音、形似、近義或相關字	辨字選詞	常見誤寫	辨析
冫部			
凌 淩 零 泠	凌汛　冰凌　憑凌		㊀ 除少數詞語外，凌
陵 伶 靈 令	清淩淩：可用泠		與淩基本通用，左
另 寧	凌犯　凌波　凌風		列用凌之詞均可用
附：〇	凌辱　凌虛　凌晨	零晨	淩，兩者均可見於
	凌逼　凌雲　凌煙		古籍。惟姓氏仍有
	凌厲　凌霄　凌駕		凌、淩之分，三國
	凌亂：可用淩、零		吳大將淩統即姓淩。
	凌夷		今內地只保留凌字，
	凌遲 } 均可用陵		香港人多受影響而
	凌轢		從之。
	零丁　零星　零落		㊁ 孤零：孤單，孤獨。
	零頭　零點　丁零		孤伶：孤獨，孤零
	孤零　飄零　零聲母		零。
	孤零零　零舍不同(粵)	寧舍不同	二者基本通用。
	望秋先零　感激涕零		㊂ 孤零零：孤單，孤
	一百零八人		獨，無依無靠。
	三百零五元		孤伶伶：孤零零，
	泠風　鐘磬泠然		無依無靠或無人陪
	陵替　陵墓　陵壓		伴。
	憑陵：可用凌		二者通常可互換，
	伶仃　伶巧　伶便		但現代漢語多用前
	孤伶　機伶　孤伶伶		者。
	伶牙俐齒		㊃ 伶仃又作零丁。
	靈巧　靈便　靈機		㊄ 機靈解作聰明伶俐、
	水靈　空靈　性靈		機智時可作機伶。
	機靈		㊅ 伶便：靈便，敏捷。
	迫令　時令　令人尊敬	另人尊敬	靈便：❶（四肢、五
	令人髮指	另人髮指	官）靈活；敏捷。
	令人興奮	另人興奮	❷（工具、武器等）
	利令智昏　發號施令	利另智昏	輕巧，使用方便。
	急急如律令		㊆ 零意為數的空位時，
	不另　單另　另眼相看		在數碼中常作〇：
	心緒不寧　坐臥不寧	心緒不靈	一〇五〇元，三〇
	一〇三〇號		一期，二〇〇八年；
	二〇〇七年		若放在兩個數量或
			數字中間，表示前
			者之下附有較低的
			量時仍用零：一千
			零五十元，三百零
			一期。

同音、形似、近義或相關字	辨字選詞	常見誤寫	辨析
凋　彫　雕　鵰　碉	凋敗　凋萎　凋敝 凋殘　凋落　凋零 凋謝 彫通凋，上列詞可以彫代凋。彫又可解作雕刻、雕鏤，故下列與雕刻有關的詞以彫換雕亦可： 雕弓　雕文　雕花 雕刻　雕版　雕砌 雕琢　雕像　雕鏤 石雕　玉雕　浮雕 雕文織綵　雕肝琢腎 雕風鏤月　雕樑畫棟 雕龍畫鳳　雕蟲小技 精雕細刻 雕又是凋的古字，下列詞語用雕亦對： 雕敝　雕殘　雕零 雕謝 雕又通鵰（猛禽），下列詞語中的鵰可代之以雕： 大鵰　射鵰　一箭雙鵰 碉堡　碉樓	 雕堡　雕樓	若要統一用法，表示凋謝可專用凋，與雕刻有關的詞只用雕，猛禽可用鵰或雕。
准　準	准予　准此　准行 准是　准許　允准 批准　核准 准、準互通的詞舉例： ～式　～的　～則 ～信　～備　～頭 ～據　～繩 準平　準星　準確 準衡　準鵠　準驗 準將　準平原 準科學	準此 準是 批準 准將　准平原 准科學	古漢語准、準並用，準為准的俗字。內地早已廢準，只保留一個准字。 但二字仍有分別：准可解作允許、批准，故有關准許一類的詞須用准字；而表示程度相近，可以看作一類時該用準字，如準將等。 香港習慣，除有關准許一類詞語用准字外，其餘均用準。

同音、形似、近義或相關字	辨字選詞	常見誤寫	辨析
凵部			
凶　兇　洶	凶宅　凶兆　凶年 凶祥　凶多吉少　凶旱 凶災　凶事　凶信 凶神惡煞　凶終隙末 元兇：亦可用凶 兇手　兇首　兇狠 兇徒　兇殺　兇悍 兇猛　兇惡　兇殘 兇焰　兇暴　兇險 兇器　兇相畢露 兇神惡煞 天下洶洶　波浪洶洶 來勢洶洶　氣勢洶洶 議論洶洶　波濤洶湧	兇旱 兇災 兇終隙末 來勢兇兇	㈠ 凶、兇均可表示不吉利，惡、狠和猛烈，古漢語凶用得較多。不吉利一類詞近代也有用兇，本地傾向用凶；表示惡、狠和猛烈，用兇、凶均可，香港多用兇；凶可解作災荒、傷人、夭折，兇無此數義。內地棄兇留凶，可接受。 ㈡ 凶神惡煞：星相家以神煞推算命運，神煞分凶吉，凶者謂凶神惡煞。 兇神惡煞：兇惡傷害人的鬼神。又用以形容人的容貌舉止兇惡可怕。 ㈢ 內地將「洶」簡寫為「汹」，本地用原體，仍以「洶」為正寫。 ㈣ 天下洶洶、議論洶洶可用詾。
凸　突　特	凸出　凸起　凸現 凸鏡　凸露　挺胸凸肚 突兀　突出　突起 突破　突現　突襲 突如其來　突飛猛進 曲突徙薪 特出　特等　奇特	凸兀 特飛猛進 奇突	㈠ 凸，高於周圍，用於具體事物，如山、石等；突可用於具體事物和抽象事物。 ㈡ 凸出：高於周圍之物。 突出：❶ 鼓出來。❷ 使超過一般。❸ 衝出。 特出：特別出眾，格外突出。

同音、形似、近義或相關字	辨　字　選　詞	常見誤寫	辨　析
			㊂ 凸起：鼓起，高出來。 突起：❶ 高聳。❷ 突然發生。❸ 生物體上長的像瘤子的東西。 ㊃ 凸現：高高的現出來。 突現：突然出現。
刀部			
切　設　澈　徹 撤　沏　砌	切中　切合　切記		切骨：形容仇恨極深。 徹骨：透到骨頭裏，表示程度極深。
	切磋　切題　切不可	砌磋	
	切身關係　切身體驗	設身體驗	
	切骨之仇	徹骨之仇 澈骨之仇	
	切膚之痛　不切實際	不設實際	
	設防　設使　設想		
	設身處地　天造地設	切身處地	
	清澈 澄澈 } 均可用徹 瑩澈		
	徹底：可用澈		
	徹查　通徹　徹夜難眠	撤查	
	徹骨相思　徹骨疼痛		
	徹頭徹尾　響徹雲霄		
	不是一番寒徹骨，爭得梅花撲鼻香		
	撤回　撤防　撤除		
	撤離　撤銷　撤職查辦		
	沏茶		
	砌牆　堆砌　鋪砌		
	砌詞狡辯　雕欄玉砌		
分　份	**分** 普通話和粵語均念平聲： 分工　分寸　分支 分手　分別　分明 分派　分配　分散 分裂　分開　分解		㊀ 分（去聲）、份均可表示本分、名分、身分等，所以 本分　名分 身分　輩分 } 可用份 ㊁ 過分、成分亦可用份。

同音、形似、近義或相關字	辨字選詞	常見誤寫	辨析
	分頭　春分　秋分		㊂ 分（去聲）子和份子有
	劃分　滿分　分水嶺		兩個義項相同：❶集
	爭分奪秒　一分心思		體送禮時各人攤分的
	幾分困乏　幾分酒意		錢，今天較多用份。
	幾分笑意　幾分淒苦		❷屬於一定階層、集
	幾分煩惱　幾分憐愛		團、集體或具有某種
	幾分綠意　幾分歡樂		特徵的人，今天較多
	幾分書呆子氣		用分，如知識分子等。
	五穀不分　難捨難分		㊃ 分數、分子、分母、百
	有一分熱，發一分光		分比、十分之一等的
	下一分勞力，多一分收		分絕不能代之以份。
	成		㊄ 分內、份內均解作本
	普通話念平聲而粵語念		分以內，二字可互換。
	去聲：		分外：❶本分以外。
	分子　分母　分數		❷格外，特別。❸另
	百分比	百份比	外。❹過分。
	十分之一	十份之一	份外：❶本分以外。
	百分之九十		❷格外，特別。分外
	普通話和粵語均念去		的涵義大於份外。
	聲：		㊅ 分量：❶重量。❷力
	分子　分內　分外		量。❸質量。❹比重，
	分定　分量　才分	才份	比例。❺輕重，深淺。
	天分　水分　本分	天份	❻分別，差異。
	安分　充分　名分		份量：❶重量。❷斤
	成分　志分　位分	位份	兩，比喻輕重。分量
	身分　非分　肥分		的涵義大於份量，分
	持分　時分　情分	時份	可代份，份不宜代分。
	部分　過分　福分		㊆ 持分：守其本分。
	養分　輩分　緣分		持份：有利益關係；
	應分　職分　鹽分		持有份額。
	安分守己　循分守理	安份守己	㊇ 分（去聲）可表示才
	中堅分子　知識分子		分、天分、名分、志
	積極分子　嫌疑分子		分、位分、情分、緣
	恰如其分		分、福分、職分，份
	份		無上述含義。古籍用
	份子　份上　份內		分，近代始見用份，
	份外　份兒　份量		以名份、情份、福份、
	份額　月份　本份		緣份較多見。
	成份　年份　全份		㊈ 份可表示程度、限
	身份　持份(港)　省份	省分	度，如窮到這個份
	等份　過份　縣份		兒；可表示情面，如看
	戲份　雙份		在老爺份上。這類詞

同音、形似、近義或相關字	辨　字　選　詞	常見誤寫	辨　析
	文質份份（份：通彬，(普)念 *bīn*，(粵)念 *ben*^{1}） 股份：可用分 一份心思　一份材料 一份客飯　一份計劃 一份苦心　一份家業 一份差事　一份勢力 一份熱心　一份點心 一份禮物　一份報紙 一份癡心　那份模樣 那份兒神氣 這份嘴皮子 那份伶俐勁兒 不想冒這份險 這件事也有你一份 下一份勞力，有一份收成		不能用分。 (十) 份可用在省、縣、年、月後面，表劃分單位；分無此用法。表示時間、時候的時分不能用份。 (十一) 作量詞時習慣用份，如一份計劃、一份報紙等，不宜用分。 (十二) 一分心思、一分熱心、一分勞力、一分收成（分均念平聲）等的分，與一份心思、一份熱心、一份勞力、一份收成等的份相比，前者顯得較輕，有點虛靈；後者則顯得較重，語意實在。 (十三) 戲份：普通話指戲曲演員每次演出按比例分得的報酬；港指藝員飾演的角色在一齣戲中所佔的分量。
利　俐	利索　利落　利嘴 麻利 伶俐　口齒伶俐 伶牙俐齒	俐索　俐落 麻俐 伶牙利齒	
剌　刺	剌目　刺癢　剌剌不休 乖剌　潑剌　大剌剌	刺刺不休 大刺刺	二字讀音不同，寫法有別，多加注意就不會混淆。
到　倒	見到　挨到　做到 得到　買到　等到 遇到　到頭來 一竿子到底 倒戈　倒灶　倒車 倒賬　跌倒　絕倒 嚇倒　騙倒　難倒 倒頭就睡	 倒頭來 騙到　難到	(一) 廣東話見到、得到、遇到、照顧到、找（搵）到等詞的「到」口語變調，發音近似「倒」，注意勿寫作「倒」字。 (二) 倒車：(普)念 *dǎochē* (粵)念 *dou*^{3}

同音、形似、近義或相關字	辨 字 選 詞	常見誤寫	辨 析
	拜倒在石榴裙下	拜到石榴裙下	*tse*¹，解作中途換車；㊟念 *dàochē* ㊝念 *dou*⁵ *tse*¹，解作使車向後退。
刷 擦	刷牙 刷洗 刷恥 刷新 刷鞋 刷牆 牙刷 洗刷 粉刷 振刷 鞋刷 齊刷刷 擦汗 擦油 擦拭 擦洗 擦黑 擦臉 牙擦㊝ 摩擦 擦黑板 擦肩而過 擦亮眼睛 摩拳擦掌	擦牙 擦鞋 洗擦 刷拭 刷黑板	㊀ 刷、擦普通話不同音，粵語卻是同音字，故容易寫錯。 ㊁ 刷洗：用刷子蘸水洗。 擦洗：用濕布等擦拭。 ㊂ 洗刷：❶ 用水洗，用刷蘸水刷。❷ 除去（恥辱、污點、錯誤等）。不能用擦。 ㊃ 粵語擦鞋意為獻媚、拍馬屁、討好、恭維別人；而牙擦解作誇誇其談，自負。
制 製 掣	制作 制定 制服 制訂 制約 制造 制條 制馭 制裁 制誥 建制 形制 編制 製衣 製作 製版 製革 製品 製造 製飾 製圖 製劑 製糖 製藥 複製 監製 編製 繪製 攝製 粗製濫造 如法炮製 量身訂製 掣肘 掣籤 電掣㊝ 電掣雷鳴 風馳電掣	 如法炮制 制肘 風馳電制	㊀ 制作和製作：在古漢語裏，均可解作製造和撰寫。但制作尚可指：❶ 禮樂等方面的典章制度。❷ 樣式。今天內地統一用制作；香港有關製造和撰寫仍用製作。 ㊁ 制造和製造：古代均可指製作、建造。但製造還可解作撰著和規劃布置。現代製造還有一解：人為地造成某種氣氛或場面等。內地棄製造用制造；本地統一用製造。

同音、形似、近義或相關字	辨　字　選　詞	常見誤寫	辨　析
			㊂ 編制：❶ 做方案、計劃等。❷ 機構的設置及人員和職務的編配。 編製：❶ 把細長的東西編織成器物。❷ 編造，編撰。
刮　颳	刮臉　刮刮叫　刮地皮 刮鼻子　刮目相看 颳風下雨 颳起漫天風沙 颳倒一些大樹	刮風下雨 刮倒大樹	
剩　淨　盛	剩飯　剩餘　殘山剩水 殘羹剩飯　商品過剩 精力過剩　用剩幾十元 脫剩一件背心 淨利　淨值　淨餘 淨賺一千元 喝淨杯中酒 盛名　盛氣　盛裝 年盛	精力過盛 脫淨一件背心	㊀ 剩餘：從某個數量裏減去一部分以後遺留下來的。 淨餘：除去用掉的剩餘下來的（錢或物）。 ㊁ 粵語口語「淨係」用淨，「剩番」「剩得」也念作淨，而剩的讀音是 *sing*^{6}，與盛同音，所以剩、淨、盛用起來會有「錯配」的情況。
剽　驃　膘　標　摽	剽勇　剽悍　剽掠 剽襲　剽竊 驃勇 長膘　跌膘 標明　投標　標新立異 摽有梅　摽梅已過	驃悍 標梅	㊀ 剽勇：敏捷而勇猛。 驃勇：勇猛。 剽，(普) *piāo*，(粵) *piu*^{2又4}；驃，(普) *piào*，(粵) *piu*^{5}，黃驃馬的驃，(普) *biāo*，(粵) *biu*^{1}。 ㊁ 摽梅的摽，(普) *biào*，(粵) *piu*^{4}。
劈　噼　霹	劈叉　劈面　劈柴 劈胸　劈啪　劈殺 劈賬　劈劈啪啪 劈里巴拉　劈里叭啦		

同音、形似、近義或相關字	辨字選詞	常見誤寫	辨析
	劈里啪啦　劈哩叭啦 劈哩啪啦 噼里啪啦　噼嚦啪啦 霹雷　霹靂　晴天霹靂		
力部			
加　嘉	加人一等　有加無已 風雨交加　無以復加 愛護有加　慰勉有加 賞賜有加　寵愛有加 有則改之，無則加勉 嘉勉　嘉許　嘉惠 寵嘉　嘉言懿行 精神可嘉	愛護有嘉 賞賜有嘉 無則嘉勉 精神可加	有加：有所增加，倍加。有嘉不成詞。
勹部			
包　飽	麵包　包餃子 飽滿　飽食終日	麵飽	
勾　鈎	勾留　勾勒　勾畫　勾描 勾結　勾魂　勾魂攝魂 裏勾外連　一筆勾銷 鈎稽 鈎針 } 可用勾 鈎子　鈎沉 拉鈎（(粵)鈎手指） 秤鈎　掛鈎　脱鈎 鈎心鬥角　倒掛金鈎 鈎一個針線包 把水桶鈎上來 鈎住高枝摘果子 姜太公釣魚，願者上鈎	一筆鈎銷 勾手指 掛勾 勾上來 勾住高枝	㊀ 勾只作動詞，不作名詞；鈎可作名詞，也可作動詞。 ㊁ 鈎心鬬角出自杜牧《阿房宮賦》。近代有作勾心鬥角，今天內地二者通用，但多簡化為勾；本地多作鈎心鬥角。 ㊂ 勾又可寫作句，句踐、高句驪（麗）的句讀如勾。 ㊃ 書面語作願者上鈎；廣東話口語作願者上釣。
匕部			
化　划	化身　化育　化為烏有 划算　划不來　划不着	化算	化算是香港口語。

同音、形似、近義或相關字	辨字選詞	常見誤寫	辨析
匚部			
匣　盒	木匣　話匣子　一匣點心 匣子槍 盒帶　盒飯　提盒 盒子炮　盒子槍　火柴盒	話盒子	㈠ 匣、盒普通話不是同音字，粵語同聲母而韻母相近，留意普通話的讀音就不會寫錯。 ㈡ 匣子槍、盒子槍、盒子炮均指駁殼槍，北方方言，吳方言用後者。
區　拘 (拘另見 71 頁「拘」字組)	區區之數 區區小事 不拘一格　不拘小節 不拘成規　字數不拘 多少不拘	拘拘之數 拘拘小事	
十部			
十　什　雜　集　習　及　**拾**	十分　十足　合十 十全十美　十拿九穩 十惡不赦 十一（十分之一） 十九（十分之九） 十百（十倍百倍） （以上三項）均可用什 什件　什具　什物 文什　家什 什錦：可用十 雜技　雜拌　雜品 雜家　雜務　雜貨 雜碎　雜糧　雜燴 牛雜（㊄即牛雜碎） 夾雜　魚龍混雜 集錦　集大成 百感交集　雷雨交集 驚喜交集 習以為常　習非成是 拾人牙慧　拾金不昧 拾級而上	合什 雜錦 什拌 什燴 牛什 魚龍混集 百感交雜 集以為常 拾級而下	㈠ 十和什均可表示數目，但九加一後的數用十，而什多用於分數或倍數，故合十宜用十。而十可解作完備、頂點，什可解作多種多樣的，這是各自獨有的意義。這裏的什與十同音。什又通表示何、甚麼的甚，與甚同音。 ㈡ 什與雜完全不同音，二者不能互換，牛什、什燴、雜錦一類是寫別字。 ㈢ 什錦：❶ 多種原料製成或多種花樣的。❷ 多種原料製成或多種花樣拼成的食品。 集錦：編輯在一起的精彩的圖畫、詩文等。

同音、形似、近義或相關字	辨字選詞	常見誤寫	辨析
			㊃ 拾級而上的拾，㊔念 *shè*，㊕念 *sip*[8]，意為輕步而上，故「而下」不能用拾。
升 昇 陞	升天　升水　升官 升恆　升級　升格 升值　升華　升旗 升學　升職　竹升㊕ 直升機 昇平　昇泰　旭日東昇 如日方昇 昇仙　昇沉 ⎫ 昇堂　昇降 ⎬ 均可用升，用升更佳 昇騰　昇躋 ⎭ 陞用　陞任　陞黜 步步高陞（慣用） 陞帳　陞遷 ⎫ 陞擢 ⎬ 均可用升，用升更好 陞堂入室 ⎭		升基本包含昇、陞的意義，故除若干詞按習慣用昇、陞外，大部分均可用升。
博 搏 駁	**博（一）：** 博取　博得　博取信任 博取歡心　博得同情 聊博一笑　聊博一粲 **博（二）：** 宏博　淵博　廣博 博古通今　博采眾長 博聞強志　博識洽聞 旁徵博引　地大物博 **博（三）：** 博局　博具　博弈 博徒　博彩㊕　賭博 **搏（一）：** 搏命　搏彩　搏亂 搏傻　搏懵　搏一鋪 搏乜嘢　搏大霧 搏出位　搏到盡 搏佢唔敢　以小搏大 （以上粵語）	博出位	㊀「博（一）」與「搏（一）」比較： 「博」指以言語、行動或其他表現取得別人的信任、重視等。 「搏（一）」均為粵語。 「搏」強調自己的想法、行為。 ㊁ 博彩：粵語，在賭博或比賽中贏得彩頭。 搏彩：粵語，碰運氣。 （博彩參看 73 頁「採」字組）

同音、形似、近義或相關字	辨字選詞	常見誤寫	辨析
	搏（二）： 搏鬥　搏擊　肉搏　拼搏 人生能有幾回搏 **搏（三）：** 搏動　脈搏 心臟起搏器 駁雜　斑駁陸離	 人生能有幾回博 博雜	
卜部			
卦　掛	八卦（粵語八卦另解） 打卦　變卦 掛欠　掛心　掛牌 掛賬　掛一漏萬 何足掛齒	八掛	
卩部			
卷　捲　拳　鬈　蜷	卷尺　花卷　席卷 蛋卷　煙卷　髮卷 卷簾格　卷土重來 一卷紙　一卷鋪蓋 捲曲　捲舌　捲煙 捲縮　舒捲　翻捲 捲心菜　捲簾格 龍捲風　捲入漩渦 捲土重來 拳曲 鬈髮 蜷曲　蜷伏　蜷局 蜷臥　蜷縮 他蜷伏着睡覺 花貓蜷着身子		㈠ 卷可作名詞、量詞，古通捲，也作動詞，如席卷、卷簾格、卷土重來等。內地已棄用捲字。本地名詞、量詞用卷，動詞多用捲。 ㈡ 捲曲:彎曲,蜷縮。拳曲：（物體）彎曲，如拳曲的頭髮。 蜷曲：彎曲（多用於肢體，人和動物均可用）。 ㈢ 捲縮：拳曲而收縮。 蜷縮：蜷曲而收縮。
厂部			
厘　釐	厘米　利率三厘 釐分　釐正　釐米		古漢語用釐，近代始用厘，如厘米、利率

同音、形似、近義或相關字	辨字選詞	常見誤寫	辨析
	釐改　釐定　釐治 釐析　釐金　釐革 釐訂　毫釐 失之毫釐，差之千里		三厘、毫厘、厘定、厘金、厘訂等，內地更將釐簡化為厘。但按傳統用法和語言習慣，除表示計量單位外，其餘當用釐字。
厲　勵　礪	威厲　踔厲 惕厲：可用勵 厲兵秣馬：可用礪 雷厲風行　正言厲行 鋪張揚厲 再接再厲：可用礪 勵精圖治：可用厲 勵志　勉勵　策勵 勖勵　激勵　以義相勵 砥礪　淬礪　磨礪	勵兵秣馬 再接再勵	
厶部			
去　祛　驅　軀	去火　去病　去除 去暑　除去 祛風　祛除　祛暑 祛瘀　祛痰　祛濕 祛病延年 驅邪　驅風　驅除 先驅　長驅　前驅 馳驅　並駕齊驅 軀體　身軀　為國捐軀	去濕 先軀	㊀ 去除：去掉，不使繼續存在。 祛除：除去（疾病、疑懼或邪魔等）。 ㊁ 去暑：驅除暑氣。 祛暑：消除暑熱（中醫指與「寒」相對）。 ㊂ 祛風：中醫學用語，祛散風邪。 驅風：形容快速。民間有驅風油，不用祛，今已約定俗成。 ㊃ 祛、驅 ㊬㊮ 均同音，祛濕不能念作「去」濕。
又部			
反　返　翻　番	反映　反倒　反戈一擊 反目成仇　反求諸己		㊀ 返工指因質量不合格而重新加工或製

同音、形似、近義或相關字	辨　字　選　詞	常見誤寫	辨　析
	反面人物　反唇相稽 反躬自問　反覆無常 反璞歸真　反樸歸真 義無反顧　歸真反璞 歸真反樸 返工　返身　返修 返棹　返潮　返銷 返本還源　返老還童 返璞歸真　返樸歸真 回光返照：可用反 歸真返璞　歸真返樸 翻本 翻悔 } 均可用反、返 翻修　翻臉　翻白眼 翻一番 一番天地　三番四次	 反臉　反白眼 翻一翻	作。粵語的返工(或翻工)指上班。 ㈡ 返修：重新修理。翻修：把舊的房屋等拆除後就原有規模重建。 ㈢ 普通話的翻臉相當於粵語的反面，不要把翻臉寫成反臉。
叉　衩　岔	叉腰　刀叉　叉着腿 高衩　褲衩 岔路　打岔　三岔口 出岔子	 高叉 叉路　三叉口	
口部			
口　頭	渡口：可用頭 關口　掉轉槍口 關頭	 掉轉槍頭	關口：❶ 必經之地。❷ 關卡。❸ 同關頭。 關頭：重要時刻或轉捩點。
叮　盯　釘　訂　定	叮咬　叮噹　叮嚀 千叮萬囑　蚊子叮人 盯梢 人盯人 盯着目標 } 均可用釘 盯住他 釘住他 訂立　訂正　訂交 訂約　制訂　預訂 擬訂　簽訂 裝訂：可用釘 訂車票　訂計劃		㈠ 盯住他的盯意為注視；釘住他的釘意為監視。 ㈡ 普通話説裝訂或裝釘，粵語説釘裝，倒了過兒。 ㈢ 制訂和制定：通用於計劃、辦法、條件、方案、合同、曆法等。制定適用於法令、法律、憲法；制訂少用於法

同音、形似、近義或相關字	辨　字　選　詞	常見誤寫	辨　析
	訂戶　訂金 訂貨　訂婚 訂報　訂單 訂閱　訂購　} 均可用定 定例　定規　定量 定價　定禮　文定 制定　商定　擬定 擬訂　車票已定	訂價	律方面。 ㈣ 擬定：❶ 起草制定。❷ 揣測斷定。 擬訂：起草制訂。
叨　叼	叨光　叨擾　叨陪末座 叼着煙斗 貓兒叼着老鼠	叨着煙斗	
只　止　隻　衹 祗　祇	只今　只合　只好 只有　只使　只要 只是　只消　只管 只緣　不只 只可意會，不可言傳 只此一家，別無分店 只見樹木，不見森林 只知其一，不知其二 只許州官放火，不許百姓點燈 不止　行止　何止 容止　豈止　歎為觀止 不止五公里 不止我一個 樹欲靜而風不止 船隻　一隻羊　一隻鳥 三隻青蛙　兩隻小艇 隻手遮天　片言隻字 獨具隻眼　形單影隻 神祇：亦作神祗 祗力　祗今　祗仰 祗奉　祗事　祗候 祗敬　祗順　祗肅 祗謁 衹有　衹是	何只 豈只	㈠ 只古代只作語氣助詞，唐、宋後應用漸廣，解作僅僅時與衹、祇相通。 ㈡ 不只：遞進複句關聯詞，相當於不但、不僅。 不止：❶ 繼續不停。❷ 表示超出某個數目或範圍。後面多跟數量詞。 ㈢「只」是上聲字（紙韻），「隻」是入聲字（陌韻），普通話無入聲，故將「隻」（粵音 *dzek*⁸）簡化為「只」（粵音 *dzi*³），不合古音。 ㈣ 衹、祗、祇念陰平，古籍通用，均可解適、恰、只；若作只解，今天多用只。 ㈤ 神祇的祇念 *qí* ㊢，*kei*² ㊝；古籍有作神祗，但不念 *qí* ㊢，*kei*² ㊝，今天已很少用。 ㈥ 祗有恭敬之義，不用衹、祇。

同音、形似、近義或相關字	辨 字 選 詞	常見誤寫	辨 析
召 招	召引 召回 召見 召呼 召開 召喚 召集 招致 } 可用召，但現代 招租 } 漢語一般用招 招募 } 招引 招呼 招待 招展 招紙 招貼（名詞） 招喚 招集 招兵買馬 招災惹禍 招是生非 招風惹雨 招風惹草		㊀ 召引：招引，引導，吸引。 招引：招致，吸引，招惹。現代多用。 ㊁ 召呼：呼喚，通知，交代。多見於古籍。 招呼：❶ 用言語、手勢或其他方式招引、呼喚。❷ 招撫。❸ 用言語、姿勢、動作等表示問候。❹ 照料、關照、照管。❺ 接待、應接。❻ 扶持、抬舉。 ㊂ 召喚：叫人來（多用於抽象方面）。 招喚：召喚、呼喚。 ㊃ 召集：招集，聚合。 招集：召集，招撫。
吁 嘘 舒 抒 紓 紆 迂	氣吁吁 喘吁吁 吁一口氣 長吁短嘆 噓氣 唏噓 噓寒問暖 一聲長噓 仰天長噓 舒心 舒卷 舒坦 舒服 舒徐 舒展 舒情 舒張 舒暢 舒適 舒緩 舒一口氣 抒情 抒發 抒寫 抒懷 各抒己見 直抒胸臆 發抒：可用舒 稍抒困厄：可用紓 紓放 紓禍 紓寬 紓緩 紓難 毀家紓難 紆身 紆直 紆徐 紆緩 紆縈 紆鬱 紆尊降貴 迂曲 迂執 迂腐 迂緩	長嘘短嘆 紓尊降貴	㊀ 吁一口氣的吁指嘆息；舒一口氣的舒意為寬解。 ㊁ 舒徐：緩慢，從容不迫。 紆徐：❶ 從容緩慢的樣子。❷ 文辭委婉舒緩。 ㊂ 舒情：抒發情懷，多見於古籍。 抒情：抒發感情。 ㊃ 舒緩：❶ 緩慢。❷ 緩和，從容。❸ 平緩。❹ 古漢語又解作懈怠，廢弛，寬鬆。作形容詞。舉例：步調～ 應對～ 斜坡～ 紓緩：寬緩，使寬緩。作動詞、形容詞。舉例：～矛盾 ～壓力 ～病情 紆緩：迂迴，緩慢。 迂緩：（行動）遲緩，不直截。

同音、形似、近義或相關字	辨 字 選 詞	常見誤寫	辨 析
吊 弔	吊車 吊銷 吊橋 吊環 吊嗓子 一吊錢 吊兒郎當 提心吊膽 弔古 弔唁 弔喪 憑弔 弔民伐罪 形影相弔		吊為弔的俗字，左列吊字均可代之以弔，但因從俗已久，習慣成自然。內地已棄弔字。其實弔的筆畫少於吊。
名 明	名人 名言 名義 名聲 不名一文 莫名其妙：可用明 無名英雄 無名損失 顧名思義 不可名狀 明人 明文 明星 無明火起：可用名 開宗明義	 不可明狀 名星 開宗名義	㈠ 莫名其妙的名意為説出；莫明其妙的明意為明白。今天這兩個詞已經通用。 ㈡ 無明火起的無明為佛教名詞，意思是癡呆，無智慧。無明火起後來也作無名火起。
合 瞌 闔 掐	合村 合計 合家 合眼 合攏 合上眼 合家歡 合埋眼㊄ 打瞌睡 瞌眼瞓㊄ 闔府 闔門 闔室 闔家 闔閉 闔第 闔境 闔攏 掐指一算	 瞌埋眼㊄ 合指一算	合和闔均可表示全和閉，故有些詞二字可通。
吭 哼 啃	吭氣 吭聲 一聲不吭 哼唧 哼唷 哼小曲 哼哼粵調 哼哈二將 一聲不哼 啃骨頭 啃書本	哼氣 吭小曲	吭：出聲，說話。 哼：鼻子發出聲音。
呆 獃 待 (待另見 7 頁「代」字組)	呆人 呆子 呆木 呆定 呆板 呆笨 呆鈍 呆楞 呆滯 呆憨 呆癡 書呆子 呆如木雕 呆若木雞 呆頭呆腦 目瞪口呆 整天呆在家裏 多呆一兩天才走 獃子 獃瓜 獃相 獃氣 書獃子		㈠ 呆和獃是同音字，呆可解作癡、傻，不靈活，發楞，耽擱、停留；獃也可解作癡呆、愚笨。指癡、傻，近代多作獃，現代多用呆，故左列用呆字的一些詞，仍以用呆字為佳。

同音、形似、近義或相關字	辨字選詞	常見誤寫	辨析
	獃頭獃腦 待一會兒再走 我在倫敦多待了幾天		㈡ 待解作耽擱、停留時可代之以呆，近代也有寫作獃，但今已極少用。
吧　罷	好吧　行吧　可以吧 去吧　走吧　幹吧 說吧　想想吧 饒了他吧 大概是吧　他走了吧 罷了　也罷　作罷 說罷　欲罷不能 善罷甘休	吧了　也吧	㈠ 吧是助詞，左列第一行的吧表示同意或認可，第二至四行的吧用於祈使句末，表示命令、請求等語氣，第五行的吧表示揣測。罷也可作助詞，但現代漢語較多用吧。 ㈡ 說吧：表示命令語氣。 說罷：說完。 ㈢ 罷可作動詞，吧不能作動詞。
含　銜　啣　涵	含忍　含怒　含怨 含笑　含羞　含淚 含情　含悲　含嗔 含愁　含殮　包含 飽含　含血噴人 含沙射影　含辛茹苦 含英咀華　含苞待放 含垢忍辱　含着橄欖 含飴弄孫 含着一粒糖 含義、含蓄、蘊含 } 可用涵 銜枚、銜恨、銜冤 } 可用含、啣 銜尾　銜杯、銜着煙斗、銜環結草 } 可用啣 銜泥　銜命　銜尾相隨 涵養　包涵		㈠ 含和銜都有把東西放在嘴裏的意思，但前者強調既不嚥下，也不吐出，後者則有用嘴咬着之義。含可解作容納、包含，銜也有包含之意，而特指心中懷着。含還有忍受的意義，又指帶有某種意思、情感等而不完全表露出來，銜不作如是解。銜可表示接受、銜接，含沒有這樣的意思。含、銜的用法，須以字義和習慣而定。 ㈡ 含和涵都有包含之義，故有些詞通用。 ㈢ 包含：裏面含有。 包涵：客套話，請人原諒。

同音、形似、近義或相關字	辨字選詞	常見誤寫	辨析
咀 嘴 詛 俎 殂 (咀、嘴另見42頁「墜」字組)	咀嚼 含英咀華 嘴刁 嘴巴 嘴臉 嘴饞 詛咒 咒詛 謗詛 越俎代庖 折衝樽俎 人為刀俎，我為魚肉 殂歿 殂殞 殂謝	咀巴 咀臉 咀咒	㊀ 普通話除詛、俎同音外，其餘字都不同讀音或不同聲調，故不易混淆；廣東話咀、嘴同音，詛、俎同音，詛又常誤讀為「咀」音，所以常有左列誤寫情況出現。 ㊁ 咀並非嘴的簡化字，這兩個字連內地也區分得很清楚。
呱 瓜	呱唧 呱嗒 呱呱叫 頂呱呱 呱呱墜地 嘰哩呱啦 瓜熟蒂落 滾瓜爛熟	瓜瓜叫 頂瓜瓜 瓜瓜墜地	呱呱墜地參看42頁「墜」字組。
周 週	周日 周月 周刊 周末 周匝 周年 周延 周全 周身 周到 周知 周章 周旋 周密 周期 周圍 周備 周遊 周歲 周濟 周轉 一周 圓周 周而復始 煞費周章 週日 週刊 週末 週匝 週甲 週年 週全 週身 週到 週知 週旋 週密 週期 週圍 週備 週遊 週歲 週遭 週濟 一週 週而復始		㊀ 周、週在古漢語和近代漢語裏用途頗廣，而且常常通用；但周的義項更多，所構成的詞多於週。到了現代，很多詞中的週已為周所取代；尤其內地，在推行簡化字後已捨棄週。 ㊁ 周日：古指滿一天。週日：古指生日。今天兩者均可指星期日。 ㊂ 周年和週年：古、今均指滿一年。 ㊃ 一周：古指一年，現代也指一星期。一週：古指一甲子、一年，指一星期始於近代，比一周早。 ㊄ 週甲指滿六十年，不作周甲。 ㊅ 圓周、周延的周不能寫作週。

同音、形似、近義或相關字	辨字選詞	常見誤寫	辨析
咪 迷 謎 眯 瞇	咪咪叫 咪去 咪住 咪郁 咪書 } 粵語 迷惑　迷夢　入迷 色迷 迷人眼目 目迷五色 謎底　謎團 揭開生命之謎 眯細 眯縫 眯着眼睛 } 均可用瞇	 色瞇瞇 瞇人眼目 目瞇五色 迷團 生命之迷	
哂 晒 嗔	哂笑　哂納　微哂 不值一哂 晒台 晒暖 西晒 晒太陽 } 內地用字 晒命　走晒 紅晒　食晒 講晒 晒幸福 晒碼頭 唔該晒 } 粵語 嗔怒　嗔責　轉嗔為喜	 不值一晒 哂責	內地將曬簡化為晒；香港仍保留曬字，晒則用於粵語。
哄 烘 訌 鬨	哄抬　哄笑 哄動　哄然 哄搶　哄傳 哄鬧　哄擁 亂哄哄 鬧哄哄 哄堂大笑 } 普通話念平聲 哄語 哄誘 哄騙 } 普通話念上聲		㈠ 哄、鬨基本通用，今天較多用哄。 ㈡ 內訌和內鬨古代基本通用，今天亦作內哄，但內訌較常見。 ㈢ 內鬨又特指兄弟之間爭鬥。

同音、形似、近義或相關字	辨字選詞	常見誤寫	辨析
	起哄 內哄 一哄而起 一哄而散 } 普通話念去聲，起哄亦作起鬨 爐火烘烘　烘雲托月 內訌　訌爭　訌亂 鬨爭　鬨笑　鬨動 鬨然　鬨傳　鬨騰 鬨鬥　內鬨　一鬨而散		
咧　裂	咧着嘴笑 齜牙咧嘴 大大咧咧　罵罵咧咧 裂口　裂縫　髮指眥裂	裂着嘴笑 齜牙裂嘴	
咽　嚥　噎	咽喉　咽頭 (咽㊢㊥均念煙) 幽咽　哽咽　悲咽 嗚咽 (咽㊢念 *yè*，㊥念 *yit*[8]) 嚥氣　下嚥 狼吞虎嚥 細嚼慢嚥 (以上嚥字㊢簡化為咽，與㊥均念宴) 抽噎　哽噎　因噎廢食 吃得快，噎着了 (噎㊢念 *yē*，㊥念 *yit*[8])	咽氣　下咽 狼吞虎咽 細嚼慢咽	港澳台咽、嚥仍分開用。
哨　俏　悄 (俏另見 132 頁「調」字組)	哨子　花哨　呼哨 花裏胡哨 俏麗　花俏　打情罵俏 悄悄話　靜悄悄	花俏 花裏胡俏 俏俏話	表示顏色鮮艷多彩和花樣多，許多人想當然用了俏麗的俏，寫作花俏，是誤用。花俏意為俊俏美麗。
唯　惟　維　為 **遺　違　貽**	唯一　唯心　唯物 唯謹　唯心論　唯物論 唯美主義　唯唯否否 唯唯諾諾　任人唯賢 唯妙唯肖：可用惟、維 惟一　惟有　惟恐 惟謹		㈠ 唯一：只有一個，獨一無二。 惟一：❶ 專一。❷ 獨一無二。 ㈡ 唯心：佛教用詞。 唯心論：哲學名詞。 遺心：無心，不在意。

同音、形似、近義或相關字	辨　字　選　詞	常見誤寫	辨　析
	惟其　惟獨 惟利是視 惟利是圖 惟我獨尊 惟命是從 惟命是聽 惟所欲為 （以上均可用唯，甚至惟有、惟恐用唯亦未嘗不可） 維生　維時　維繫 步履維艱 進退維谷 思維　時維 恭維　歲維 （以上均可用惟） 為生　為害　為患 為非作歹　為所欲為 為時已晚　為時尚早 為淵驅魚　為富不仁 為期不遠　為數甚微 為叢驅雀　天下為公 遺心　遺民　遺世 遺忘　遺金　遺命 遺恨　遺卻　遺風 遺毒　遺害　遺送 遺患　遺逸　遺禍 遺落　遺愛　遺漏 遺篇　遺編　遺孽 遺世越俗　遺世絕俗 遺世獨立　遺笑大方 遺害無窮 養虎遺患：亦作養虎貽患 違心　違世　違令 違命　違願　違世絕俗 違時絕俗 貽害　貽患　貽誤 貽人口實　貽害無窮 貽笑大方　貽誤戰機 養癰貽患：亦作養癰遺患	步履為艱 進退為谷 時為 歲為 為禍 違世獨立 養虎為患 養癰為患	違心：與心願相違背，不是出於本心。 ㈢ 唯謹：只有謹慎。 惟謹：謹慎小心。 ㈣ 唯唯否否、唯唯諾諾的唯，普通話、廣東話均念上聲。 ㈤ 唯（惟）所欲為今天多作為所欲為。 ㈥ 為害：造成禍害；加害。 遺害：留下禍害。 貽害：留下禍害；使受損害。 ㈦ 為患：造成禍患。 遺患：留下禍患。 貽患：留下禍患；使受傷害。 ㈧ 為淵驅魚、為叢驅雀、天下為公的為音謂，去聲。 ㈨ 遺世：❶ 超脱塵世，避世隱居。❷ 道教謂羽化。 違世：❶ 去世。❷ 避開塵世。 ㈩ 遺命：遺囑。 違命：❶ 違背天命。❷ 違背命令。 ⑪ 遺笑大方和貽笑大方屬同義詞，今天多用貽笑大方。 ⑫ 維時：這時，當時。 為時：從時間的長短、早晚上看。 ⑬ 遺世絕俗：超脱世俗。 違世絕俗：違背世俗常情，與眾不同。

同音、形似、近義或相關字	辨字選詞	常見誤寫	辨析
喋　蹀　諜　牒　鰈	喋血：可用蹀 喋喋不休 蹀躞 諜報　間諜 史牒　度牒　通牒 寶牒 鶼鰈		諜古通喋，諜諜通喋喋，惟喋喋不休今不用諜。
善　擅	善於　善意　善自保重 善自為謀　不善言辭 多謀善斷　長袖善舞 能歌善舞　處理不善 擅自　擅長　擅場 擅權　不擅辭令 各擅一場　色藝擅場	擅於 善長 不善辭令	㈠　擅可等於善於，所以擅後面不加於，而善可解作擅長。 ㈡　善自：善於為自己。 擅自：未經准許，自作主張。
喜　起	喜事　有喜　見獵心喜 喚起　起疑心 異軍突起	見獵心起	喜事指值得祝賀的使人高興的事，特指結婚的事。而有喜指婦女懷孕，故「東主有喜，放假一天」的說法很不恰當。
嘔　漚　慪　摳　及　噁　惡	嘔心　嘔血　嘔吐 作嘔　嘔心之作 嘔心瀝血 漚肥 慪氣 摳字眼　摳耳垢 死摳書本 噁心：可用惡	 常見噁心作嘔心	嘔心：形容費盡心思。 噁心：❶ 要嘔吐。❷ 使人厭惡。
嘻　嬉　戲	嘻嘻哈哈 嘻和：可用嬉 嬉笑、嬉鬧、嬉皮笑臉：均可用嘻 嬉遊　嬉戲 戲耍　戲謔 兒戲：可用嬉 鴛鴦戲水	 鴛鴦嬉水	普通話的兒戲意為像小孩子遊戲那樣鬧着玩；粵語的兒戲（念陰平）指不牢固、不結實、不可靠。

同音、形似、近義或相關字	辨字選詞	常見誤寫	辨析
嘹　遼	嘹亮 遼遠	遼亮	
嘰　譏	嘰嘰喳喳　嘰里咕嚕 譏笑　譏諷　反脣相譏	嘰笑	
囊　瓤	囊括　皮囊　行囊　窩囊 阮囊羞澀　慷慨解囊 信瓤　冬瓜瓤　西瓜瓤 倒瓤冬瓜㊄		囊和瓤普通話不同音，廣東話同音，常見以囊代瓤。
囗部			
回　迴　廻	回扣　回音　回首　回流 回旋　回條　回溯　回轉 回響　回心轉意 妙手回春　千回百轉 百折不回 回廊　回護 回顧　回雁峰 回光反（返）照 回嗔作喜 迂回 （以上五行）均可用迴 迴旋　迴轉　巡迴 迴文詩　迴形針 迴音壁（專用） 迴腸九轉　迴腸百轉 廻旋　廻縈 廻盪（蕩） 廻環　廻避 廻繞　夢廻 廻腸盪（蕩）氣 峰廻路轉 紆廻　輪廻 （以上七行）均可用回 迴異　迴然	迴異　迴然	㈠ 回旋與迴旋：均可解作旋轉、盤旋。但回旋另解返回、回轉、活動、施展本領等；迴旋則有可變通、可進退、可商量的意義。有迴旋的餘地亦可用回旋，由施展本領引申為可變通。 ㈡ 回轉與迴轉：基本同義。但回轉有挽回、好轉的意思，迴轉卻沒有此義。 ㈢ 迂回：❶ 曲折，回旋。❷ 繞到敵側或敵後進攻。紆廻：❶ 曲折，廻環。❷ 遲緩。
固　故	固守　固有　固陋　固執 固然　固習　固若金湯 本固枝榮　深閉固拒 故而　故此　故態復萌 依然故我　明知故犯 故步自封：可用固	故有　故陋 故然　故習 固態復萌	故態：曾經有過的情形或態度（多指不好的）。 固態：物質的固體狀態。

同音、形似、近義或相關字	辨字選詞	常見誤寫	辨析
糰　糰	糰扇　粉糰　紙糰　麵糰 棉花糰 糰子　湯糰　飯糰子 糯米糰子	粉糰　麵糰	糰指用米或粉做成的圓球形食物。一般和子字連用。粉團、麵團還沒成為食物，故不用糰。
土部			
坑　炕	坑害　坑騙　火坑 坑蒙拐騙　焚書坑儒 炕桌　熱炕頭	火炕 焚書炕儒 熱坑頭	
坐　座　助	坐力　坐大　坐具　坐客 坐席　坐馬　坐談 坐駕　坐艙　坐騎 坐鎮　坐江山 後坐　後坐力　坐井觀天 坐以待斃　坐北朝南 坐享其成 坐食山空　坐懷不亂 坐觀成敗　坐山觀虎鬥 坐次　坐位 坐落　坐標 坐鐘　入坐 就坐　舉坐 } 均可用座 座談　座船　座無虛席 座上客 座右銘 } 可用坐 座下　底座　星座 一座山　一座樓 一座水庫　一座村莊 助陣　助興	座具（座椅亦錯） 座席 座駕　座騎 助鎮　座鎮 後座力 座北朝南 座享其成 坐陣	㈠　指山川、田地和建築物的位置時，坐落、座落通用。 ㈡　坐談：空談。座談：不拘形式地漫談討論。 ㈢　坐艙：客船。座船：舊指官船。 ㈣　坐駕為港詞，或由坐騎而來。座駕未見於辭書。 ㈤　座無虛席宜用座。 ㈥　坐和座古漢語均可作動詞和名詞，故常相通，但仍有區別。今天動詞多用坐，名詞、量詞較多用座。
坦　袒　妲　笪　揵 （揵另見 12 頁「健」字組）	坦白　坦步　坦坦 坦直　坦笑　坦率 坦途　坦懷　坦蕩 坦露　坦然自若 坦腹東床　君子坦蕩蕩 袒左　袒肩　袒蕩 袒護　袒露　偏袒 袒胸露臂　袒裼裸裎 妲己	袒懷 袒蕩蕩 坦胸露臂	㈠　坦蕩：❶寬廣平坦。❷形容人胸襟闊，心地純正。袒蕩：坦率，不做作。 ㈡　坦露：敞開，顯露。袒露：❶脱下上衣，露出身體。❷暴露，沒有遮

同音、形似、近義或相關字	辨字選詞	常見誤寫	辨析
	竹笪 大笪地 一笪笪 軟笪笪 }均粵語用字	一撻撻 軟撻撻	蓋。❸ 毫無掩飾的表露。 ㈢ 妲粵音正讀為 dat^8（笪），俗讀 tan^3（坦）。
堂　唐	堂皇　堂而皇之 堂哉皇哉　堂堂之陣 冠冕堂皇　富麗堂皇 儀表堂堂 唐皇　唐哉皇哉		㈠ 堂皇：❶ 形容氣勢盛大。❷ 猶冠冕堂皇。 唐皇：氣勢宏偉盛大。 ㈡ 堂哉皇哉：猶堂而皇之。 唐哉皇哉：唐指唐堯，皇指皇漢。語出《後漢書·班固傳·典引》：「汪汪乎丕天之大律，其疇能亙之哉？唐哉皇哉！皇哉唐哉！」意為誰能終成大法，只有唐（堯）與漢（朝），只有漢朝與唐堯。後以唐哉皇哉或唐皇形容規模宏偉，氣勢盛大。
塗　涂　途	塗污　塗改　塗抹 塗金　塗毒　塗炭 塗飾　塗鴉　糊塗 塗脂抹粉　塗歌邑誦 涂巷　涂軌　涂道 途徑　途程　途窮日暮 道聽途説：可用涂、塗	糊涂	㈠ 途、塗和涂均可解作道路。但三字用法仍有分別。道聽途説宜用途字為佳。內地將塗字簡化為涂，有時會造成混淆，如姓涂變姓塗。 ㈡ 糊塗可作胡塗。
墳　賁　奮 （奮另見61頁「忿」字組）	墳起 賁臨　賁耀 奮起	賁起	墳起：凸起，鼓起來。 奮起：振作起來，有力地舉起、拿起。

同音、形似、近義或相關字	辨　字　選　詞	常見誤寫	辨　析
墜　墮　咀　嘴 (咀、嘴另見34頁「咀」字組)	墜地　墜落　墜毀 下墜　吊墜　耳墜 呱呱墜地　天花亂墜 搖搖欲墜 墜落在大海裏 墮地　墮淚　墮落 墮入海中　如墮煙海 如墮五里霧中 墮馬 墮樓 } 可用墜	吊咀　吊嘴 呱呱墮地 搖搖欲墮 如墜煙海 如墜五里霧中	㈠ 墜可解作下垂，垂在下面，垂在耳垂、頸項、扇柄等下面的東西，故有耳墜、吊墜、金墜、扇墜等詞。 ㈡ 墜、墮均有落、掉下的意義，但各有習慣用詞。 ㈢ 墜地：專指嬰兒初生下來。 墮地：掉到地上。 ㈣ 呱呱，普通話念 *gūgū*，粵音姑姑，不能念瓜瓜。 ㈤ 墜落：落，從高處掉下來。 墮落：❶ 脱落，墜落。❷ 品格、行為往壞的方向變。 ㈥ 墮入海中，墮後面不加落字。
壁　璧　碧	壁立　面壁　補壁 照壁　半壁江山 家徒四壁 璧還　璧謝 雙劍合璧 碧落　碧血　澄碧 碧油油　金碧輝煌 小家碧玉	半璧江山 雙劍合壁 金璧輝煌	
士部			
士　仕	士子　士女　士紳 人士　女士 名士　隱士 謀士　士大夫 紳士協定 仕子　仕女　仕林 仕宦　仕途　出仕 致仕	仕紳 人仕　女仕 名仕　隱仕 謀仕　仕大夫 紳仕協定	㈠ 士子和仕子均可指士大夫官僚階層，亦泛指文人、學子。但前者可解作美男子，特指年輕人；又指將士家的子弟。 ㈡ 士女：❶ 青年男女。❷ 泛指百姓。

同音、形似、近義或相關字	辨 字 選 詞	常見誤寫	辨 析
			❸ 同仕女。 仕女：❶ 官宦人家的女子。❷ 仕女畫中的人物，亦指以美女為題材的國畫。 ㊂ 人仕、女仕等的誤寫也是「偏旁迷」慣性所致。
大部			
夫　伕　乎　呼　副　符	夫力 夫役 拉夫 } 可用伕 火（伙）夫　車夫 挑夫　馬夫　農夫 腳夫　漁夫　夫復何求 樵夫　轎夫　清道夫 伕力　馬伕 介乎　玄乎　合乎 於乎　迴乎　庶乎 異乎　類乎 熱乎 潮乎 熱乎乎 } 可用呼 於是乎　胖乎乎 庶幾乎　傻乎乎 忘乎所以　溜之乎也 微乎其微　瞠乎其後 呼號　山呼　嗚呼 氣呼呼　一呼百應 前呼後擁 名副其實 名不副實 名實不副 名實相副 } 也可用符 盛名之下，其實難副 符合　不符　相符	夫改作伕 乎復何求 合符 胖呼呼 瞠呼其後 其實難符 乎合	㊀ 夫力：勞力。 伕力：腳夫。 ㊁ 古代只有夫字，近代才有伕字，義同夫役的夫。把火夫、車夫、馬夫、轎夫等寫作火伕、車伕、馬伕、轎伕等也是「迷戀偏旁」之誤。 ㊂ 馬伕：本地特指一種依賴妓女維生的人。 ㊃ 於乎同嗚呼。 ㊄ 呼號（號念平聲）：❶ 因悲傷而哭叫。❷ 因需要援助而呼喊。 呼號（號念去聲）：❶ 無線電通訊中使用的各種代號，有時專指廣播電台名稱的字母代號。❷ 某些組織專用的口號。 ㊅ 先有名副其實等詞，名符其實等是約定俗成。
夾　挾　脅	夾心　夾注　夾板　夾岸 夾持　夾峙　夾帶　夾棍		㊀ 夾帶：❶ 將違禁之物藏在身上或混在

同音、形似、近義或相關字	辨字選詞	常見誤寫	辨析
	夾道 夾縫 夾雜 衣夾 髮夾 夾在中間 夾着尾巴 夾帶私逃 夾帶私貨 夾着書包：可用挾 夾菜 ⎫ 也可用挾，但 兩腿一夾 ⎭ 現今多用夾 挾持：古通夾持 挾私 挾怨 挾帶 挾勢 挾嫌 挾藏 要挾 裹挾 挾制：可用脅 挾山超海 挾仇陷害 挾私報復 挾天子以令諸侯 脅持 脅迫 脅從 裹脅 脅肩諂笑	 挾着尾巴	他物中秘密攜帶。❷考試時私帶和試題有關的資料，即粵語之「出貓仔」手法之一。❸夾雜。 挾帶：❶攜帶；混雜在他物中秘密攜帶。❷夾雜，帶有。夾帶私逃多用夾。 ㈡ 挾持：❶從兩旁抓住或架住。❷用威力強迫對方服從。❸控制。 脅持：威脅挾持。今與挾持通用。 夾持：古通挾持。 ㈢ 裹挾：❶(風、流水等)帶着別的東西移動。❷(形勢、潮流等)把人捲進去，迫使其採取某種態度。❸同裹脅。 裹脅：用脅迫手段使人跟着(做壞事)。
奈 耐 捺	可奈 ⎫ 叵奈 ⎭ 可用耐 怎奈 無奈 奈何不得 無奈他何 難奈他何 耐力 耐用 耐看 耐勞 耐煩 能耐 耐不住 耐人尋味 耐着性子 痛癢難耐 俗不可耐 按捺	 無耐 難耐他何 奈不住 奈着性子 痛癢難奈 俗不可奈 按奈	無奈他何有人寫作奈他不何，誤。
奇 其 期	奇貨可居 奇痛難耐 奇談怪論 奇醜無比 奇癢難熬 出奇制勝	其貨可居 其醜無比	㈠ 奇、其同音，一不小心就會混淆；從意義上區分二字，

同音、形似、近義或相關字	辨字選詞	常見誤寫	辨析
	無奇不有　表現奇差 其中　其後　其間 其味無窮　其勢洶洶 其貌不揚　出其不意 各行其是　神乎其技 誇大其詞　誇誇其談 期許　期望　期間	 奇味無窮 出奇不意 神乎奇技 誇誇奇談	可免出錯。 ㈡ 其、期普通話同音不同調，廣東話則同音同調（期月、期年念 *gei*[1] 除外），故其間和期間二詞，以粵語為母語的人用起來常會出錯。 其間：那中間；那段時間。例：廁身～　～情況有很大變化 期間：某個時期裏面。多和某些詞連用表示一個時期。例：新年～　旅歐～　抗戰～
奕　翼	奕奕有神　神采奕奕 聲勢赫奕 為虎傅翼　小心翼翼	 小心奕奕	
奏　湊　揍	奏功　奏效　奏捷 克奏膚功　屢奏奇功 湊合　湊近　湊集　湊數 湊仔㊢　拼湊　雜湊 挨揍　給我狠狠揍	湊效 奏合　奏集 揍仔	
奪　斷　段	定奪　裁奪 片斷　裁斷 片段：亦作片斷 階段	定斷 階斷	㈠ 片斷另解零碎、不完整。片段無此義。 ㈡ 裁奪：考慮決定。 裁斷：裁決判斷。
女部			
妄　罔	妄動　妄圖　虛妄 妄自菲薄　無妄之災 罔顧 欺君罔上 置若罔聞　藥石罔效	虛罔 罔自菲薄 妄顧 欺君妄上 置若妄聞	

同音、形似、近義或相關字	辨字選詞	常見誤寫	辨析
奸 姦	奸人 奸宄 奸邪 奸佞 奸命 奸狡 奸笑 奸商 奸細 奸詐 奸賊 奸謀 奸險 奸黨 內奸 漢奸 大奸大惡 朋比為奸 姦夫 姦污 姦情 姦淫 通姦 強姦 老姦巨滑 作姦犯科		奸和姦在古籍裏基本通用，姦用得較多，左列用奸的詞大部分可用姦。內地推行簡體字後，棄姦留奸，左列用姦的字全部代之以奸亦可接受。本地姦淫一類詞語仍按習慣用姦；而作干犯解則用奸，如奸命、奸旗鼓（犯軍令）。
嬌 驕	嬌美 嬌氣 嬌貴 嬌逸 嬌嗔 嬌慣 嬌縱 嬌生慣養 驕美 驕矜 驕氣 驕陽 驕逸 驕慢 驕橫 驕縱 驕兵必敗 驕奢淫逸 天之驕子	驕貴 驕慣 嬌矜 嬌陽 嬌橫 天之嬌子	㈠ 嬌美：艷麗。 驕美：自負有美德。 ㈡ 嬌氣：意志脆弱、不能耐苦、慣於享受的習氣。 驕氣：驕傲的氣勢、態度。 ㈢ 嬌逸：俊美。 驕逸：驕縱放肆，驕奢安逸。 ㈣ 嬌縱：恃寵任性，嬌養放縱。 驕縱：驕傲放縱。
子部			
子 籽	種子 蝦子 菜籽 棉籽	種籽 蝦籽	籽只用於某些植物的種子。
孜 滋	孜孜不倦 孜孜矻矻 美滋滋、喜滋滋、樂滋滋 } 可用孜 甜滋滋		矻，念 *kū* ㊢，*gwet*[9] ㊣。
孱 潺	孱弱 孱頭 孱羸 潺潺流水 秋雨潺潺	潺弱	
孿 攣	孿子 孿生 攣縮 痙攣	攣生	

同音、形似、近義或相關字	辨字選詞	常見誤寫	辨析
宀部			
宗 中 樁 舂 及 起	一宗心事　一宗怪事		宗、樁、起均可做量
	一宗特產　大宗貨物		詞，宗、樁可用於事
	大宗經費　幾宗案卷		情，同義。宗、樁、
	萬變不離其宗	萬變不離其中	起均可用於案件。宗
	其中　執中　意中		可用於錢財、款項，
	熱中　無動於中		樁、起不能；樁可用
	如墮五里霧中		於買賣、交易，宗、
	木樁　打樁　一樁工程		起不宜；起可用於事
	一樁大案　一樁心事		故，宗、樁不行。
	一樁交易　一樁事兒		
	一樁買賣		
	舂米　舂藥	樁米	
	一起人馬　一起事故		
	一起悲劇　兩起盜案		
宜 怡	宜人　宜家　宜然	怡人	宜然：應該這樣。
	宜喜宜嗔　氣候宜人		怡然：形容喜悅。
	景色宜人	景色怡人	
	怡心　怡目　怡情悅性		
	怡然自得　心曠神怡		
宣 渲 喧 暄	宣明　宣洩　不可言宣	渲洩	
	渲染	宣染	
	喧鬧　喧嘩　喧賓奪主		
	鑼鼓喧天		
	暄和　暄妍　暄暖		
	寒暄	寒喧	
宴 晏	宴安鴆毒　宴爾之樂		宴、晏普通話同音，
	言笑晏晏　河清海晏		粵語不同音。
容 融 溶 熔 喁	兼容並包　水火不相容	水火不相融	㊀ 融化、融解：義
	融化　融合　融和		同，指冰雪等變
	融解		成水。
	消融 笑融融 } 可用溶		溶化：❶（固體）溶解。❷ 融化。
	暖融融　樂融融		熔化、熔解：義
	融會貫通　水乳交融	水乳交溶	同，固體加熱到
	春光融融	春光溶溶	一定溫度變為液
	溶化　溶洞　溶溶		體。

同音、形似、近義或相關字	辨字選詞	常見誤寫	辨析
	溶解　溶解度 月色溶溶 熔岩　熔合　熔化 熔解　熔融 喁望　喁喁　喁喁不休 喁喁私語　喁喁噥噥 細語喁喁	 月色融融 溶岩 細語融融	㈡ 熔合、熔化、熔解、熔融均用於金屬等固體。 ㈢ 喁喁，普通話念 *yúyú*：❶ 應和聲。❷ 形容低聲說話。普通話念 *yóngyóng*：❶ 魚口露出水面翕動的樣子。❷ 仰望期待。粵語亦可分別念 *yue*² *yue*² 和 *yung*² *yung*²，但喁喁私語該念什麼音呢？古音、粵語正音應念 *yue*²，惟電台和文藝如粵劇演出多念 *yung*²，已深入民心。
密　蜜	密切　密友　密斯 周密　細密　親密 濃密　縝密　哈密瓜 蜜月　蜜瓜　水蜜桃 口蜜腹劍　甜言蜜語	蜜友 親蜜 哈蜜瓜	哈密是中國新疆一個縣級市名，哈密瓜是當地一種特產。
宿　夙　倏　簌	宿仇　宿疾　宿將　宿債 宿分、宿世、宿志 } 可用夙 夙仇　夙嫌　夙諾 夙怨　夙話、夙敵　夙願 } 均可用宿 夙夜匪懈　夙興夜寐 倏地　倏忽　倏然 簌簌作響　簌簌淚下		此四字讀音相同或相近，一不小心就會寫錯。 宿仇：舊有的仇恨。 夙仇：❶ 一向作對的仇人。❷ 宿仇。
寓　喻　諭　籲　譬	寓目　寓於　寓託　寓情 寓意 喻旨　喻意　比喻　勸喻 君子喻於義，小人喻於利		㈠ 寓意：❶ 寄託或蘊含意旨。❷ 寄託或隱含的意思。 喻意：表明意思。 諭意：表明意思；

同音、形似、近義或相關字	辨字選詞	常見誤寫	辨析
	訓喻 家喻戶曉 不可理喻 不言而喻 （均可用諭） 諭示　諭旨　諭意　諭義 手諭　教諭　勸諭 曉諭：可用喻 籲求　籲請　呼籲 譽不絕口　譽為奇才 有花城之譽	 勸籲 喻為奇才	示意。表示寄託或隱含的意思，不少人都寫作喻意，誤。 ㈡ 喻旨：說明旨意，諭示旨意。 諭旨：曉諭帝旨；皇帝的命令。 ㈢ 勸喻：勸告說明。 勸諭：婉言勸說。
寸部			
將　張　章	將次　將就　行將 將信將疑　日就月將 皮之不存，毛將焉附 張本　張狂　張皇　張望 張羅　分將　乖張　舒張 張口結舌　改弦更張 劍拔弩張 典章　報章　篇章　樂章 急就章　周章失措 大費周章	張就 大費周張	
小部			
小　少	小時　小數　幼小 自小　些小　從小 渺小　微小 縮小　小時候　小數點 小小不言　小本經營 小睡片刻 少量：可用小 少時　少許　少數 少不更事 少數民族	幼少 些少　從少 渺少　微少 縮少　少時候 少睡片刻 小許 小不更事 小數民族	㈠ 小時：❶ 時間單位，一整天時間的二十四分之一。❷ 古代、近代作小時候解，「小時了了，大未必佳」。 少時：不大一會，不多時。 ㈡ 小數：❶ 小數點後面的數。❷ 數量少。 少數：較少的數量。 粵語多少的少與小同音，這兩個字很容易混淆。

同音、形似、近義或相關字	辨字選詞	常見誤寫	辨析
尢部			
尤　猶	尤妙　尤其　尤為 尤甚　尤異 猶自　猶如　猶幸 言猶在耳　意猶未盡 過猶不及　記憶猶新	猶為 猶甚 尤如　尤幸 意尤未盡	
尸部			
尺　呎	尺寸　尺碼　尺短寸長 百尺竿頭　咫尺天涯	呎吋　呎碼 咫呎天涯	英尺作呎，香港慣用英尺，很多人寫到尺字時，常代之以呎。日常生活須分清哪種尺決定用字，成語、熟語等的尺寸、里等絕對不能加偏旁。
居　据　據　踞	居心叵測　居高臨下 身居要職　奇貨可居 四川居長江上游 進出口貿易居全國之首 拮据 據守　佔據　割據 竊據要津 盤據：可用踞 踞守　踞伏　竄踞 踞城抵抗 虎踞龍盤：可用據	據高臨下 據長江上游 據全國之首 拮據 佔踞 竊踞要津	㈠ 內地捨棄據字，据一字二音，簡體轉換為繁體時，拮据易變為拮據。 ㈡ 據守、踞守都有佔據的意思，前者強調防守，後者強調守衛、看守。
屏　摒	屏退　屏除　屏氣 屏息　屏逐　屏絕 屏跡 屏棄：可用摒 屏氣凝神　屏聲息氣 摒除　摒絕　摒之於外	摒退	㈠ 左列屏字，㊤㊥均念丙。 ㈡ 屏除、摒除現代相通。 ㈢ 屏絕：斷絕，拒絕。摒絕：全部排除。
山部			
岡　崗	岡巒　山岡　井岡山 景陽岡　如岡如陵 三碗不過岡 崗位　崗亭　崗哨	井崗山	㈠ 岡、崗，古異體字，均念平聲，粵語二字均念陰平。 ㈡ 崗近代起北方話多了

同音、形似、近義或相關字	辨　字　選　詞	常見誤寫	辨　析
	崗樓　下崗　上崗 查崗　站崗　黃土崗 一道肉崗		一個音，解作崗位、崗哨時念上聲，普通話注音 *gǎng*。 ㊂ 井岡山當地和普通話均念上聲。
峻　竣　俊　悛　皴　唆	峻峭　峻急　冷峻 高峻　陡峻　險峻 嚴峻　崇山峻嶺 嚴刑峻法 竣工　竣事　完竣 告竣 俊俏　俊逸　忍俊不禁 怙惡不悛 皴法　皴裂 唆使　教唆　囉唆	 峻工　完峻 忍唆不禁	㊀ 峻、竣二字字形相近，容易混淆。 ㊁ 悛，普通話念 *quān*，粵語念酸；皴，普通話念 *cūn*，粵音詢。
巛部			
州　洲	九州　加州 神州　貴州　廣州 蘇州　穿州過省 五洲　沙洲　長洲 青洲　坪洲　果洲 綠洲　滿洲　澳洲 三角洲　大洋洲 關關雎鳩，在河之洲	九洲　加洲 神洲 五州　長州 滿州 大洋州	州：舊時的行政區劃，現在這名稱還保留在中外一些地名裏。 洲：❶ 一塊大陸和附近島嶼的總稱。❷ 河流中由沙石、泥土淤積而成的陸地。
工部			
工　功　攻　公	工力　工夫　工餘 武工　苦工　精工 唱工：可用功 工力悉敵 工於心計 工多藝熟 鬼斧神工 異曲同工 窮而後工 功力　功夫　功課 用功　武功　苦功 做功：可用工	 功力悉敵 攻於心計 功多藝熟 鬼斧神功 異曲同功 工課	㊀ 工力和功力。有同有異：相同的是兩者均可解作功夫和才力；不同的是工力指做某項工作所需的人力，功力指功效。 ㊁ 工力悉敵是成語，習慣用工字。 ㊂ 工夫和功夫。古漢語通用。❶ 指工程和勞動的人力。❷ 指空閑時間、時候。❸ 指造

同音、形似、近義或相關字	辨字選詞	常見誤寫	辨析
	神功戲㊉ 基本功 功虧一簣 事半功倍 計日程功 馬到成功 攻心 攻關 攻讀 專攻電子學 公幹 公餘 公關 辦公	基本工 專工電子學 工幹 辦工	詣和成就的程度。現代漢語又指做事所費的精力和時間。而今天已較少解作工程和勞動人力；指造詣、本領時多用功夫（用工夫亦未嘗不可）。粵方言的功夫又指武術、武打，現已通行中國內地和國際。 ㊃ 工餘：工作時間以外的時間。 公餘：辦公時間之外的時間。 ㊄ 武工：武術。 武功：❶ 在征戰中建立的功績。❷ 武術。 ㊅ 苦工：❶ 被迫從事的辛苦繁重的體力勞動。❷ 被迫做苦工的人。 苦功：刻苦的功夫。 ㊆ 攻關：攻打險要的關口，又比喻攻克科技難關。 公關：公共關係的簡稱。
巨 鉅	巨大 巨川 巨文 巨匠 巨型 巨指 巨著 巨量 巨幅 巨筆 巨輪 巨頭 巨擘 巨識 巨響 巨變 巨毋霸 老奸巨滑 巨人 巨子 巨手 巨公 巨帙 巨眼 巨細 巨款 巨萬 巨構 巨製 巨億 巨儒 創巨痛深 大商巨賈 為數甚巨 （巨人至為數甚巨）均可用		巨、鉅均可解作大，很多詞可以相通。內地統一用巨。香港保留鉅，按照習慣使用。左列含鉅的詞多見於古籍。

同音、形似、近義或相關字	辨字選詞	常見誤寫	辨析
	鉅功　鉅典　鉅族 鉅傑　鉅費　鉅賢		
巾部			
布　佈　報	布告　布道　公布 擺布　發布命令 新聞發布會 以上詞語用佈亦可 報告　報道　公報 發報	發報命令 新聞發報會	㈠ 布、佈以下三個義項相通：❶ 宣告，宣布。❷ 散布，分布。❸ 布置。 單用一個布字已夠。 ㈡ 布告：❶ (政府部門、團體、公司等) 張貼出來通告眾人的文件。❷ 張貼出來通告眾人。 報告：❶ 把事情或意見正式告訴上司或眾人。❷ 以口頭或書面形式向有關方面所做的正式陳述。 ㈢ 布道特指基督教宣講教義。
希　稀	希求　希望　希圖 希冀　希覯　希覬 稀少　稀世　稀有　稀罕　稀奇　古稀　珍稀（均可用希） 稀拉　稀泥　稀客 稀疏　稀碎　稀亂 稀薄　稀鬆　稀釋 稀爛　拉稀　依稀 稀巴爛　稀溜溜 稀稀拉拉　稀湯寡水 稀裏糊塗　稀裏嘩啦 月明星稀　地廣人稀 人生七十古來稀		
帖　貼	帖伏　帖服　伏帖 服帖　俯首帖耳		㈠ 帖伏：❶ 貼地而伏。❷ 折服，順從，不反抗。

同音、形似、近義或相關字	辨字選詞	常見誤寫	辨析
	平帖　妥帖 寧帖　熨帖 伏伏帖帖 垂首帖耳 （以上可用貼） 貼伏　貼服　伏貼		貼伏：❶緊貼着，黏付着。❷服貼，順從。 ㈡ 帖服：順從，不違抗。 貼服：❶馴順，服貼。❷平貼，平服。❸舒坦。 ㈢ 伏帖：❶舒服，舒適。也作伏貼。❷同服帖❶。 伏貼：❶緊貼在上面。❷同伏帖❶。 ㈣ 服帖：❶馴服，服從，隨順。也作伏帖。❷妥當，平安。 ㈤ 俯首帖耳是成語，帖不宜改作貼。
帔　披　批　被	鳳冠霞帔 披肩　披卷　披風 披覽　橫披　披堅執銳 橫批 覆被　植被　被堅執銳	鳳冠霞披	㈠ 鳳冠霞帔的帔普通話念 *pèi*，粵音 *pui*⁵。 ㈡ 橫披：長條形的橫幅字畫。 橫批：跟對聯相配的橫幅，多為四字。 ㈢ 被堅執銳出自《史記・項羽本紀》，今多作披堅執銳。
席　蓆	席位　席地　席捲 軟席　割席 席地而坐　席不暇暖 草蓆　一領蓆	蓆捲 割蓆 蓆地而坐	㈠ 席和蓆均可解為用葦篾、竹篾、草等編成用來鋪炕、床、地或搭棚子等的片狀物，古多用席，今用蓆（內地棄用）。席、蓆古音相同（入聲），普通話均念 *xí*，粵音分別為 *dzik*⁹、*dzek*⁹。 ㈡ 席捲（古多作卷）、割席有較濃的古漢語色彩，故不宜用蓆。

同音、形似、近義或相關字	辨　字　選　詞	常見誤寫	辨　析
帳　賬　幛	帳帷　帳幕　帳幔		
	帳篷　營帳　青紗帳	青紗幛	
	賬本　賬面　賬號		
	賬戶　賬目 ⎫		
	賬房　賬單 ⎬ 可用帳		
	賬簿 ⎭		
	幛子　幛詞　幛蔽		
	喜幛　賀幛	喜帳　賀帳	
	壽幛　輓幛	壽帳	
幅　輻	幅度　幅員　升幅		
	條幅　漲幅　增幅		
	篇幅　橫幅　不修邊幅		
	輻射　輻輳	幅射	
帷　幃　闈	宮帷		宮帷：宮殿的圍幕；亦借指王宮。
	帷幕　帷幔 ⎫ 可用幃		宮幃：帝王的後宮；后妃的住所。
	運籌帷幄 ⎭		
	宮幃		
	入闈　春闈　秋闈	春幃　秋幃	宮闈：❶ 帝王的後宮；后妃的住所。❷ 指后妃。❸ 指宮廷。❹ 隋唐官名。
	宮闈		
	慈闈：可用帷、幃		
干部			
幸　倖	幸而　幸甚　幸勉		㊀ 薄幸：❶ 薄情；負心。
	幸運　幸會　幸賴		薄倖：❶ 薄情；負心。❷ 古時女子稱似恨而實愛的人。❸ 薄命。
	不幸　佞幸　巡幸		
	榮幸　駕幸　薄幸		
	幸佞　嬖幸 ⎫		㊁ 嬖幸與幸嬖同義。
	寵幸 ⎬ 可用倖		㊂ 僥倖（幸）亦作儌倖（幸）、徼倖（幸）。
	幸災樂禍 ⎭		
	倖致　得倖　薄倖		
	倖臣　倖存 ⎫ 可用幸		
	倖免　僥倖 ⎭		
幺部			
幻　患　犯　範	幻象　幻覺　幻聽		
	奇幻　虛幻　變幻		
	患得患失	幻得幻失	

同音、形似、近義或相關字	辨　字　選　詞	常見誤寫	辨　析
	防患未然 犯事　犯規　進犯　違犯 防範　就範　遺範	防範未然	
广部			
底　抵　柢　牴 **砥　蒂**	底立　底定　底事 底處　底裏　底蘊 根底　終底於成 伊於胡底　刨根問底 追根究底　尋根究底 盤根問底　歸根到底 歸根結底：可用抵、蒂 抵消　抵罪　抵銷 抵觸　終於抵達 根柢 根深柢固：可用蒂 牴觸、牴牾：均可用抵 中流砥柱	 終抵於成 中流柢柱	㈠ 根底：❶ 基礎，根基。❷ 來源。 根柢：❶ 樹根。❷ 喻事物的根基。 ㈡ 抵觸：❶ 牛、羊以角相撞。❷ 有矛盾，反對。❸ 觸犯。 牴觸：❶ 牛、羊以角相互撞擊。❷ 矛盾，衝突。 ㈢ 古書有柢梧、柢罪的寫法，今極少用。
度　渡　道	度日　度歲　度假 度越　超度　度蜜月 飛度天塹　暗度陳倉 歡度假日 荒淫無度 揮霍無度 度引　度世、度荒　普度：均可用渡 渡河　渡船　渡越 引渡　超渡　渡過難關 共渡時艱　過渡時期 遠渡重洋 四道菜　一道門 一道橋　一道手續 一道命令　無道昏君	渡假 渡蜜月 暗渡陳倉 歡渡假日 荒淫無道 揮霍無道 度過難關 共度時艱 一度門 一度橋	㈠ 度越：超過。 渡越：超越，超脱。 ㈡ 超度：❶ 跳過。❷ 超越，勝於。❸ 佛、道教謂使死者靈魂得以脱離諸般苦難。 超渡：❶ 同超度 ❸。❷ 跨過，渡過。 ㈢ 渡過指由此岸到彼岸。渡過難關用的是比喻義，度過難關是誤寫。 ㈣ 共渡時艱應作共濟時艱。濟者，過河也，通過也。作共渡時艱亦可，但不能用度。 ㈤ 普通話度、道不同音，粵語易混淆。

同音、形似、近義或相關字	辨　字　選　詞	常見誤寫	辨　析
廝　撕　斯　廁　施　司	廝打　廝守　廝殺 廝混　大模廝樣 耳鬢廝磨 撕扯　撕毀　撕破臉 斯人　斯時　如斯 斯文掃地 廁足　廁身　廁所 廁跡 施加　施教　施診 施與　施禮　施施然 發號施令　倒行逆施 司令　司法　司號 司儀　司藥　職司 司空見慣　牝雞司晨	撕打　撕殺 大模斯樣 廝足　廝身 斯斯然 發號司令	有人甚至將大模廝樣寫作大模屍樣。
廴部			
廷　庭	內廷　宮廷　朝廷　龍廷 庭院　庭園　大相逕庭 天庭：亦可用廷	宮庭　朝庭	
弋部			
式　色　息　適　悉　識　飾　舫	式微　式樣　合式 形式　型式　款式 樣式　各式各樣 色調　色澤　色膽 角色　物色　秋色 特色　腳色　潤色 清一色　生色不少 色色俱全　各色人等 各色各樣　行色匆匆 花色品種　氣色紅潤 工作出色 不動聲色 息心　息影　作息 養息　憩息　有出息 息息相關　氣息奄奄 休養生息　時代氣息 寂無聲息 適合　適度　合適	息微　色微 款色 角式　物識 特式　腳式 清一式 各式人等 花式品種 工作出息 不動聲息 有出色 氣色奄奄 寂無聲色	㊀ 合式：❶ 合乎一定的格式或式樣。❷ 同合適。 合適：符合實際情況或客觀要求；適當。 ㊁ 各式各樣：許多不同的樣式、方式或形狀。 各色各樣：各種各樣。 ㊂ 潤色和潤飾基本通用。 ㊃ 洞悉：很清楚地知道。 洞識：透徹了解，很清楚地認識。 ㊄ 熟悉:清楚地知道。

同音、形似、近義或相關字	辨字選詞	常見誤寫	辨析
	恬適　酣適　閑適 適可而止　適逢其會 各適其適(港) 悉心　悉數　知悉 洞悉　得悉　敬悉 熟悉　悉力進行 悉隨尊便　洞悉內情 識破　見識　洞識 熟識　膽識　不識之無 洞識其奸：可用悉 飾詞　飾演　妝飾 服飾　首飾　修飾 裝飾　潤飾　燈飾 文過飾非 飭令　整飭　謹飭	各適其式 悉破 膽色 服色 整飾	熟識：對人認識得比較久或對事物了解得比較透徹。 二者基本通用。口語較多用前者，書面語二者均用，但後者書面語色彩較濃。
弓部			
引　印	引用　引述　引證 援引　徵引　旁徵博引 印證		引證：引用事實、言論等做根據。 印證：證明合乎事實。
彡部			
形　型　營　凝	形狀　形態　形體 口形　外形　字形 身形　原形　隊形 畸形　圓形　矯形 雛形　體形　長方形 馬蹄形 形神兼備　形諸筆墨 不形於色　喜形於色 意識形態 面形　面型 } 臉形　臉型 } 同義 型號　大型　口型 巨型　身型　原型 新型　微型　髮型(港) 轉型　體型　流線型 長型臉 造型：可用形	型態 外型 畸型　矯型 雛型 馬蹄型 凝諸筆墨 喜凝於色 意識型態 大形	㈠ 口形：❶口部的形狀。❷特指發某些聲音時口部的形狀。 口型：同口形❷。 ㈡ 身形：身體，形體。表人的胖瘦和動物的肥瘦。 身型：體形。可用於表人或動物身體的形狀。 ㈢ 原形：原來的形狀或本來面目，多含貶義。 原型：最初的模型或類型，又指文學形象所依據的真實

同音、形似、近義或相關字	辨　字　選　詞	常見誤寫	辨　析
	營火　營造　步步為營 凝妝　凝注　凝重 凝神　凝然　凝集 凝想　凝聚　凝聽	凝造　步步為形 營妝　形注 形神 營聚	人物。 ㈣ 體形：人或動物身體的形狀、體態；也特指機器等的形狀。 體型：具有某種特點的人體和畜體的類型。
影　映	影像　投影　倒影 錄影 映照　反映　投映 放映　倒映　掩映 開映　相映成趣 交相輝映	 影照　反影 放影　掩影 相影成趣	㈠ 投影：❶ 光學上指在光線照射下物體的影子投射到一個面上；數學上指圖形的影子投射到一個面或一條線上。❷ 在一個面或一條線上投射的物體或圖形的影子。 投映：（影像）呈現在物體上。 ㈡ 倒影：水面上的物體倒立的影子。 倒映：物體形象倒着映射在水面上。
彳部			
徇　洵　詢	徇私　徇情 洵非偶然　洵屬可貴 質詢　諮詢		
從　重	從兄　從母　從叔 從舅　從頭 重申　重生　重孫 重新：可用從	 重頭	
循　諄	循循善誘　循名責實 諄諄告誡　諄諄教導 言者諄諄，聽者藐藐	諄諄善誘	

同音、形似、近義或相關字	辨字選詞	常見誤寫	辨析
心部			
心　芯　深　森	心切　心懷　菜心(粵)	菜芯	
	筆心　心心相印	筆芯	
	求勝心切　救人心切		
	語重心長	語重深長	
	燈心：可用芯		
	岩芯　燭芯		
	深山　深切　深夜　深邃		
	幽深　湛深　深深不忿	心心不忿	
	深深感到　深深懂得		
	深切了解　深切懷念		
	深切關懷	心切關懷	
	老謀深算　庭院深深	老謀心算	
	發人深省	發人心省	
	意味深長　交淺言深	意味心長	
	諱莫如深　深深的喜悅	深心的喜悅	
	森然　森嚴　陰森　蕭森	深嚴	
	森羅萬象　霧氣森森	霧氣深深	
忖　揣　惴　喘	忖量　忖摸　自忖　思忖		忖摸：估量，揣度。
	忖度：可作揣度		揣摩：反覆思考推求。亦作揣摸。
	揣		
	普通話有三個讀音：1 *chuǎi*，2 *chuāi*，3 *chuài*；粵語只有一個正讀 *tsui*^{3}（取），另有一個俗讀 *tsuen*^{3}（喘）。		
	(普) 1 揣測　揣摩	惴測	
	揣想　不揣冒昧	不惴冒昧	
	不揣淺陋　不揣淺薄	不惴淺薄	
	(普) 2 揣手　揣在懷裏		
	(普) 3 掙揣		
	惴慄　惴恐　惴惴不安	喘喘不安	
	喘氣　喘息　氣喘呼呼		
	苟延殘喘　吳牛喘月		
志　智　知	志氣　神志　素志		㈠ 神志：❶精神志氣。❷知覺和理智。
	宿志　矢志不移		神智：精神智慧。
	神志不清　先意承志	神智不清	
	專心一志　專心致志	專心一致	

同音、形似、近義或相關字	辨字選詞	常見誤寫	辨析
	躊躇滿志 智力　智士　智性 智者　智略　智能 智睿　智慧　智慮 智謀　智小言(謀)大 以上智字，古籍亦作知，念去聲(普去，粵陰去)。現代少用知字。 智育　智識　智識分子 智珠在握　智圓行方 智盡能索　大智若愚 利令智昏　見仁見智 知識　知識分子		㊁ 智識：❶ 智力，識見。❷ 同知識。 知識：人類認識自然和社會的結晶以及在改造世界中獲得的成果。 ㊂ 智識分子和知識分子基本通用，今天多用知識分子。 ㊃ ㊁和㊂的知，普通話念陰平，粵語普遍念陰去。
忸　扭　妞	忸怩　忸忸怩怩 扭捏　扭扭捏捏 大妞　妞妞		忸怩：形容不好意思或不大方的樣子。 扭捏：❶ 走路時身體故意左右扭動。❷ 形容舉止、言談不大方。
忿　憤　奮 (奮另見41頁「墳」字組)	忿恨　忿然　忿發 忿憤　忿激　不忿 氣忿　發忿 憤恨　憤然　憤慨 憤發　憤激　憤懣 含憤　孤憤　氣憤 發憤　義憤填膺 憤忿：與忿憤同義 憤怒　憤怨 憤痛 憤憤不平 憤世嫉俗 } 可用忿 發憤忘食 發憤圖強 } 現代亦可用奮 奮力　奮袂　奮飛 奮勉　奮發　奮然 奮進　奮激　振奮 發奮　勤奮　奮發有為 奮發圖強　奮發踔厲 奮筆疾書　奮臂高呼	不憤	㊀ 忿、憤、奮古漢語常可通用，它們構成的詞有些意義相同，有些意義相近。除注為「現代亦可用」外，其餘「可用」一般見於古籍以至近代著作，有些現代已較少使用。 ㊁ 忿恨：忿怒怨恨。 憤恨：憤怒悔恨；憤怒痛恨。 ㊂ 忿然：憤怒貌。 憤然：奮發；氣憤。 奮然：❶ 奮發貌。❷ 憤激。 ㊃ 忿發：發怒，憤慨。 憤發：❶ 奮發。❷ 發怒。 奮發：精神振作，情

<table>
<tr><th>同音、形似、
近義或相關字</th><th>辨　字　選　詞</th><th>常見誤寫</th><th>辨　析</th></tr>
<tr><td></td><td>發奮用功　發奮有為
奮迅
奮勇 } 可用憤
奮起
奮不顧身：可用忿、憤</td><td></td><td>緒高漲。
㊄ 忿激：❶ 憤怒激動。❷ 憤怒偏激。
憤激：❶ 憤怒激動。❷ 激奮，激昂。❸ 形容氣勢猛烈。
奮激：❶ 形容激動振奮。❷ 激勵。❸ 激蕩。
㊅ 發忿：❶ 憤懣。❷ 同發憤。
發憤：❶ 決心努力。❷ 發奮振作。❸ 發洩憤懣。❹ 激起憤慨，激於義憤。
發奮：❶ 振作起來。❷ 勤奮。</td></tr>
<tr><td>恍　仿　彷　晃
㨪　幌</td><td>恍似　恍如
恍若　恍惚　恍然
恍然大悟
仿古　仿佛　仿效
仿造　仿照　仿製
相仿
彷彿　彷徨
晃晃　晃眼　晃然
晃蕩　虛晃一槍
眼前一晃　影子一晃
(以上晃字普通話念上聲)
晃動　晃悠
晃蕩（盪）
搖晃：可用㨪
晃來晃去
(以上晃字普通話念去聲)
㨪動　㨪蕩　㨪頭㨪腦
幌子</td><td>仿似　仿如
仿若　彷然

虛幌一槍</td><td>㊀ 恍惚：❶ 迷離。❷ 迷茫。❸ 倏忽。❹ 近似。❺ 輕忽。
仿佛：❶ 似有若無，隱約。❷ 好像。❸ 梗概，大略。❹ 效法。
彷彿：❶ 依稀，不甚真切。❷ 大致相似。❸ 模糊。
今天表示神志不清、精神分散或不真切、不清楚多用恍惚。表示似乎、好像用仿佛、彷彿均可，內地用前者，香港多用後者。
㊁ 彷徨的彷(普)念 páng，(粵)念 pong^2。彷徨與徬徨基本通用。
㊂ 晃普通話有上聲、去聲之分，古音、粵音</td></tr>
</table>

同音、形似、近義或相關字	辨字選詞	常見誤寫	辨析
			均念上聲。 念上聲的晃主要解作明亮、照耀、閃耀；念去聲的晃解作搖動、擺動，義通搖。
恨　狠	恨人　恨事　可恨 記恨　解恨　厭恨 懊恨　遺恨　恨之入骨 抱恨終天　飲恨辭世 銜恨而終　懷恨在心 報仇雪恨　恨恨的罵人 恨鐵不成鋼 恨恨瞪了一下 一失足成千古恨		
	狠心　狠命　狠毒 兇狠　陰狠　發狠 狠着心腸 惡狠狠地瞪着我	恨心　恨毒 恨着心腸 惡恨恨	
悚　聳　竦　怵	悚懼　惶悚　震悚 毛骨悚然：可用聳、竦 聳人聽聞　危言聳聽 竦立　竦身　竦懼 怵目驚心　怵然驚心		㈠ 怵目驚心又作觸目驚心。 ㈡ 竦通悚、聳，但三者並非異體字。
悍　捍　幹　干　乾	悍勇　悍然　兇悍 強悍　剽悍　精悍 慓悍　驍悍　短小精悍 捍禦　捍衛 幹才　幹事　幹活 幹略　幹道　幹練 幹線　幹警　主幹 骨幹　精幹　樹幹 松贊幹布　精明強幹 干犯　干政　干涉 干預　干謁　干擾 天干　江干 乾兒　乾旱　乾杯 乾果　乾股　乾枯 乾笑　乾脆　乾娘 乾燥　乾糧	 短小精幹 松贊干布	㈠ 精悍：❶ 精明能幹。❷（文章等）精煉犀利。 精幹：精明強幹。 ㈡ 左列詞語之幹、乾（㊟ *gān*；㊢ *gon*¹）容易跟隨內地或貪快寫成干。干字廣東話念 *gon*¹，不能念作 *gon*⁵，若以干代幹（如松贊幹布作松贊干布），誤矣。 ㈢ 除主幹、樹幹的幹可作榦外，榦字今天已很少用，故本

同音、形似、近義或相關字	辨字選詞	常見誤寫	辨析
	包乾　乾巴巴 乾瑤柱 ㊑　包乾制 乾打雷不下雨 以下乾字念 *qián* ㊝和 *kin*² ㊡ 乾宅　乾坤　乾清宮 乾隆皇　朝乾夕惕	包干　包幹	書不收。
惋　婉	惋惜　惋嘆　哀惋 悵惋 婉曲　婉言　婉約 婉商　婉淑　婉謝 婉麗　婉轉　婉辭 婉勸　低婉　委婉 哀婉　柔婉　幽婉 淒婉　溫婉		㊀ 惋、婉同音不同義，凡表示同情、可惜要用惋，形容溫和、動聽、柔順、美好等均用婉。 ㊁ 婉轉又作宛轉。
愾　概　慨　蓋	同仇敵愾 概率　概覽　氣概 節概　概莫能外 以偏概全 慨允　慨然　慨嘆 感慨　慷慨　憤慨 蓋世　蓋建　覆蓋 蓋棺論定	同仇敵慨 氣慨 以偏蓋全	愾、概、慨普通話不同音或同音不同調；粵語則同音同調，蓋也可念 *koi*⁵，故易混淆。
憋　蹩　彆　別	憋氣　憋悶 憋着一口氣 憋着一泡尿 心裏憋得慌 勁頭憋足了 心裏有話憋不住 蹩腳　蹩痛了腳 彆扭　文字怪彆扭 天氣真彆扭 別扭	 彆得慌 蹩扭	別扭、彆扭是白話詞，近代始見，通用。普通話二字同音同調，廣東話別念陽入，彆念中入。內地早已棄彆留別，本地用別、彆均可。
懾　攝	懾服　威懾　震懾 懾人眼神　懾於淫威 攝生　攝行　攝製 攝衛　珍攝　統攝	威攝	

同音、形似、近義或相關字	辨字選詞	常見誤寫	辨析
戈部			
成　乘　承	成人　成命　成型　成議 玉成　守成　促成　圓成 成竹在胸　行成於思 涉筆成趣　一氣呵成 約定俗成　相輔相成 乘虛而入　因利乘便 有隙可乘 承受　承擔　承繼　承歡 秉承　傳承　擔承　繼承 承先啟後　一脈相承	相輔相承 因利成便 一脈相成	
戒　誡　介　界　芥	戒心　戒尺　戒示　戒令 戒命　戒指　戒除　戒律 戒敕　戒條　戒飭　戒備 戒嚴　戒驕戒躁　破戒 齋戒　懲戒　警戒 開殺戒　清規戒律 戒、誡可以通用： ～世　～訓　～勗　～慎 ～誨　～諭（喻）　～勵 告～　訓～　規～　儆～ 勸～　鑒～ 誡防　誡命　誡述　誡勉 誡律　誡敕　誡飭　誡語 懲誡　警誡 介乎　介於　介意　介懷 中介　媒介　纖介 新聞媒介　傳播媒介 界定　文藝界　新聞界 大開眼界 芥蒂 纖芥：通纖介	介心 介指 界於 媒界 介定 介蒂	㈠ 戒律：宗教禁止教徒某些不正當行為的規則。 誡律：教徒必須遵循的生活準則。 ㈡ 戒飭：❶告誡。❷以前老師對學童施行體罰的木尺。 誡飭：❶訓誡整肅。❷告誡。 ㈢ 懲戒：❶以前之錯失為戒。❷懲罰之以示警戒。 懲誡：同懲戒❷。 ㈣ 警戒：❶告誡。❷警惕防備。❸警衛。 警誡：警告勸誡。 ㈤ 戒命、戒敕與誡命、誡敕不完全同義。 ㈥ 媒介必須用介；如要用界字，可說新聞界；非用媒字不可，可寫作媒體。
截　節　接	截止　截至　截肢　截然 截擊　半截　簡截 截拳道　直截了當	直接了當	

同音、形似、近義或相關字	辨字選詞	常見誤寫	辨析
	斬釘截鐵 節略　節餘　三節棍 節肢動物 接引　接合　接連　接續 直接　拼接　對接　嫁接 再接再厲　摩肩接踵 短兵相接　目不暇接	三截棍	
戮　戳	屠戮　殺戮　戮及先人 戮力同心 戳穿　戳記　郵戳 戳一指頭　一戳就破	戳力同心 郵戮	戮與戳無論粵語或普通話均不同音，只是字形相近，多加注意就不會用錯。
戰　顫	酣戰　拇戰　戰戰兢兢 戰抖　戰栗 打戰　寒戰　} 可用顫 膽戰心驚 顫音　顫動　顫凜　顫聲 顫悠悠　顫巍巍 顫顫簸簸 冷顫：可用戰		㈠ 戰、顫均可解作發抖，故有些詞二字可互換。 ㈡ 戰 (顫) 栗又作戰 (顫) 慄。
戶部			
扇　搧　煽	**扇 (一)：** 古音、普通話、粵語念去聲： 扇舞　扇墜　揮扇　葵扇 芭蕉扇　一扇門 兩扇窗子　秋扇見捐 **扇 (二)：** 古音、普通話念平聲，粵語念去聲： 扇火煮食　扇枕溫席 扇着草帽 **搧** 俗字，普通話念陰平聲，粵語念陰去聲： 搧動　搧惑　搧扇子取涼 搧了個耳刮子 **煽** 普通話念平聲，古音、粵		㈠ 扇 (一) 的扇作名詞、量詞；扇 (二) 的扇作動詞。 搧是俗字，作動詞。煽也是動詞。 ㈡ 搧動：❶ 一張一合地動。❷ 同煽動。 煽動：❶ 煽惑，鼓動。❷ 流動，掀動。 ㈢ 搧惑：搧動誘惑。 煽惑：煽動蠱惑。

同音、形似、近義或相關字	辨　字　選　詞	常見誤寫	辨　析
	語念去聲： 煽動　煽惑　煽亂　煽誘 煽風爐子 煽風點火：可用搧，普通話亦用扇		
手部			
手　首	手本　手冊　手鐲 一把手　一手好字 一手股票　上下其手 一手好本領 首本　首飾　上首　下首 左首　右首 一首詩　首屈一指 搔首弄姿	 一首股票 手飾 手屈一指 搔手弄姿	首本：粵語，演員最拿手的劇目。
才　材　裁　栽	才子　才分　才具　才能 才氣　才情　才華　才幹 才藝　文才　天才　成才 奇才　英才　庸才　幹才 不成才　才高八斗 恃才傲物　量才錄用 德才兼備　志大才疏 人才、高才生：可用材 成材　身材　蠢材　體材 不成材 裁決　裁酌　裁剪 裁奪　剪裁　體裁 別出心裁 栽培　栽種　栽植 栽贓　栽跟頭 栽了一跤 栽在他手上	 身裁 裁種 裁跟頭 裁了一跤 裁在他手上	㊀ 成才：成為有才能的人。 成材：比喻成為有用的人。 二詞基本通用。 ㊁ 不成才：沒出息。 不成材：不能做材料。比喻沒出息。 ㊂ 體材：人的體形；身材。 體裁：文學作品的表現形式。 ㊃ 栽與裁，普通話和廣東話都不同音，但很多人把栽念做裁，故常致誤寫。小明星的著名粵曲《風流夢》把「人栽種」唱成「人裁種」，可能是誤寫所致，也可能是讀錯字。
扎　紥　紮　札 箚　劄	扎心　扎手　扎記 扎根　扎針　扎堆	紥手 紥根　紥針	㊀ 扎記、札記、劄記同義，今內地用札

同音、形似、近義或相關字	辨字選詞	常見誤寫	辨析
	扎眼　扎硬(粵) 扎腳　新扎師兄(粵) 掙扎　扎扎跳(粵) 扎耳朵　扎猛子 扎進水中 扎實：可用札 紮布　紮腰　紮裹 紮縛　一紮　包紮 結紮　鴨腳紮 紮寨　紮營 } 亦用扎 駐紮　紮筏子 } 亦用扎 札記　信札 箚記	 紮紮跳 紮猛子 紮進水中 紮實 一扎 鴨腳扎	記，港、台札記、劄記均有用。劄記又作箚記。 ㊁ 所列以紮字構成的詞均可用紥。為求統一，可棄紥字。今內地只保留一個扎字，棄用紮、紥。
扒　爬	扒草　扒頭(粵) 扒灰 } 可用爬 扒犂 } 可用爬 爬升　爬行　爬梯 爬梳 吃裏爬外：可用扒		
扣　釦　叩　敲　銬	扣布(粵)　扣門　扣球 扣帽子　扣人心弦 扣盤捫燭　把門扣上 絲絲入扣 一環扣一環 衣釦　紐釦 叩門　叩頭　叩鐘 叩窗戶 敲打　敲門　敲鐘 敲竹槓　敲門磚 敲山震虎　零敲碎打 手銬　鐐銬	 叩盤捫燭 紐扣 手扣	㊀ 扣門，用力擊；叩門，用力較輕；敲門，較用力。 ㊁ 絲絲入扣原用筘，現通用扣。
托　託	托鉢　托腮　花托 烘托　茶托　襯托 托塔天王　烘雲托月 託人　託大　託世 託生　託付　託任 託名　託言　託庇 託志　託身　託居 託孤　託附　託命		㊀ 先有託後有托，《說文解字》和《詩韻集成》只收託字。後期一些文學作品如傳奇、話本、白話小說等表示依靠、寄託、囑託、委託時較常見

同音、形似、近義或相關字	辨字選詞	常見誤寫	辨析
	託故　託信　託病 託詞　託跡　託運 託福　託管　託夢 託蔭　託賴　託辭 託懷　交託　付託 委託　依託　拜託 重託　信託　寄託 推託　假託　請託 囑託　託兒所 託物感懷	托運 托管 托蔭 委托　拜托 重托　寄托 請托 托兒所	以托代託。例如：托大、托生、托付、托名、托身、托孤、托故、托病、托詞、托福、托夢、托賴、托辭、信托，等等。今內地一律以托代託，未免稍欠精細。 ㈡ 推托、假托、囑托近代才出現；委托、拜托、重托、寄托、請托一般只出現在簡體字的書籍裏。 ㈢ 託福近代和簡體字書籍亦作托福，惟「托福試」作為譯音字已約定俗成。
扼　握	扼守　扼死　扼制 扼要　扼殺　扼腕 握手　握拳　在握 把握　掌握　緊握	握要　握腕	二字粵語同音，普通話較然不同，可用普通話來區分。
抔　坯　坏	抔飲　一抔黃土 坯布　坯料　毛坯 磚坯 坏处　坏账 (內地簡體字)	一坯黃土	㈠ 坯與坏同音，均可指沒有燒過的磚瓦、陶器。 ㈡ 坏又通抔，但讀音不同。 ㈢ 內地借坏作壞的簡化字。
抹　沒　末	抹殺　抹煞　塗抹 抹脖子　塗脂抹粉 濃妝艷抹　抹一鼻子灰 沒世　沒落　埋沒 辱沒　淪沒　覆沒 沒齒難忘　功不可沒 末流　末路　窮途末路 捨本逐末	末落 功不可抹 窮途沒路	功不可沒是港詞，罕見於古今辭書。「沒」有泯滅、埋沒含義，故功不可沒宜用此字。或作功不可泯。

同音、形似、近義或相關字	辨字選詞	常見誤寫	辨析
拑 鉗 箝	拑釘子 拑口 拑擊 } 可用鉗、箝 鉗工　鉗子　鉗口 鉗鎖　鉗眉毛 鉗束　鉗制 鉗口結舌 } 均可用箝 箝求　箝揣　箝塞 箝鎖		㈠ 拑、箝今只作動詞，鉗可作名詞和動詞。 ㈡ 鉗口亦指鐵鉗的口。 ㈢ 鉗鎖：❶ 從前小兒的金屬首飾。❷ 古代兩種刑具。 箝鎖：箝制。
押 壓 柙 遏	押車　押尾　押送 押解　扣押　收押 拘押　看押 押韻 押寶 } 可用壓 壓抑　壓尾　壓制 壓陣　扣壓 壓隊：可用押 柙車　柙檻　還柙 猛虎出柙 遏止　遏抑 遏阻 遏制　抑遏　阻遏 響遏行雲　怒不可遏	 收柙 拘柙 押陣 壓止亦有作竭止，誤 壓阻	㈠ 押車：運貨物時隨車看管。 柙車：裝載關野獸或犯人籠子的車。 ㈡ 押尾：在文件、契約的末尾畫押。 壓尾：走在隊伍的最後；居末尾。 ㈢ 扣押：拘留，扣留。 扣壓：扣留下來不辦理。 ㈣ 壓抑：❶ 感情、力量等受到限制，不能充分流露或發揮。❷ 沉着，沉鬱。 遏抑：阻止，抑制。 ㈤ 壓制：壓迫；竭力抑制或阻止。 遏制：制止；抑制。 ㈥ 押後（亦作壓後）是港詞，意為推遲、延期。但押、壓均無延期、推遲之義，少用為佳。
拙 絀 黜	拙劣　拙見　拙作 拙樸　古拙　笨拙 稚拙　藏拙 拙嘴笨舌　心勞日拙 弄巧成拙 短絀　計絀方匱 心餘力絀　左支右絀	 心餘力拙	絀古通黜，均有貶退、罷免、排斥、革除之義。但罷黜等詞仍以用黜為佳。

同音、形似、近義或相關字	辨字選詞	常見誤寫	辨析
	相形見絀 黜免　貶黜　廢黜 罷黜	相形見拙	
拐　柺	拐子　拐帶　拐賣 拐騙　拐彎抹角 柺子　柺杖　柺棍		㈠ 拐子：❶ 跛子。❷ 拐騙人口、財物的人，粵語稱拐子佬。 柺子：❶ 用來繞絲紗的木製物。❷ 柺杖。 ㈡ 柺杖、柺棍的柺字近代寫作拐，內地不論名詞、動詞均用拐字，亦可。
拘　倨 (拘另見25頁「區」字組)	拘束　拘泥　拘板 拘執　拘謹　拘禮 不拘小節 倨傲　倨慢　前倨後恭	 倨謹	拘、倨普通話同音不同調，廣東話同韻母不同聲母，以讀音來區分，應不會錯。
拴　栓	拴綁　拴馬樁 拴牢包裹 整天拴在瑣事裏 栓塞　栓劑　消火栓 消防栓㊌	 拴塞	拴與栓同音(但不是「有邊讀邊」)而字形相近，故易混淆。
挲　娑　梭	摩挲 婆娑多姿　淚眼婆娑 梭巡　穿梭　日月如梭	摩梭	摩挲㊟ *mósuō*：撫摩。 摩挲㊟ *mā·sa*：手輕按在物體上緩慢移動。
捉　促　速　觸　矚	捉弄　捉狹　捉筆 捉摸　捉狹鬼 捉襟見肘　甕中捉鱉 促成　促使　促狹 促銷　急促　氣促 短促　敦促　促狹鬼 促膝談心 速成　速銷　急速 儘速　風急火速 觸摸　觸目皆是 觸目驚心　觸景生情 十分觸目	 矚目皆是 矚目驚心 十分矚目	㈠ 捉狹：亦作捉掐，刁鑽，作弄。北方方言，多見於近代小說。 促狹：❶ 惡作劇，作弄人。❷ 陰毒奸猾。❸ 氣量狹小，心胸狹窄。❹ 窄小，狹隘。❺ 局限。北方方言，多見於近代小說，現代作者亦喜用。 ㈡ 捉摸：猜測，預料(多用於否定句)；如

同音、形似、近義或相關字	辨字選詞	常見誤寫	辨析
	萬眾矚目　舉世矚目 高瞻遠矚　舉目四矚	舉世觸目	捉摸不定、不可捉摸、難以捉摸。 觸摸：用手接觸後輕輕移動。 ㊂ 促成：推動使獲得成功。 速成：短期內學成。 ㊃ 促銷：推動商品銷售。 速銷：迅速銷售。 ㊄ 急促：非常快，(時間)很短。 急速：非常快。 ㊅ 觸目：❶ 接觸到視線。❷ 顯眼，引人注目。 矚目：注目。 矚目是動詞，不能像觸目那樣做形容詞，所以非常矚目的寫法是不對的。
捆　綑　睏　緄　滾	捆紮　捆綁　捆縛 捆行李　一捆菜 一捆柴草 綑縛 很睏　睏得厲害 緄邊：亦作滾邊	 綑邊	捆與綑均可作動詞和量詞。綑縛與捆縛同義。內地將綑併入捆，可接受。
掠　略	掠取　掠美　掠奪 搶掠　擄掠　浮光掠影 微風掠面 燕子掠過水面 用手掠一下額前的頭髮 一個奇特的念頭掠過腦際 侵略　膽略　略勝一籌 略識之無　雄才大略 攻城略地		掠：掠奪，多用於財物。 略：奪取，多用於土地。 攻城略地亦可作攻城掠地，但以用略為佳。

同音、形似、近義或相關字	辨字選詞	常見誤寫	辨析
採　采　彩　取　綵	採用　採光　採伐 採花　採取　採拾 採風　採珠　採桑 採納　採章　採訪 採掠　採掘　採掇 採補　採集　採辦 採摘　採擇　採辦 採錄　採薪　採購 採獲　採擷　採獵 博採　採桑子　採蓮曲 採蘭贈芍　廣取博採 采用　采衣　采色 采伐　采邑　采取 采拾　采風　采納 采章　采訪　采毫 采筆　采集　采飾 采箋　采摘　采擇 采辦　采錄　采薪 采購　采獲　采擷 采獵　采藥　文采 丰采　風采　采石磯 采桑子　采茶歌 采蘭贈芍 喝采、精采、喝倒采、神采飛揚、興高采烈、大放異采、多姿多采 } 均可用彩 彩衣　彩色　彩虹 彩章　彩票　彩毫 彩排　彩筆　彩箋 彩數㊣　彩頭　彩聲 色彩　派彩㊣ 掛彩　雲彩　博彩 光彩照人、沒精打彩、無精打彩、豐富多彩 } 均可用采	取光 丰彩　風彩	㈠ 採與采：先有采後有採。采，「採取也，从（從）木从爪」（《說文解字》），作動詞，也作名詞、形容詞；采加偏旁「手」成採，作動詞。二者作動詞時所構成的詞一般可通用，如左列的採用和采用、採伐和采伐，等等。今內地已捨棄採，港、台則保留，不能說采用、采伐等錯，也不能說採用、採伐等不合規範。 ㈡ 博採：廣泛收集，採納。 博彩：粵語，賭博，又指在賭博或比賽中得到彩頭。 博取：用言語、行動去贏取。 ㈢ 采又通彩，二者所構成的詞有些基本通用。 ㈣ 采衣：❶彩色之衣。❷未到二十歲者的衣服。 彩衣：❶指老萊子之衣，借喻孝養父母。❷戲曲表演服裝。 ㈤ 采色：❶絢麗的顏色。❷文辭的色采。 彩色：❶多種顏色。❷光彩，光榮。 ㈥ 采章：❶彩色花紋。❷喻才華。 彩章：彩色塗飾。 綵章：彩色圖飾。

同音、形似、近義或相關字	辨　字　選　詞	常見誤寫	辨　析
	彩雲　彩鸞 剪彩 張燈結彩　} 可用綵		㊆ 采毫：❶彩筆。❷絢麗的文章。 彩毫：畫筆，彩筆。
	取錄　錄取　博取		㊇ 采筆：解作五彩之筆和詞藻華美的文筆。彩筆和綵筆的詞義大致相同。
	取長補短　取精用弘	採長補短	
	廣取博採　火中取栗		
	綵服　綵章　綵筆 綵箋		㊈ 采箋、彩箋、綵箋詞義相近，一般通用。 ㊉ 彩可解彩色的絲綢，通綵。 彩排今亦可作綵排。
掏　陶　淘　啕	掏心　掏底　掏摸 掏口袋　掏耳朵 掏窟窿　掏腰包 掏麻雀窩		淘換、掏換：尋覓，設法尋求。京、冀方言。
	陶冶　陶然　陶醉	淘醉	
	薰陶　陶冶性情 陶情適性　其樂陶陶		
	淘井　淘米　淘汰	掏井	
	淘沙　淘金　淘洗	掏沙　掏金	
	淘神　淘氣　淘古井	掏古井	
	淘茅廁　茶淘飯	掏茅廁	
	淘沙取金　沙裏淘金 淘換：可用掏		
	號啕痛哭　放聲嚎啕	號淘	
揉　糅	揉搓　揉眼睛 矯揉造作		糅解作混雜，揉無此義。
	糅合　雜糅	揉合　雜揉	
描　瞄	描紅　描圖　素描		素描：❶單純用線條描繪、不加彩色的畫。❷文學上借指文句簡潔、不加渲染的樸素描寫。 掃描：❶利用一定裝置使電子束、無線電波等左右移動而描繪出圖畫、物體等圖形。❷借指掃視。
	掃描	掃瞄	
	瞄準　瞄頭㊹ 瞄了一眼		

同音、形似、近義或相關字	辨字選詞	常見誤寫	辨析
捶　搥　棰　椎　槌　錘　鎚	捶打　捶背　捶毆 捶撻　捶擊　捶衣裳 捶胸跌腳　捶胸頓足 捶章鍊句 搥牛　搥床　搥背 搥胸跌足　搥胸頓足 以上捶、搥可通用 棰杖　棰革　棰頓 棰毆　馬棰 槌心　槌牛　槌砧 槌棒　鼓槌 棒槌：可用棰 椎 ㊢ *zhuī* ㊝ *dzui*[1] 椎骨　脊椎　胸椎 頸椎　椎間盤 ㊢ *chuí* ㊝ *tsui*[2] 椎秦　椎殺　椎心泣血 椎胸頓足 錘骨　紡錘　千錘百鍊 錘子　錘鍛 金錘　秤錘 鐵錘　大銅錘 重錘出擊 （錘子至重錘出擊：均可用鎚）		㊀ 捶、搥古為動詞；今亦為動詞。棰、椎、槌、錘、鎚古可作名詞、動詞；今棰、椎、錘可兼名、動詞，槌、鎚一般作名詞用。 ㊁ 捶胸頓足、搥胸頓足和椎胸頓足可以通用。
提　題	提名　提拔　提要 提詞　提綱　前提 大前提　提綱挈領 鉤玄提要 題字　題名　題詞 題跋　題詩　題署 題寫 金榜題名	題要 題綱　前題 大前題 提字　提詞 提詩 提寫 金榜提名	㊀ 提名：在決定人選之前提出有當選可能的人的姓名。 題名：❶ 為留紀念或作表彰而寫上姓名。❷ 為留紀念而寫上姓名。❸ 題目的名稱。 ㊁ 提詞：戲劇演出時給演員提示台詞。 題詞：❶ 寫一段話表示紀念或勉勵。❷ 為表示紀念或勉勵而寫下來的話。❸ 序文。
搔　騷　瘙	搔頭皮　搔到癢處 搔首弄姿　隔靴搔癢 騷動　騷亂　騷擾		搔癢：用指甲撓癢癢。 瘙癢：（皮膚）發癢。

同音、形似、近義或相關字	辨字選詞	常見誤寫	辨析
	牢騷　風騷　騷人墨客 瘙癢		
撥　潑	撥火　撥冗　撥拉 撥剌　撥船　划撥 挑撥　撥浪鼓 一撥人　撥轉馬頭 潑水　潑皮　潑剌 潑辣　潑墨　撒潑 潑冷水　潑婦罵街 瓢潑大雨	潑火 潑船 撒撥 撥冷水	撥拉：撥動。 撥剌：象聲詞，形容魚在水中跳躍的聲音。 潑剌：❶同撥剌。❷同潑辣。
擊　激	擊水　擊發　擊節 擊賞　抨擊　衝擊 擊鼓鳴金　旁敲側擊 激浪　激流　激將 激越　激發　激揚 激賞　激戰　激昂慷慨 激濁揚清	激水　激節 擊將 擊越 擊戰 擊濁揚清	㊀ 擊發：射擊時用手指扣動扳機。 激發：刺激使奮發。 ㊁ 擊賞：擊節稱賞，讚賞。 激賞：極其讚賞。
攔　欄	攔河　攔擋　攔洪壩 柵欄　護欄　雕欄玉砌	欄河	
攙　摻　滲	攙扶 攙水　攙和 } 攙假　攙雜 } 可用摻 滲入　滲井　滲水 滲坑　滲流　滲透 滲溝	摻扶	攙水：把水混合到另一種東西裏去。 滲水：水慢慢透過或漏出。
攤　灘	攤分　攤派　攤牌 地攤　一攤血 一攤污泥 一大攤人 沙灘　海灘　灘頭 一灘血	 一灘污泥 一大灘人	攤可作動詞、名詞、量詞。作量詞用於攤開的糊狀物或成堆的人等。灘是名詞，亦可作量詞，故一攤血亦可寫作一灘血，惟現代漢語習慣用前者。
攢　掙　鑽	攢眉　攢集　攢聚 萬頭攢動 以上㊢念 *cuán*，	 萬頭鑽動	把錢攢起來的攢解作積聚、儲蓄；掙錢的掙指用勞力換取。

同音、形似、近義或相關字	辨　字　選　詞	常見誤寫	辨　析
	(粵)念 *tsuen*[2] 積攢糧食　把錢攢起來 以上(普)念 *zǎn*， (粵)念 *dzan*[3] 揁錢　揁飯吃 鑽研　鑽山洞　鑽空子		
支部			
支　枝　炷	一支曲　一支香 一支人參　一支山歌 一支火箭　一支牙膏 三支針劑　兩支人馬 六十支紗　四十支光 一支生力軍 一支體溫計　幾支鳥毛 一支筆 一支槍 一支香煙　均可用枝 一支笛子 一支蠟燭 枝蔓　一枝箭 一枝火柴　一枝桃花 幾枝垂柳 一炷香		㊀ 一支香就是一根香，支用於桿狀的東西。一炷香的炷用於點着的香，是集體名量詞；一炷香通常不止一根。 ㊁ 支和枝都是名量詞，同音，在有些近代甚至現代文學作品裏，支和枝分得不那麼清楚，如一支曲有作一枝曲，一支人馬有作一枝人馬，一枝箭有作一支箭，一枝桃花有作一支桃花；更因普通話支、隻同音，一隻手鐲寫作一支手鐲，等等。適當規範一下，以用前者為佳。
攴部			
敉　弭　餌	敉平　敉亂 弭兵　弭除　弭患 弭亂　弭謗　消弭 風弭雨停　消弭戰爭 餌料　果餌　釣餌 魚餌　餌以重利	弭平 消餌	㊀ 敉：安撫；安定。 弭：平息；消滅。二字同音。 ㊁ 敉亂：平定騷亂。 弭亂：平息戰亂。屬同義詞。 ㊂ 餌和弭普通話與廣東話均不同音：前者(普) *ěr* 和(粵) *nei*[6]；後者(普) *mǐ* 和(粵) *mei*[4]。有些人誤讀弭為餌，致有誤寫。

<table>
<tr><th>同音、形似、
近義或相關字</th><th>辨字選詞</th><th>常見誤寫</th><th>辨析</th></tr>
<tr><td>文部</td><td></td><td></td><td></td></tr>
<tr><td>文 紋 聞</td><td>文人　下文　文過飾非
文風不動：亦作紋風不動
紋飾　紋絲不動
聞人
訃聞：可用文
聞風而起　聞風喪膽
聞過則喜</td><td></td><td>㈠ 文人：指會作詩寫文章的讀書人。聞人：有名望的人。
㈡ 文風不動和紋絲不動是同義詞。</td></tr>
<tr><td>斐 蜚 飛 菲 匪</td><td>斐然成章　成績斐然
蜚言　蜚語
蜚短流長
蜚聲國際
流言蜚語
（以上四行：均可用飛）
飛黃騰達：可用蜚
菲才　菲陋　菲酌
菲微　菲敬　菲德
芳菲　妄自菲薄
菲儀
菲薄
（以上兩行：可用匪）
匪惟　匪啻　匪遑
匪夷所思　夙夜匪懈</td><td></td><td>斐、蜚形音相近，容易混淆，要注意區分。</td></tr>
<tr><td>方部</td><td></td><td></td><td></td></tr>
<tr><td>方 荒</td><td>八方　天方夜譚
八荒　地老天荒</td><td>天荒夜譚</td><td>㈠ 八方：指東、西、南、北、東南、東北、西南、西北，泛指周圍各地。
八荒：指八方荒遠的地方。
㈡《天方夜譚》是阿拉伯文學著作，亦有錯寫為天荒夜談，荒字誤，譚雖通談，惟中文譯本用譚字，宜從之。</td></tr>
</table>

同音、形似、近義或相關字	辨　字　選　詞	常見誤寫	辨　析
旁　傍	旁人　旁及　旁白 旁出　旁門　旁通 旁落　旁邊　旁騖 旁觀　身旁　近旁 兩旁　偏旁　旁系親屬 旁若無人　旁敲側擊 旁徵博引 由傍構成的詞普通話和北方方言均念 *bàng*，廣東話分兩個音。其一念 *pong*²，表臨近（多指時間）： 傍午　傍明　傍亮 傍晌　傍晚　傍黑 一技傍身仍念 *pong*² 其二念 *bong*⁶，表靠着，依附： 傍友㊄　傍人門戶 依山傍水		㈠ 旁、傍古音分別有四個、三個；今普通話只有一個音，分別是 *páng* 和 *bàng*；粵語旁念 *pong*²，傍保留兩個音，念 *pong*²、*bong*⁶。 ㈡ 旁古通傍，但隨着社會的發展，傍字構成的許多詞如傍人、傍白、傍出、傍門、傍通、傍落、傍敲側擊、傍徵博引等等，現代漢語已棄用單人旁，我們行文用字須加注意。
日部			
旦　但　單	旦旦　一旦　枕戈待旦 信誓旦旦　通宵達旦 但凡　不但　非但 豈但　但願如此 但見一輪明月 不求有功，但求無過 單單　不單　單憑經驗 單聽一面之詞	一但	㈠ 旦旦：天天；誠懇；明亮。信誓旦旦的旦旦是誠懇之意。單單：表示從一般的人或事物中指出個別的。 ㈡ 不但：連詞，用在表示遞進的複句的上半句裏，下半句裏常有連詞「而且、並且」或副詞「也，還」等相呼應，表示更進一層。 不單：❶ 不只，不光。❷ 同不但。 ㈢ 但和單均有只的含義，但須按習慣使用。

同音、形似、近義或相關字	辨字選詞	常見誤寫	辨析
景　境	景況　景象　幻景　光景 年景　好景　即景　佳景 前景　背景　情景 急景凋年　桑榆暮景 境地　境況　境遇　心境 幻境　仙境　老境　佳境 家境　逆境　情境　處境 順境　意境　慘境　夢境 事過境遷　時過境遷 身臨其境　漸入佳境	 背境 順景 漸入佳景	㊀ 景況：情況，境況。境況：狀況，多指經濟方面。 ㊁ 幻景：虛幻的景象；幻想中的景物。幻境：虛幻奇異的境界。 ㊂ 佳景：美景，勝景。佳境：❶ 美好的境界；美好的意境。❷ 風景優美的地方。 ㊃ 情景：❶ 感情和景物。❷（具體場合的）情形；景象。情境：情景；境地。
暈　魂　昏	暈車　暈倒　暈船　紅暈 眩暈　暈暈糊糊 頭暈目眩 暈頭轉向：亦作昏頭轉向 迷魂陣 迷魂湯 神魂不定 神魂顛倒　夢魂縈繞 色授魂與　黯然銷魂 昏花　發昏　昏昏欲睡 昏倒在地　晨昏定省 頭昏眼花 頭昏腦漲　利令智昏 勝利衝昏頭腦 昏眩　昏厥｝均可用暈 昏頭昏腦｝	 頭昏目眩 迷暈陣 迷暈湯 神暈不定 神暈顛倒 頭暈眼花 頭暈腦漲	
曰部			
會　匯　彙　燴　膾	會同　會合　會家 會報　交會　聚會 總會　融會貫通 聚精會神 會聚｝可用匯 會演｝	 聚精匯神	㊀ 會合：聚集到一起。匯合：（水流）聚集；會合。 ㊁ 會報：台灣用詞，指機關部門的聯席會議。

同音、形似、近義或相關字	辨　字　選　詞	常見誤寫	辨　析
	匯合　匯流　匯映 匯展　匯報　交匯 融匯　總匯 匯集：可用會、彙 融匯貫通 彙印　彙報　彙萃 彙聚　彙編　字彙 詞彙　語彙 燴飯　燴什錦　大雜燴 膾炙人口	 大雜會 燴炙人口	匯報：原作彙報，內地棄彙用匯。指綜合材料向上司或民眾報告。 彙報：見匯報。 ㊂ 交會：會合；相交。 交匯：匯合；會合。多用於水流、氣流。 ㊃ 會聚：聚集。 彙聚：❶ 分類匯集。❷ 匯聚。 ㊄ 總會：❶ 聚集匯合。❷ 會聚集中之所。❸ 俱樂部之別稱。 總匯：❶ 聚總匯合。❷ 總聚會合之所。 ㊅ 融會貫通通融匯貫通，但前者可解融合無隔閡，後者無此義。 ㊆ 匯映、匯展、匯演等是現代詞語，內地不用彙，香港多從之。 ㊇ 如用原體字，宜用字彙、詞彙、語彙，不用匯字。
月部			
服　伏 （伏另見124頁「茯」字組）	臣服　折服　制服 佩服　降服　拜服 信服　敬服　順服 馴服 服侍　服輸 平服　收服 屈服　壓服 懾服 （以上服侍至懾服：均可用伏） 伏法　伏擊　制伏 降伏　俯伏　老驥伏櫪 降龍伏虎　此起彼伏 伏罪：可用服		㊀ 制服：❶ 警察、軍人、學生、公司職員等穿戴的有規定式樣的服裝。❷ 同制伏。 制伏：用強力使順從。 ㊁ 降服：投降屈服。 降伏：用強力使順從；制伏。

同音、形似、近義或相關字	辨字選詞	常見誤寫	辨析
木部			
未 昧 味	未央　未幾　未雨綢繆 未嘗不可　方興未艾 素未謀面　墨瀋未乾 昧旦　愚昧　蒙昧 昧良心　昧死以聞 三昧真火　素昧平生 拾金不昧　箇中三昧 一味　五味　況味 玩味　意味　賞味 興味　韻味　體味 別有風味　耐人尋味 箇中滋味	 素昧謀面 素未平生 箇中三味	
杆 桿 竿	桅杆　旗杆　標杆 欄杆　電線杆 光桿　秤桿　筆桿 腰桿　槓桿　一桿槍 槍桿子　操縱桿 鐵桿漢奸　大腸桿菌 高爾夫球桿 釣竿　竿頭日進 立竿見影　百尺竿頭 揭竿而起　日上三竿	桅桿　旗竿 欄桿 筆杆 腰杆　槓杆 釣杆 立杆見影 揭杆而起	杆、桿普通話同音不同調，分別念陰平和上聲，但內地只保留一個杆字，憑讀音來區分。港、澳、台用原體字，而粵語二字均念陰平，不念 *gon*³。故用時要分辨清楚。如懂普通話，凡念 *gǎn* 的字一律作桿。
果 裹	果腹 裹腿　包裹　裹足不前	裹腹	果解飽足、充實，果腹即吃飽肚子。
杯 盃	茶杯　銀杯　世界杯 歐國杯　杯弓蛇影 杯水車薪　杯盤狼藉 以上均可用盃		杯、盃是異體字，同音同義，按習慣使用即可。
杳 渺 藐 邈	杳茫　杳寂　杳深 杳渺　杳然　杳漠 杳漫　杳遠　杳濛 杳邈　杳如黃鶴 杳無人煙　杳無人跡 杳無音信　杳無蹤影 渺茫　渺然　渺漠 渺漫　渺邈　浩渺	 渺如黃鶴	㈠ 杳，普通話只念 *yǎo*，廣東話多一個音，念 *yiu*³ 和 *miu*⁴；渺、藐、邈普通話均念 *miǎo*，廣東話前二字念 *miu*⁴，邈則念 *mok*⁹。

同音、形似、近義或相關字	辨字選詞	常見誤寫	辨析
	渺不足道　渺若雲煙		㈡ 杳和渺都有深遠、高遠、無聲息、無蹤影的含義，故它們所構成的詞有些是同義或意義相近的。但杳有幽暗之義，渺可解作水大、水遠和藐小，故有些詞是獨有的。 ㈢ 杳然：❶ 渺遠貌。❷ 幽深；幽寂。❸ 悠然。❹ 無影無蹤。 渺然：❶ 廣遠。❷ 微小，藐小。❸ 因久遠而形影模糊以至消失。
	渺無人煙　渺無人跡		
	渺無音信　音信渺然		
	藐視		
	藐小：亦作渺小		
	綿邈		
	邈遠：可用渺		
板　扳　版　坂　阪　辦	板式　板滯　板壁		㈠ 板式：戲曲唱腔的節拍形式。 版式：版面的格式。 ㈡ 手板：❶ 粵語，指手掌、手心。❷ 同手版。 手版：古詞。❶ 古代君臣在朝廷上相見時手中所拿的狹長板子，用玉、象牙或竹製成，上面可以記事。❷ 明清時代門生見老師或下屬見上司所用的帖子，上面寫着自己的姓名、職位等。 ㈢ 刻板：❶ 用木板或金屬板刻成印刷用的底版。❷ 比喻呆板、沒有變化。
	手板　甲板　快板	甲版　快版	
	走板　刻板　腰板		
	慢板　樣板　木板書	慢版　樣辦	
	黑板報　告示板	告示版	
	離弦走板		
	板起臉訓人	扳起臉訓人	
	板着一副臉孔	扳着一副臉孔	
	扳本　扳手　扳指		
	扳道　扳閘　扳機		
	扳不倒　扳回一球		
	扳着指頭		
	版本　版式　版畫	板畫	
	手版　凸版　底版		
	刻版　拼版　翻版		
	木版水印	木板水印	
	木版雕刻	木板雕刻	
	如丸走坂		
	大阪（日本地名）		
	人辦(港)　相辦(粵)		
	貨辦(粵)　睇辦(粵)		

同音、形似、近義或相關字	辨　字　選　詞	常見誤寫	辨　析
			刻版：同刻板❶。 ㊃ 扳本：把輸掉的贏回來，猶粵語之翻本。 版本：同一部書因編輯、傳抄、刻版、排版或裝訂形式的不同而產生不同形式的本子。
校　較	校正　校本　校定 校刻　校訂　校核 校勘　校對　校閱 校樣　校釋　校讎 犯而不校　學校 校場：可用較 校錶(粵)　校啱時間(粵) 校力　校能　校量　校準 } 多見於古籍 商較：可用校 較力　較為　較勁 較能　較量　比較 計較　調較(粵) 較然不同　彰明較著 較正　較定　較刻　較訂　較勘　較準　較對　較讎　學較 } 多見於古籍	較啱時間	㊀ 校和較都有以下意義：較量；計量，比較；計較；計算，計數；校勘，考訂。古籍有時用校，有時用較。今天已有所區分：凡是校對一類的詞語和學校等用「校」字；凡表示比較、較量和明顯、顯著意思的用「較」字。 ㊁ 左列詞語，校定、校刻、校訂、校準、校讎分別與較定、較刻、較訂、較準、較讎同義，其餘相對的詞意也相近。 ㊂ 犯而不校意思是別人觸犯了自己也不計較。語出《論語・泰伯》，今保留「校」字。
株　誅　銖	株連　株距　守株待兔 朽木枯株 誅除　誅殺　誅戮 誅心之論　誅求無厭 口誅筆伐　罪不容誅 銖兩悉稱　銖積寸累 錙銖必較		

同音、形似、近義或相關字	辨　字　選　詞	常見誤寫	辨　析
植　殖　值	植皮　植被　植株 栽植　培植　移植 殖民　生殖　養殖 增殖　墾殖　繁殖 升值　增值 充值卡（內地用詞）	殖皮 培殖　移殖 養植 墾植　繁植	增殖：❶增生。❷繁殖。 增值：升值。
極　亟　殛　擊	極力　極目　極致 終極　極其嚴重 極為不滿　極望無際 否極泰來　物極必反 盛極一時　處以極刑 殫思極慮　登峰造極 罪大惡極 無所不用其極 亟亟奔走　亟待解決 亟須糾正　亟須救援 雷殛 擊斃　雷擊		㊀ 極之一義是達到最高程度，亟則表示急迫、迫切；用在解決、救援等詞前面，當視情況而定。 ㊁ 雷殛：雷電殺死。雷擊：雷電殺傷或破壞。
棉　綿	棉毛　棉布　棉衣 棉花　棉被　石棉 綿力　綿布　綿衣 綿羊　綿亙　綿延 綿長　綿密　綿綢 綿糖　綿薄　海綿 絲綿　軟綿綿 綿綿不絕　綿綿瓜瓞 綿裏藏針	綿毛 石綿 棉密 海棉 絲棉　軟棉棉 棉裏藏針	㊀ 棉布：用棉紗織成的布。綿布：絲織物和麻布。 ㊁ 棉衣：絮了棉花的衣服。綿衣：內裝絲綢的衣服。 ㊂ 綿力、綿薄亦有作棉力、棉薄，但現代漢語用前者。
榻　塌　蹋	下榻　臥榻　病榻 榻榻米 坍塌　倒塌　崩塌 一塌糊塗　死心塌地 糟蹋	下塌　臥塌 塌塌米 一蹋糊塗	糟蹋亦作糟踏。
槽　糟	水槽　馬槽　跳槽 糟粕　糟糕　糟蹋 亂糟糟　一團糟 亂七八糟	馬糟　跳糟	

同音、形似、近義或相關字	辨　字　選　詞	常見誤寫	辨　析
樹　豎	樹立　建樹　樹雄心 樹立威信　樹立榜樣 樹碑立傳 獨樹一幟 十年樹木，百年樹人 豎立　豎立石碑 豎立路標　豎立標杆	 豎碑立傳 獨豎一幟	樹立：建立。多用於抽象的好事物。 豎立：長形物體垂直而立。
檢　撿	檢字　檢定　檢取 檢查　檢看　檢校 檢討　檢索　檢控㊟ 檢勘　檢測　檢視 檢察　檢閱　檢點 檢舉　檢覆　檢覈 檢驗　翻檢 行為不檢　言語失檢 撿拾　撿荒　撿柴 撿球　撿漏　撿貝殼 撿便宜　撿錢包 撿了一條命		檢、撿在古漢語裏都是多義詞，而且某些義項相同，它們和一些字例如看、校、察、勘、覈等構成的詞，是異形詞、同義詞或意義相近。但現代漢語的檢，其詞義為：❶ 翻檢；查閱。❷ 約束；檢點。❸ 仍通撿。而撿只保留了拾取這個意義，為求統一，凡是拾取一類的詞語，最好用撿字。
欠部			
欲　慾	欲心　欲求　意欲 欲蓋彌彰　欲罷不能 欲擒故縱　搖搖欲墜 暢所欲言　欲速則不達 山雨欲來風滿樓 膽欲大而心欲小 欲加之罪，何患無辭 慾火　慾念　慾海 慾望　私慾　性慾 食慾　情慾　求知慾 慾壑難填　利慾薰心 窮奢極慾	意慾 慾罷不能	欲：❶ 想要，希望。❷ 需要。❸ 將要。 慾：慾望。 凡含慾望之義的詞均可用慾。但欲古亦通慾，故慾火、慾念、慾望、私慾、性慾、情慾、求知慾、窮奢極慾等詞用欲亦可。而內地已捨棄慾字，有其道理，可以接受。
歆　欽　欣	歆羨　歆慕 欽仰　欽佩　欽羨 欽敬　欽慕 欣幸　欣羨		㊀　歆羨：羨慕。 　　欽羨：欽佩羨慕。 　　欣羨：喜而羨。 ㊁　歆慕：羨慕。 　　欽慕：敬慕。

同音、形似、近義或相關字	辨字選詞	常見誤寫	辨析
歇　竭	歇心　歇息　歇業　歇腳 安歇　消歇　衰歇 歇後語　歇斯底里 竭力　竭誠　竭盡 竭蹶　枯竭　衰竭 竭澤而漁　精疲力竭 聲嘶力竭	 竭斯底里 枯歇 精疲力歇	衰歇：因疾病嚴重以致生理機能極度減弱。 衰竭：由衰落而趨於終止。
止部			
此　旨	先此聲明　立此存照 言近旨遠　先意承旨	先旨聲明	先此聲明：把話說在前頭，表明態度。粵語。
比部			
比　彼	比肩　比美　比鄰　比翼 比比皆是　朋比為奸 無與倫比　鱗次櫛比 此起彼伏　厚此薄彼 顧此失彼 此一時彼一時	 彼彼皆是	
气部			
氣　汽　器	氣宇　氣球　氣量　氣槍 氣錘　氣壓　氣鍋　才氣 大氣　小氣　電氣 蒸氣　氣沖沖　氣昂昂 氣墊船　水蒸氣 氣喘吁吁 汽水　汽缸　汽船　汽錘 蒸汽　蒸汽機　蒸汽錘 器宇　器量　才器　小器 電器　薰蕕不同器 器宇軒昂　大器晚成	汽球　汽槍 汽鍋 汽墊船	㈠ 氣宇：氣概；氣度。器宇：人的外表；風度；氣宇。器宇可指氣概、氣度，而氣宇不能代替器宇，有關詞語須按照習慣使用。 ㈡ 氣量與器量基本同義。 ㈢ 氣錘：空氣錘。汽錘：蒸汽錘。 ㈣ 才氣：才華。才器：才能和氣度。 ㈤ 大氣和大器，電氣和電器，詞義

同音、形似、近義或相關字	辨字選詞	常見誤寫	辨析
			完全不同。 ㈥ 小氣：吝嗇；氣量小。 小器：小器皿；小氣。 ㈦ 蒸氣：液體或固體因蒸發等條件而變成氣體。 蒸汽：即水蒸氣。
水部			
氾　泛　汎	氾濫 泛交　泛流　泛音 泛指　泛紅　泛常 泛棹　泛溢　泛遊 泛說　泛槎　泛稱 泛潮　泛應　泛霞 泛觴　泛辭　泛瀾 空泛　浮泛　寬泛 廣泛　膚泛 泛唇泛舌　泛浩摩蒼 浮家泛宅 汎汎　汎舟　汎涉 汎浮 汎美（航空公司名稱） 汎愛　汎論　汎覽 汎神論　汎汎之交 汎汎而談		㈠ 氾濫古亦作泛濫、汎濫，今內地已棄氾、汎，港、台多以氾濫為正寫。 ㈡ 左列以泛構成的詞（由空泛至膚泛除外）古多用汎，亦作泛，今內地全用泛字，本地從之。 ㈢ 由空泛至膚泛五詞除浮泛外，近代起始見使用。今一律用泛。 ㈣ 左列以汎字構成的詞除汎涉、汎美、汎神論外，古亦有用泛、氾，今全用泛字。 ㈤ 古詞汎舟今已改作泛舟。
沙　砂	沙土　沙子　沙井 沙丘　沙地　沙坑 沙洲　沙淋　沙浴 沙啞　沙眼　沙梨 沙塵　沙漠　沙磧 沙澀　沙鍋　沙蟲 沙雞 沙蟹（英 show hand） 沙礫　沙灘　沙鷗 豆沙　泥沙　風沙 沙裏淘金　含沙射影 披沙揀金　飛沙走石 聚沙成塔　恆河沙數	砂井 砂丘 砂浴 砂啞 砂塵 風砂	㈠ 沙和砂均可指細小的沙粒，構詞一般按照習慣。有些詞如沙子、沙鍋、沙磧、沙裏淘金等用砂亦可，砂糖也有作沙糖，但適當統一容易使用。 ㈡ 沙眼：眼的一種慢性傳染病。 砂眼：翻砂過程中，氣體或雜質在鑄件內部或表面形成的小孔。

同音、形似、近義或相關字	辨 字 選 詞	常見誤寫	辨 析
	一盤散沙　折戟沉沙 打爛沙鍋璺到底 砂紙　砂眼　砂煲(粵) 砂輪　砂糖　礦砂 紫砂茶壺　磨砂玻璃	 沙紙　沙煲 沙輪 紫沙　磨沙	
沖　衝	沖天　沖水　沖田 沖犯　沖決　沖泊 沖刷　沖剋　沖淡 沖喜　沖達　沖霄 沖賬　沖謙　山沖 假沖　對沖　怒氣沖沖 衝天　衝犯　衝決 衝床　衝刺　衝刷 衝突　衝冠　衝要 衝破　衝勁　衝動 衝程　衝撞　衝鋒 衝激　衝盪　衝擊 衝騰　衝口而出 衝昏頭腦　衝浪運動 怒髮衝冠		㊀ 沖應無交戰衝殺進擊之義，古籍偶有借用出現沖突、沖擊之詞，但為數很少。今天內地已將沖、衝二字合為一個沖字，連衝勁、衝撞、衝破重圍、衝鋒陷陣一類的詞也用沖。本地用原體字，二字宜分開使用。 ㊁ 衝也有直朝一個方向去的含義，故沖天、沖霄等也可用衝，惟統一用沖簡單一些。 ㊂ 沖犯：占卜星相術認為時辰、五行、生肖等不合而致凶災。 衝犯：❶ 抵觸；冒犯；衝撞。❷ 五行相沖剋。 ㊃ 沖決：沖開；沖破（用於水流）。 衝決：❶ 水突破堤壩。❷ 比喻突破束縛。 ㊄ 沖刷與衝刷同義，今多用前者。

同音、形似、近義或相關字	辨字選詞	常見誤寫	辨析
注　註	注目　注音　注重 注射　注視　注意 關注　一注買賣 孤注一擲　全神貫注 注文　注本 注冊　注定 注述　注評 注集　注腳　} 均可用註 注解　注銷 注釋　評注 集注 註明 附註　} 可用注	註音	先有注後有註，《説文解字》未收「註」字。注的一義是用文字來解釋字句，從魏晉時起亦作註；凡有注釋意義的詞，用注、註均可。
油　髹	油家具　油窗戶 油飾門窗　地板剛油 髹牆壁　髹一髹盤子		油作動詞解為用油漆、桐油等塗抹，粵語之「油傢俬」正是此「油」字。而髹指把漆塗在器物上，引申為塗刷（如刷牆壁）。髹(普)(粵)均與休同音。
泊　薄	泊位　停泊　落泊 漂泊　靠泊　澹泊 錨泊　灣泊　鸞飄鳳泊 淡薄　稀薄　微薄 綿薄		㈠ 泊、薄普通話和廣東話均同音同調，港人把泊念作「拍」是誤讀。 ㈡ 泊謂船靠岸、停船，停車和飛機等不能用泊。本地把英文的 park 譯為泊，從而有泊車、泊車場的説法，無論音和義都是錯誤的。但今天已習非成是了。 ㈢ 泊位指港區內能停泊船隻的位置。 ㈣ 澹泊（又作淡泊）：不追求名利。 淡薄：❶（雲霧等）密度小。❷（味道）不濃。❸（感情、興趣等）不濃厚。❹（印象）因淡忘而模糊。

同音、形似、近義或相關字	辨字選詞	常見誤寫	辨析
洪　鴻　紅　雄 熊　宏　弘	洪大　洪亮　洪量 洪福：也作鴻福 洪流　洪爐　洪鐘 鴻文　鴻猷　鴻業 鴻篇鉅製 紅火 紅運：也作鴻運 雄大　雄文　雄壯 雄勁　雄風　雄偉 雄圖　雄麗　雄才大略 顧盼自雄 熊熊烈火 宏大　宏壯　宏偉 宏麗 宏旨　宏揚 } 宏論　宏願 } 均可用弘 宏圖：可用弘、鴻 恢弘 } 取精用弘 } 均可用宏	 紅紅烈火	㈠ 洪大：（聲音等）大。 雄大：（氣魄）雄壯有力。 宏大：巨大；宏偉；遠大。 ㈡ 鴻文：巨著；大作。 雄文：內容精湛、氣勢雄偉或有深遠意義的詩文。 ㈢ 雄壯：❶（氣魄、聲勢等）大而有力。❷（身體）魁梧強壯。 宏壯：宏大雄偉。 ㈣ 雄圖：偉大的計劃或謀略。 宏圖：❶ 宏大的基業。❷ 遠大的設想；宏偉的計劃。 ㈤ 雄偉：❶ 雄壯偉大。❷ 魁偉；魁梧。 宏偉：雄壯偉大。 ㈥ 雄麗：雄偉壯麗。 宏麗：宏偉壯麗。 是同義詞。
涌　湧　擁	涌邊　河涌　葵涌 麻涌　黃泥涌 鰂（鯽）魚涌 湧出　湧身　湧泉 湧流　湧現　湧溢 湧擠 擁塞　擁擠　一擁而上 蜂擁而至 無數人擁進來	 一湧而上 蜂湧而至 無數人湧進來	㈠ 古籍涌、湧並用，基本同義。漢王充《論衡・壯留》：「泉暴出者曰涌。」唐杜甫《秋興》詩之一：「江間波浪兼天湧，塞上風雲接地陰。」二字均念仄聲。惟粵語涌又指小河，陰平聲。本地除小河和地名用涌外，其餘用湧；內地則全用涌（姓氏除外），用涌也無問題。

同音、形似、近義或相關字	辨　字　選　詞	常見誤寫	辨　析
			㊁ 湧擠義同擁擠。 ㊂ 把人比作河流、潮水也可用湧。
消　銷　逍	消亡　消乏　消化 消失　消沉　消防 消災　消夜　消炎 消受　消毒　消弭 消食　消退　消除 消夏　消息　消耗 消逝　消停　消滅 消悶　消閑　消費 消極　消暑　消解 消愁　消遣　消磨 消褪　消融　消釋 冰消瓦解　煙消雲散 消歇　取消 一筆勾消 } 可用銷 銷案　銷假　銷售 銷路　銷毀　銷蝕 銷賬　銷贓　銷鑠 吊銷　注銷 報銷　銷金窩 銷聲匿跡　形銷骨立 抵銷　撤銷 銷魂 } 可用消 逍遙自在　逍遙法外	消案　消假 消毀 吊消　注消 報消　消金窩	㊀ 消、銷均有除去的含義，故有些詞可通用。但消和銷又各有自身的意義，故要注意區分，不要混淆。 ㊁ 古代、近代亦有銷亡、銷乏、銷除、銷耗、銷夏、銷暑、銷遣等詞，但今天以用「消」字為佳。 ㊂ 消夜是古詞，粵語保留下來，既可作名詞（普夜宵），也可作動詞（普吃夜宵），所以消夜不能寫作宵夜、吃消夜。
淤　瘀	淤地　淤泥　淤洳 淤塞　淤滯　淤傷 瘀血　瘀疾　瘀傷		㊀ 淤可解滯塞，不流通；瘀特指血液凝積。今內地只保留一個「淤」字，念陰平；古音淤、瘀均可平可仄，粵語亦如是。 ㊁ 瘀血作淤血亦未嘗不可，謂血液「淤」了。 ㊂ 淤傷：悲傷鬱結。瘀傷：血氣鬱積成病。

同音、形似、近義或相關字	辨　字　選　詞	常見誤寫	辨　析
淒　悽	二者均可配： (在前) 切　其　苦 咽　怨　迷　涼 清　惋　婉　惻 然　愴　楚　慘 酸　厲　麗　豔 (在後) 孤　悲 淒淒　淒冷　淒冽 淒風苦雨 悽悽　悽悵　悽戚 悽悽惶惶		如表示悲傷，用淒淒、悽悽均可。但淒淒的詞義更廣，還有寒涼、水下滴、沾濕、雲興起、草木茂盛等含義。
清　精　菁	清光　清通　清減 清華 精光　精通　精簡 精粹　吃得精光 輸得精光 精英 } 精華 } 均可用菁 菁菁	吃清光 輸清光	㊀ 清光：❶ 美好的風采。❷ (日、月、金石等) 明亮的光輝。 精光：❶ 一無所有。❷ 光潔。 食 (吃) 清光、輸清光是粵語，語體文不能這樣寫。 ㊁ 菁粵語應念 *dzing*^{1}，與精同音。
淹　掩	淹沒　淹埋　淹留 淹博　淹遲　水淹七軍 掩沒　掩映　掩埋 掩眼　掩殺　掩覆 大軍掩至　水來土掩	大軍淹至	㊀ 淹沒：❶ (大水) 漫過或蓋過。❷ 比喻被遮住、蓋住。 掩沒：❶ 掩蓋。❷ 掩埋；埋沒。 ㊁ 淹埋：被水、泥沙等蓋過、埋住。 掩埋：用泥土等蓋上。
淌　蹚　儻	淌汗　淌血　流淌 淌眼淚 蹚水　蹚渾水 蹚水過河　蹚過泥淖 倜儻　儻蕩	淌渾水	
淨　靜	淨土　淨心　清淨 六根清淨 耳根清淨　水淨鵝飛 靜心　恬靜　清靜	六根清靜 耳根清靜	㊀ 淨心：心中清淨，沒有牽掛。 靜心：心裏平靜，不亂想。

同音、形似、近義或相關字	辨字選詞	常見誤寫	辨析
	寧靜　水靜河飛㊄		㈡ 清淨：沒有外界事物的打擾。 清靜：（環境）安靜，不嘈雜。
渾　混　諢	渾如　渾身　渾厚 渾圓　雄渾　圓渾 攪渾　渾然一體 渾渾噩噩　渾頭渾腦 渾濁：通混濁（混念 *hùn* ㊂，*wen*[6] ㊄） 渾蛋 ｝可用混（陽平， 渾水摸魚｝與渾同音） 混賬　混雜　攪混 混為一談　混混噩噩 混頭混腦 諢名　諢號 插科打諢	混身 混然一體 渾號 插科打渾	㈠ 混有兩個音： ㊂ *hún* 和 *hùn* ㊄ *wen*[2] 和 *wen*[6] ㈡ 渾圓：很圓。 圓渾：❶（聲音）圓潤渾厚。❷（詩文）意味濃厚雋永。不少人形容很圓時用圓渾，絕對用錯了。 ㈢ 攪渾：攪動使渾濁。 攪混：混合、混亂、攙雜。混念輕聲。 ㈣ 渾渾噩噩：❶ 淳樸（見於古籍）。❷ 糊塗。❸ 形容景象模糊。 混混噩噩：糊裏糊塗。 ㈤ 渾頭渾腦：❶ 形容身軀壯實、魁梧。❷ 糊裏糊塗。 混頭混腦：頭腦糊塗。
渣　楂　碴	渣滓　沉渣　殘渣 山楂 碴口　找碴　話碴 鬍子拉碴	 山渣	
渴　喝	渴求　渴望　渴慕 口渴　解渴　渴驥奔泉 臨渴掘井　飲鴆止渴 喝水　喝叱　喝斥 喝倒彩　喝西北風 吃喝玩樂　吆五喝六	 口喝　解喝 臨喝掘井	渴和喝，普通話不同音而廣東話同音，用普通話來念就不會寫錯。

同音、形似、近義或相關字	辨字選詞	常見誤寫	辨析
溏　糖	溏心　溏心雞蛋 溏黃松化（皮蛋） 糖化　糖膏　糖漿	糖心	
漠　寞　莫	漠視　冷漠　索漠　荒漠 淡漠　廣漠　漠不關心 索寞　寂寞 落寞：可用漠、莫 約莫　莫衷一是 人莫予毒　諱莫如深 一籌莫展	莫視 莫不關心	㊀ 索寞：一解沮喪，沒有生氣，亦作索莫；又解寂寞、冷落，亦作索漠。 ㊁ 約莫亦作約摸。
漫　慢　謾　曼 **蔓　熳　縵　嫚**	漫衍　漫遊　漫語　漫談 漫罵　散漫　彌漫 爛漫：可用熳、縵 漫漫長夜　漫不經心 漫游生物 漫無目的 慢詞 慢說　}可用漫 慢道　} 慢慢悠悠　慢條斯理 謾罵：可用嫚 曼妙　曼衍 曼延：可用漫 輕歌曼舞 曼衍魚龍：亦作漫衍魚龍 蔓延　蔓衍　枝蔓　滋蔓 縵立 嫚侮	 散慢 慢不經心 慢遊生物 慢無目的 輕歌慢舞	㊀ 漫衍：❶ 氾濫。❷ 散漫，不受約束。 曼衍：❶ 變化無窮。❷ 連綿不絕。 蔓衍：滋長廣延。 ㊁ 漫語：❶ 不着邊際的話。❷ 不拘形式地談。 慢詞：長而節奏緩慢的詞（詩詞的詞）。 ㊂ 漫衍魚龍、曼衍魚龍指古代一種雜戲。 ㊃ 曼延：連綿不斷。 蔓延：像蔓草一樣向四周延伸、擴展。
潢　璜	潢池　潢潦　裝潢 裝璜		裝潢是正字，近代起有作裝璜。
火部			
炫　眩	炫目　炫耀 眩暈　目眩　暈眩 頭暈目眩　眩於名利	眩目 目炫	眩暈（㊟念 *xuànyùn*，㊕念 *yuen² wen²*）和暈眩（㊟念 *yūnxuàn*，㊕念 *wen² yuen²*）是同義詞。解頭腦昏沉，眼花繚亂。

同音、形似、 近義或相關字	辨　字　選　詞	常見誤寫	辨　析
炮　泡　疱	**炮（一）：**(普) *páo* (粵) *pau*^{5} 炮煉　如法炮製 **炮（二）：**(普) *pào* (粵) *pau*^{5} 炮火　炮仗　炮兵　炮彈 炮艦　排炮　禮炮 馬後炮 **炮（三）：**(普) *bāo* (粵) *bau*^{5} 炮牛肉　炮羊肉片 **泡（一）：**(普) *pāo* (粵) *pau*^{1} 泡桐　豆泡　一泡尿 一泡眼淚 **泡（二）：**(普) *pāo* (粵) *pow*^{5} 木料發泡 **泡（三）：**(普) *pào* (粵) *pau*^{5} 泡茶　泡湯　泡菜　泡飯 泡影　浸泡　氣泡　燈泡 **泡（四）：**(普) *pào* (粵) *pau*^{5} 又 *pou*^{4} 泡沫　水泡　肥皂泡 番梘泡 (粵) 水疱	 如法泡製	㊀　炮（二）又作砲、礮。 ㊁　水泡：氣體在水內使水鼓起來而形成的球狀體。 水疱：病變使皮膚形成的隆起。 ㊂　燈泡的泡 (粵) 俗讀 *pau*^{1}。
炸　榨　搾　詐	炸眼　炸群　炸窩　氣炸 炸花生　炸醬麵 榨菜　油榨　酒榨 榨油　榨取 榨糖　壓榨　} 均可用搾 榨乾榨淨 詐取　詐財　欺詐　敲詐 兵不厭詐	 榨醬麵 敲榨	榨取：❶ 由榨壓而取得。❷ 喻搜刮、侵吞、奪取。 詐取：用欺騙手段取得。
炭　碳	炭化　炭畫　煤炭　燒炭 活性炭　生靈塗炭 雪中送炭 碳化　碳酸氣　碳纖維 二氧化碳　碳水化合物	碳畫　煤碳 活性碳 炭纖維 二氧化炭	炭化：即煤化。 碳化：把固體燃料與空氣隔絕，加熱使之分解。
烏　污	烏合之眾　烏飛兔走 烏煙瘴氣　化為烏有 烏七八糟：可用污 污泥　污染　污垢　污辱 污漬　污濁　污穢　玷污	污合之眾 污煙瘴氣	

同音、形似、近義或相關字	辨字選詞	常見誤寫	辨析
然 言	誠然　斷然　再不然 要不然　終不然 防患未然　果不其然 斷然拒絕　神情木然 木然無表情 侈言　芻言　揚言 言人人殊　言外之意 不言而喻　不苟言笑 總而言之　自食其言 誠哉斯言　嘖有煩言 可以斷言，此計不行	 斷言拒絕	㊀ 斷然：❶ 絕對。❷ 堅決；果斷。斷言：❶ 非常肯定地說。❷ 斷定的話。 ㊁ 說「木無表情」或「目無表情」，語意都欠準確、完整。
無 毋 沒	無已　無由　無缺 無損　無奈何 無所謂　一往無前 默默無聞 無乃：亦作毋乃 無須：亦作毋須、無需 無中生有：可用沒 毋妄言　寧缺毋濫 臨財毋苟得 毋寧　毋庸 巨毋霸 } 均可用無 沒完　沒命　沒勁 沒准　沒臉　沒轍 沒說的　沒齒不忘 沒精打彩（采）：亦作無精打彩（采）	毋缺 毋損　沒奈何 沒所謂 寧缺無濫	
煉 練 鍊 鏈	煉火　煉丹　煉句 煉油　煉性　煉金 煉乳　煉焦　煉獄 煉鋼　煉鐵　冶煉 修煉　熔煉　精煉 煉石補天　百煉成鋼 練才　練功　練字 練兵　練武　練軍 練氣　練習　練筆 練達　老練　洗練 訓練　教練　幹練 精練　熟練　操練 歷練　凝練　簡練		㊀ 為求簡便，與熔煉、火燒、修煉有關的詞，統一用「煉」。煉火、煉丹、煉性、煉金、煉石補天等詞均可用「鍊」，棄之亦無不可。 ㊁ 煉句可用「練」、「鍊」，可統一用「煉」。 ㊂ 修煉亦作修練、

同音、形似、近義或相關字	辨字選詞	常見誤寫	辨析
	藻練 淬練：可用煉 磨鍊：亦作磨煉、磨練 錘鍊 } 亦可用煉 鍛鍊 } 何意百鍊剛，化為繞指柔 鏈子　鏈球　鏈條 鏈環　項鏈　鎖鏈 鐵鏈 鏈球菌　鏈黴素 食物鏈　鏈式反應	 百煉剛 項鍊　鎖鍊 鐵鍊 鍊球菌 食物鍊	修鍊，可統一用「煉」。 ㈣ 精煉：❶提取精華，除去雜質，使之純淨。❷同精練❶。 精練：❶文章等簡練、扼要。❷精明練達。❸精幹強壯。 ㈤ 凡與練習、訓練有關的詞，今天多用「練」字。 ㈥ 練字如指寫作中推敲字詞，以求工整，亦作煉字、鍊字；但如指練習寫字，則不能用「煉」、「鍊」。故可棄「煉」、「鍊」留「練」。 ㈦ 練氣亦作煉氣、鍊氣，只用前者。 ㈧ 練習涵義較廣，統一用之。 ㈨ 練達亦如是，統一用之。 ㈩ 洗練亦作洗煉、洗鍊，統一用「練」。 ⑪ 凝練亦作凝煉，統一用前者。 ⑫ 簡練涵義較廣，棄簡煉。 ⑬ 凡鏈子一類東西，一律用「鏈」，不用「鍊」。
煩　繁	煩人　煩心　煩言 煩惱　煩勞　煩悶 煩絮　煩亂　煩請 煩憂　煩躁　心煩 相煩　耐煩　焦煩 絮煩　厭煩　憂煩		㈠ 煩言：❶不滿或氣憤的言語。❷同繁言。 繁言：説話囉唆繁複。 ㈡ 煩亂：❶煩躁不安。

同音、形似、近義或相關字	辨字選詞	常見誤寫	辨析
	煩瑣哲學　嘖有煩言 要言不煩 煩冗　煩瑣　} 煩囂　撥煩　} 均可用繁 繁多　繁言　繁茂 繁重　繁衍　繁盛 繁博　繁亂　繁複 繁榮　繁鬧　冗繁 浩繁　紛繁　頻繁 繁文縟節　刪繁就簡 繁忙　繁雜　} 繁難　} 均可用煩	繁瑣哲學 要言不繁 煩重 煩鬧	❷ 同繁亂。 繁亂：多而雜亂。
煞　殺　霎　撒　剎	煞白　煞氣 煞尾　煞科　} 煞筆　} 均可用殺 煞有介事　煞費苦心 凶神惡煞　兇神惡煞 殺青　殺食㊄　殺氣 肅殺 殺價　折殺　} 抹殺　恨殺　} 氣殺　笑殺　} 均可用煞 殺風景　} 風勢稍殺　} 霎時　一霎　霎時間 一霎時　一霎間 撒氣　撒野　撒潑 撒嬌 撒手鐧：亦作殺手鐧 撒手不管 剎車：多義，均可用煞 剎那　一剎　古剎 一剎那		㈠ 煞氣：❶ 兇惡的神色。❷ 邪氣。 殺氣：❶ 兇惡的氣勢。❷ 發洩怒氣、怨恨等；出氣。 撒氣：❶ 球、輪胎等漏出或放出空氣。❷ 借別人或別的事物發洩怒氣、怨懟等。 ㈡ 凶神惡煞、兇神惡煞參看 18 頁「凶」字組。
熒　螢	熒光　熒屏　熒幕 螢光　流螢　螢火蟲	螢屏　螢幕	熒光：某些物質受光或其他射線照射時發出的光。熒屏、熒幕因塗有熒光而得名。 螢光：螢火蟲發出的帶綠色的光。 台灣一地和香港不少媒

同音、形似、近義或相關字	辨 字 選 詞	常見誤寫	辨 析
			體至今仍用螢屏、螢幕等詞，誤。
熏 燻 薰	熏染 熏烘 熏魚 熏蒸 熏製 熏熾 熏騰 酒氣熏天 臭氣熏天 熏目、熏熏：可用燻 熏心：可用薰 熏灼、熏赫、熏爐：均可用燻、薰 薰戒 薰炙 薰染 薰草 薰陶 薰蒸 薰籠 香薰 薰蕕異器 薰蕕不同器 薰沐、薰風：可用熏	 酒氣薰天 臭氣薰天	㈠ 熏和燻均屬火部，後者多了一個火字旁。熏完全可以代替燻，少寫四筆不是更好嗎？ ㈡ 薰屬艸部（草字頭），但下面是熏字，在古文裏，二者有時相通，如薰（熏）沐、薰（熏）風等。 ㈢ 薰是香草名，又指香和發出香氣。凡與香草、香氣有關的詞只能用薰。 ㈣ 薰陶古文用薰，近代起亦作熏陶。大陸推行簡體字後一般不用薰字，但用原體字的地方仍以薰陶為正寫。
熨 燙	熨斗 熨帖（貼） 熨衣服 燙髮 燙衣服	燙斗	㈠ 熨斗的熨粵語俗讀燙，但不能寫作燙。 ㈡ 熨帖的熨粵語念屈。
熹 曦	星熹 晨光熹微 曦景 曦赫（均指日光） 晨曦微露 晨光曦微		熹：天亮；光明。 曦：陽光（多指清晨的）。 晨光熹微與晨光曦微同義，多指清晨的陽光。
燥 躁	燥熱 枯燥 乾燥 潤燥 躁動 狂躁 急躁 浮躁 焦躁 煩躁 暴躁 少安毋躁 不驕不躁	 潤躁 燥動 浮燥 焦燥 煩燥	二字音同形似，容易混淆，用時要小心。

同音、形似、近義或相關字	辨　字　選　詞	常見誤寫	辨　析
燦　璨　粲	燦然　燦爛　光燦燦 明燦燦　金燦燦 黃燦燦 璀璨　璀璨奪目 粲然一笑　粲然可見 星光粲然　聊博一粲 雲輕星粲	 璀燦奪目	
爍　鑠	閃爍　閃爍其辭 爍亮：亦作鑠亮 銷鑠　鑠金毀骨 震古鑠今　形容銷鑠 精神矍鑠 鑠石流金 } 均可用爍 眾口鑠金 }		爍主要解作發光、明亮，又通鑠；鑠主要解作熔化、銷鑠，又通爍。構詞按習慣選字。
爛　斕	爛熟　爛醉　爛賬 絢爛　糜爛　燦爛 爛攤子　下三爛（濫） 稀巴爛　天真爛漫 海枯石爛 斑斕　五色斑斕 斑斕猛虎	 斑爛	
父部			
父　傅	父執　田父　宏父 季父　神父　師父 國父　漁父　樵父 傅粉　師傅　大師傅 木匠師傅 皮之不存，毛將焉傅（附）	 大師父	㈠ 師父和師傅均可指工、商、戲劇等行業傳授技藝的人。而對和尚、尼姑、道士等的尊稱，只能用師父；對有技藝的人的尊稱則宜用師傅。 ㈡ 表對有才德的男子的美稱和對老年男子的尊稱的「父」，念 *fǔ* ㊢ 和 *fu*[3] ㊣，如田父、宏父、神父、師父、漁父、樵父。國父之「父」亦應念「府」，惟人人念「付」，習慣難改。

同音、形似、近義或相關字	辨字選詞	常見誤寫	辨析
片部			
片 遍 篇 邊	片言 片刻 片面 片段		
	片瓦無存 片甲不留		
	片紙隻字 一片汪洋		
	一片好心 一片草地	一遍草地	
	一片真心	一遍真心	
	一片混亂 一片歡騰	一遍混亂	
	打成一片	打成一遍	
	一片新氣象	一遍新氣象	
	遍及 遍布 遍野		
	遍地開花	片地開花	
	遍體鱗傷	片體鱗傷	
	再說一遍	再說一片	
	言明一遍 看過三遍	言明一片	
	篇什 篇目 詩篇		
	大篇幅 篇章段落		
	千篇一律 連篇累牘	千遍一律	
	鴻篇巨製 空話連篇		
	斷簡殘篇		
	看了三篇文章	看了三遍文章	
	不修邊幅	不修篇幅	
牛部			
牢 嘮	牢(勞)什子		
	發牢騷	發嘮騷	
	嘮叨 嘮嘮叨叨		
牽 掀 軒	牽心 牽曳 牽念 牽連	掀心	牽動：❶觸動。❷因一處動而使整體或相關的事物也跟着動。
	牽動 牽繫 牽腸掛肚		掀動：挑動；翻動。
	魂牽夢縈		
	牽一髮動全身	掀一髮動全身	
	牽動我的鄉思		
	掀天 掀倒 掀湧 掀動		
	掀翻 掀騰 掀鍋蓋	牽騰	
	掀拳裸袖 掀起巨浪		
	掀起高潮 濃眉掀鼻	濃眉牽鼻	
	掀過這一頁		
	掀動他的興致		
	嘴唇上下掀動	嘴唇上下牽動	
	軒昂 軒敞 軒然大波	掀然大波	

同音、形似、近義或相關字	辨　字　選　詞	常見誤寫	辨　析
犬部			
狸　霾	狸貓　果子狸 陰霾		霾有寫作陰霾，念厘，均誤。
獲　穫	獲利　獲取　獲知　獲得 獲勝　捕獲　漁獲　榮獲 獵獲　繳獲　如獲至寶 一無所獲　不勞而獲 收穫	 漁穫 不勞而穫	穫指收割莊稼或收割所得，而漁獲謂捕撈所得，非收割獲取，故用獲。
玉部			
玉　肉	玉帛　玉帛相見 珠圓玉潤　憐香惜玉 肉色　肉桂	肉帛相見 玉桂	如借玉帛相見表示某個意思寫作肉帛相見，則肉字一定要加引號。
王　皇　黃 (皇另見108頁「皇」字組)	王子　王后　王府　王廷 王位　王法　王室　王宮 王冠　王侯　王家　王庭 王族　王國　王朝　王牌 王道　王儲　王權　女王 君王　帝王　國王　龍王 閻王　王太子　王世子 西王母　王公大臣 王孫公子　天王巨星 白馬王子　稱王稱霸 皇上　皇子　皇后　皇位 皇法　皇室　皇宮　皇帝 皇冠　皇家　皇族　皇朝 皇曆　皇儲　皇糧　皇權 天皇（日本）　女皇　沙皇 教皇　皇太子　皇太后 土皇帝　保皇黨　太上皇 皇親國戚　三皇五帝 玉皇大帝 黃榜 黃帝內經	皇府 皇牌 皇道 君皇　帝皇 皇公大臣 天皇巨星 王帝 王曆 王親國戚 皇榜 皇帝內經	皇、王均指一國之君。中國秦漢以前之天子和戰國國君皆稱王，自秦代始歷代君主均稱皇，王則成為皇帝對親屬和臣屬的最高封爵。皇可解作天、天神、大，有至高無上之意。簡而言之，今行帝制者稱皇，行君主立憲制則稱王。 二字普通話不同音，廣東話則同音，故有時混淆。

同音、形似、近義或相關字	辨　字　選　詞	常見誤寫	辨　析
玷　沾　蘸	玷污　玷辱　瑕玷 沾手　沾污　沾光　沾邊 沾沾自喜　沾親帶故 腳不沾地　滴水不沾 蘸糖　蘸醬　蘸點粉 蘸紅藥水		玷污、沾污均有弄髒之義，但玷污多用於比喻，沾污少用於比喻；而玷污又指姦污，沾污今無此義。二者不能混用。
珊　姍	珊瑚　春意闌珊 珊珊仙骨　玉骨珊珊 意興闌珊 姍姍來遲：亦作珊珊來遲 仙骨姍姍　秀骨姍姍	春意闌姍	姍姍、珊珊均可解動作緩慢，又可形容氣度飄逸瀟灑。但將姍姍秀骨寫作珊珊瘦骨(粵劇《紫釵記》、《情僧偷到瀟湘館》)就不知出自何經何典了。
班　斑	班子　班主　班房　班底 班師　班組　大班　接班 跟班　領班　班門弄斧 班荊道故　拿班做勢 按部就班 斑竹　斑馬　斑紋　斑斕 汗斑　雀斑　壽斑　鏽斑 老人斑　血跡斑斑 可見一斑 斑白 斑鳩 斑駁陸離 （斑白、斑鳩、斑駁陸離）均可用班	 班爛 可見一班	
琅　瑯　朗　鋃　鎯	琅邪 琅琅　琳琅 書聲琅琅 玉音琅琅 話音琅琅 （琅琅、琳琅、書聲琅琅、玉音琅琅、話音琅琅）均可用瑯 琅璫：亦作瑯鐺、琅當 琅琅上口：亦作朗朗上口 朗朗　朗朗讀書 笑聲朗朗 朗誦：亦作琅誦 鋃鐺　鋃鐺入獄 鋃鐺鐵鎖 鎯頭	 琅璫入獄 鋃頭	㈠　琅邪亦作琅琊、瑯琊。邪、琊念耶。 ㈡　琅璫一解拘繫罪犯的刑具，鋃鐺一解用鐵鏈鎖人，注意區分。 ㈢　琅琅、瑯瑯、朗朗均可形容聲音清朗、響亮。

同音、形似、近義或相關字	辨　字　選　詞	常見誤寫	辨　析
瑙　腦　肚	瑪瑙 樟腦　樟腦丸 腦滿腸肥　肝腦塗地 牽腸掛肚　搜腸刮肚	 樟瑙 肚滿腸肥	
環　寰　圜　繯　橫	環行　環球　環繞 險象環生 寰宇 } 寰球 } 均可用環 轉圜　韓圜 繯首 橫行　橫生枝節 橫行霸道　才思橫溢 妙趣橫生	 險象橫生 環首 妙趣環生	㈠ 環球除與寰球同義外，又指環繞地球。 ㈡ 韓圜的圜念元。
生部			
生　新　身　山	生手　生平　生身　生恐 生理　生造　畢生　終生 生力軍　生前身後 終生營商　自力更生 奮鬥終生 新手　新生　新陳代謝 萬象更新 身心　身手　身世　身家 身價　終身　終身制 終身大事　終身大計 終身教育　終身監禁 大顯身手 山草藥㊄	 新力軍 自力更新 生陳代謝 終生大事 生草藥	終生多就事業而言；終身多就切身之事而言。
田部			
申　伸	申斥　申令　申言 申明　申述　申討 申冤　申訴　申說 重申　引申義 申雪：亦作伸雪 伸延　伸冤　伸展 伸張　伸訴　伸義 伸謝　延伸	 伸明 伸說 重伸 申張	㈠ 申冤、伸冤古漢語同義，指申訴冤情以求昭雪，又指洗雪冤屈。但今天伸冤獨解洗雪冤屈。 ㈡ 申訴、伸訴均可指向上級官員說明情由；訴說或說明苦衷。但申訴又是法

同音、形似、近義或相關字	辨字選詞	常見誤寫	辨析
	引伸 引伸觸類 } 可用申		律名詞，謂訴訟當事人或其他有關公民對已發生法律效力的判決或裁定不服時，依法向法院提出重新審理的要求。
留 流 溜 遛 蹓 劉 鎦	留言　留步　留芳　留傳 流言　流芳　流落　流傳 流言飛語　流言蜚語 萬古流芳　鑠石流金 流芳百世：可用留 流連：亦作留連 溜冰　滑溜　溜溜轉 溜肩膀　溜之大吉 溜之乎也　滑溜溜 滑不溜　滑不唧溜 溜達：亦作蹓躂 遛狗　遛馬　遛鳥 蹓大街　蹓一蹓 劉海 鎦金	留落 鑠石鎦金 滑不留手 溜狗　蹓狗 留海	㈠ 留言：離開某處前用文字留下要說的話。 流言：沒有根據的話。 ㈡ 留芳：留下芳香或留下好名聲。 流芳：流傳美譽。 ㈢ 留傳：遺留下來傳給後世。 流傳：從過去傳下來或傳播開。 ㈣ 流言飛語、流言蜚語是異形詞。
異 疑 移 渝 (異另見5頁「二」字組)	無異　與××無異 無異於火上加油 無異於浪費生命 無疑　確鑿無疑 無疑是致命一擊 無疑是晴天霹靂 堅信不移 矢志不渝	與××無疑 確鑿無異	㈠ 無異：沒有不同，等於。 無疑：沒有疑問。 無異後面多用於；無疑後面多跟是。 ㈡ 矢志不渝今亦作矢志不移、矢志不搖。
畫 劃	畫押　畫界　畫圖 畫線　勾畫　筆畫 畫十字　畫句號 畫等號　畫圓圈 鬼畫符　畫土分疆 畫脂鏤冰　畫蛇添足 畫棟雕樑　畫龍點睛	劃押 勾劃 劃句號	㈠ 如指漢字的點、橫、直、鈎、撇、捺等，則筆畫與筆劃同義。 ㈡ 古人計事必用手指畫，使其事易見，他人易明，故云計畫。後期始有計劃等詞。

同音、形似、近義或相關字	辨字選詞	常見誤寫	辨析
	比畫　計畫 策畫 畫地為牢 （均可用劃） 劃一　劃分　劃破 劃賬　筆劃　劃火柴 劃成分　劃時代 出謀劃策		㊂ 劃一、劃分，古籍多作畫一、畫分，今多用前者。
疆　彊　繮	疆土　疆界　疆場 新疆 彊直　彊項 名繮利鎖　脱繮之馬	彊土 新彊 名疆利鎖	彊同強。古亦通疆，但今天已無此義。
疒部			
疚　咎　究　詬　垢	疚愧　疚歉　內疚 愧疚　歉疚 引咎　自咎　罪咎 歸咎 負咎：亦作負疚 咎由自取　咎有應得 既往不咎　動輒得咎 難辭其咎 根究　追究 詬病　詬罵 忍辱含詬：可用垢 牙垢　污垢　泥垢 忍垢偷生　藏垢納污 蓬頭垢面	內咎 自疚　罪疚 歸究 疚由自取 既往不究 難辭其疚 垢病	疚：因己之錯失而內心痛苦不安。 咎：❶ 罪過，過失。❷ 責備。❸ 凶。
症　癥　徵　證　征	症狀　症候　病症 症候群 辨症：可用證 癥結 徵引　徵兆　徵候 徵象　病徵　綜合徵 信而有徵 證候　證象 辨證求因 辨證施治 辨證論治 （均可用症） 征夫　征服　征討	病癥 癥候群	㊀ 症候：❶ 疾病。❷ 症狀。 徵候：發生某種情況的跡象。 證候：❶ 氣象，天象。❷ 徵象。❸ 症狀。 ㊁ 病症：疾病。 病徵：疾病在外面顯示出來的徵象。 ㊂ 徵象：徵候。 證象：徵象，跡象。

同音、形似、近義或相關字	辨　字　選　詞	常見誤寫	辨　析
	征戰　東征西討 能征善戰		㈣ 綜合徵義同症候群。 ㈤ 古代證可解病況、症候，後多作症。惟一些醫學著作仍沿用證，如辨證、辨證論治等。 ㈥ 內地已將徵簡化為征，但港、澳、台等地征、徵仍各有用法。
痾　屙	沉痾　養痾 屙尿㊄　屙痢㊄	 痾尿　痾痢	
痛　疼	痛心　痛切　痛快 痛惜　痛楚　痛錫㊄ 頭痛 疼惜　疼痛　疼愛 疼憐　心疼　偏疼 頭疼		㈠ 疼，普通話念 *téng*，廣東話除「疼痛」念騰外，其餘均念痛。 ㈡ 痛心：極度傷心。心疼：疼愛；捨不得，惋惜。 ㈢ 痛惜：沉痛地惋惜。 疼惜：疼愛憐惜。 ㈣ 頭痛：頭部疼痛。比喻感到為難或討厭。 頭疼：頭痛。比喻感到為難或傷腦筋。
白部			
皇　惶　煌　徨　湟 (皇另見103頁「王」字組；另參看41頁「堂」字組)	張皇　堂皇　老皇曆 倉皇失措　堂而皇之 堂哉皇哉　冠冕堂皇 神色張皇　富麗堂皇 倉皇：可作倉惶 棲皇：可作棲遑 惶恐　惶惶不安 驚惶不安　驚惶失措	張惶　堂煌 堂而煌之 冠冕堂煌 富麗堂煌	㈠ 皇是煌古字，但今天堂皇不作堂煌。 ㈡ 倉皇又作倉黃、蒼黃。 ㈢ 徬徨又作彷徨、旁皇。 ㈣ 棲遑又作栖遑。

同音、形似、近義或相關字	辨字選詞	常見誤寫	辨析
	人心惶惶 } 可用 惶惶不可終日 } 皇皇 惶然不知所措 惶惑：可作遑惑 煌煌　輝煌　明星煌煌 燈火輝煌　金碧輝煌 徬徨：可作徬皇 徬徨失措　徬徨無主 遑遑：可用皇 遑急　遑迫　遑論 不遑　遑遑何往 遑遑無計　棲遑不定	 徨徨不可終日 徬惶	
皮部			
皺　縐　謅	皺眉　皺紋　皺褶 褶皺　皺巴巴 衣服皺了　髮白面皺 縐布　縐紗　縐紙 文縐縐 胡謅　瞎謅	縐眉 衣服縐了	㈠ 今天皺紋、皺褶、皺巴巴亦有用縐。 ㈡ 文縐縐亦作文謅謅。
皿部			
盆　盤	盆地　盆栽　盆菜 盆景　花盆　骨盆 臨盆　臉盆　洗手盆 聚寶盆　一盆冷水 金盆洗手　鼓盆之痛 傾盆大雨 盤口㊤　盤菜　地盤 托盤　冷盤　放盤 拼盤　暗盤　賭盤㊤ 樓盤　磨盤　臉盤 盤根錯節　一盤散沙 杯盤狼藉　虎踞龍盤(蟠)	盤栽 盤骨 洗手盤 一盤冷水 傾盤大雨 一盆散沙	㈠ 盆菜：香港新界圍村菜。 盤菜：切好供出售的菜肴。 ㈡ 臉盆：洗臉用的器具。 臉盤:指臉的形狀、輪廓。 ㈢ 盆、盤普通話讀音有別，廣東話則同音，可憑普通話讀音選字。
盡　儘	盡人　盡忠　盡美 盡致　盡情　盡淨 盡量　盡意　盡數 盡興　盡歡 盡其在我　盡善盡美		㈠ 盡、儘普通話同音不同調，盡念去聲，儘念上聲，廣東話均念陽去。 ㈡ 盡人：人人，所

同音、形似、近義或相關字	辨　字　選　詞	常見誤寫	辨　析
	盡人事而應天命 盡信書不如無書 儘人　儘只　儘早 儘自　儘好　儘足 儘前　儘速　儘教 儘夠　儘量　儘意 儘管　儘數　儘興 儘讓　儘可能 儘力　儘心 ⎫ 儘日　儘先 ⎬ 均可用盡 儘快 ⎭		有人。 儘人：任憑人。 ㈢ 盡量：達到最大限度。 儘量：在一定範圍內，盡一切可能。 ㈣ 盡意：盡情；充分表達心意。 儘意：竭盡心意。 ㈤ 盡數：悉數，全部。 儘數：盡其所有，全部。 ㈥ 盡興：盡量使興趣得到滿足。 儘興：敞開興致做自己想做的事。 ㈦ 儘力……儘快等詞的儘念 *jǐn*，但也有念作 *jìn* 的，如 *jìnkuài*（同盡快）。
盧　廬　蘆	盧布　盧橘 盧溝橋：亦作蘆溝橋 穹廬　三顧草廬 初出茅廬　廬山真面目 蘆花　蘆席　蘆笙 蘆筍　依樣畫葫蘆	蘆橘 盧山真面目	蘆筍有寫作露筍，誤。
目部			
直　值	正直　逕直　上訴得直 正值　適值　價值	上訴得值	正直：公正；直率。 正值：碰上。
省　醒	省視　省察　省親 反省　三省吾身 不省人事　晨昏定省 發人深省：亦作發人深醒 醒覺 醒悟 ⎫ 猛醒 ⎬ 均可用省 警醒 ⎭	 不醒人事	

同音、形似、近義或相關字	辨　字　選　詞	常見誤寫	辨　析
瞪　睜　瞠	瞪視　直瞪瞪　乾瞪眼 目瞪口呆　大眼瞪細眼 吹鬍子瞪眼 眼睜睜　睜眼瞎子 杏眼圓睜 睜一隻眼閉一隻眼 瞠目結舌　瞠乎其後	瞪目結舌	注意：瞪、睜、瞠普通話和廣東話分別念鄧、爭、撐，瞪廣東話又可念登。
矛部			
矛　茅	矛盾　矛頭　長矛 以子之矛，攻子之盾 茅舍　茅屋　茅廁 初出茅廬　名列前茅	以子之茅 名列前矛	茅廁有寫作毛廁，誤。
石部			
砰　怦　抨　評	砰的一聲 怦然心動　心怦怦地跳 抨彈　抨擊 評説　評彈　評議 時評　譏評	砰然心動 評擊	㊀ 砰、怦、抨普通話和廣東話均念陰平聲。 ㊁ 抨彈：❶ 抨擊。❷ 彈劾。 評彈：❶ 評議彈劾。❷ 流行於江、浙一帶的一種曲藝，由評話和彈詞合成，用簡單的彈撥樂器配合演出。
磋　蹉	磋切　磋商　磋磨 切磋　切磋琢磨 蹉跎　歲月蹉跎	蹉商 磋跎	
示部			
禦　預　御　馭　卸	禦侮　禦寒　防禦　抵禦 預防　干預 勿謂言之不預 御用　御者　御筆　御駕 御林軍　告御狀 駕御：又作駕馭	防預 禦防 卸用 駕卸	

同音、形似、近義或相關字	辨字選詞	常見誤寫	辨析
	馭手 馭車 馭馬 } 均可用御 卸任 卸妝 推卸 裝卸 卸磨殺驢 丟盔卸甲		
禾部			
秘 蔽 閉 庇	秘本 秘訣 詭秘 隱秘 掩蔽 蒙蔽 遮蔽 蔭蔽 隱蔽 衣不蔽體 浮雲蔽日 一言以蔽之 封閉 幽閉 密閉 隱閉 深閉固拒 庇護 蔭庇 隱庇	深蔽固拒	㈠ 隱秘：❶ 隱蔽起來不外露。❷ 秘密的事。屬形容詞兼名詞。 隱蔽：❶ 借助別的事物遮掩、隱藏。❷ 被別的東西遮掩住不易被發現。動詞兼形容詞。 隱閉：❶ 隱蔽，遮掩。❷ 閉門深居。現代較少用。 隱庇：隱藏庇護。 ㈡ 蔭蔽：遮蔽；隱蔽。 蔭庇：大樹遮擋驕陽，讓人乘涼歇息。比喻尊長保護晚輩或祖宗保祐子孫。
程 誠	專程 專誠		專程:專為某事到某地。 專誠：誠心誠意；一心一意；特地。
稱 秤 平	**稱（一）：**㊟ *chèn* ㊚ *tsing*⁵ 稱身 稱職 勻稱 對稱 稱心如意 銖兩悉稱 **稱（二）：**㊟ *chēng* ㊚ *tsing*¹ 稱快 稱便 稱許 稱羨 稱號 稱頌 俗稱 簡稱 **稱（三）：**㊟ *chēng* ㊚ *tsing*⁵		測定物體重量的器具（名詞）和測定重量（動詞）原用稱，後多用俗字秤。稱普通話有三個音，廣東話兩個音。

同音、形似、近義或相關字	辨 字 選 詞	常見誤寫	辨 析
	稱一稱有多重 **秤：**㊪ *chèng* ㊫ *tsing*[5] 秤砣　秤桿　秤鈎 天秤座 天平	天秤	
穴部			
窠　巢	窠臼　窠巢　鳥窠　蜂窠 一窠豬　一窠雞 不落窠臼 巢穴　巢窟　鳥巢　蜂巢 愛巢　傾巢而出 鵲巢鳩佔	不落巢臼	
竹部			
筆　畢	筆直　筆挺　筆桿子 一筆抹殺　夢筆生花 畢肖　畢竟　鋒芒畢露	畢直　畢挺	
筒　桶　箱　簍	筆筒　郵筒　長筒靴 傳聲筒　竹筒倒豆子 桶裙　木桶　水桶　馬桶 飯桶　垃圾桶 木箱　風箱　信箱 書箱　郵箱　垃圾箱 果皮箱　箱籠囊篋 竹簍　背簍　字紙簍	郵桶 垃圾筒	長筒靴有作長統靴，誤。
筋　根　跟　闘	筋斗　腦筋　鋼筋鐵骨 根究　根除　根據　耳根 扎根　咬定牙根 跟斗　跟頭　栽跟頭 翻跟頭 腳跟：亦作腳根 闘斗㊫ 牙闘緊閉　咬緊牙闘	跟據	㊀ 跟頭是規範詞，筋斗（亦作斤斗）、跟斗是北方方言詞，闘斗是粵語詞，均與跟頭同義。 ㊁ 牙根：牙床。牙闘：指上頜（顎）和下頜之間的關節。

同音、形似、近義或相關字	辨 字 選 詞	常見誤寫	辨 析
篷 蓬	斗篷 布篷 帳篷 船篷 敞篷汽車 蓬門 蓬鬆 蓮蓬 飄蓬 蓬蓽生輝 蓬頭垢面	斗蓬 帳蓬 敞蓬汽車	
簿 薄	簿冊 簿記 簿籍 賬簿 拍紙簿 對簿公堂 薄技 薄利 薄產 菲薄 微薄 綿薄 噴薄 薄暮時分 日薄西山 妄自菲薄 臨深履薄	薄籍 賬薄 拍紙薄 對薄公堂	
簽 籤	簽名 簽訂 簽署 簽證 籤詩 牙籤 求籤 抽籤 書籤 標籤	 牙簽 求簽 書簽 標簽	簽作動詞，籤一般作名詞。內地以簽代籤，港、台仍以動詞、名詞區分二字。
籍 藉 寂 借	籍籍 籍田 籍貫 戶籍 史籍 外籍 典籍 祖籍 書籍 原籍 籍籍聲名 才名籍甚 籍甚：亦作藉甚 籍回、籍沒、籍產：古藉通籍，可用藉 藉詞 藉敬 藉增榮寵 (以上藉 ㊟㊟均念借) 藉以 藉助、藉使 藉端：均念借，可用借 狼藉：亦作狼籍 名聲藉甚 (以上藉 ㊟㊟均念籍) 寂寞 寂寥 寂靜 孤寂 寂寂無聞 寂寂無聲 寂無一人 萬籟俱寂	不宜寫作藉貫 祖藉 原藉 籍增榮寵 藉藉無名 籍籍無名	㈠ 籍和藉古通用，讀音一為入聲，如粵語之寂（今普通話念 *jí*），一如借（今㊟、㊟同音，籍不念此音）；而籍田、籍沒、籍甚等詞籍亦作藉，狼藉可作狼籍。但後來二字分開，籍專指書冊、籍貫和某方面的隸屬關係；藉則作假託和憑借解。 ㈡ 籍籍一解作眾口喧騰和聲名甚大，如籍籍聲名；藉藉則解作眾多雜亂和顯著盛大。若取籍籍，應是有名而非無名。本地常見寂寂無名、藉藉無名

同音、形似、近義或相關字	辨字選詞	常見誤寫	辨析
	借助　借重　借詞 借鑑　假借　借花獻佛 借箸代謀　借題發揮 借口：可用藉（念借）		等詞，未見出處，或由寂寂無聞（廣東話聞、名輔音相同）、無籍籍聲名轉化而來。文人誤寫，以訛傳訛，久而久之，烏焉成馬。 ㈢ 藉詞：託詞；借口。借詞：❶ 用某種理由作借口。❷ 外來語。 ㈣ 藉助、借助古已通用，現代漢語棄藉用借，香港二詞並用。
籠　龍　攏　壟 櫳　曨　朧　矓 瓏　蘢	籠統　籠絡　籠罩 回籠　樊籠　籠着手 龍廷　合龍　龍吟虎嘯 龍蛇混雜　龍翔鳳翥 龍駒鳳雛　龍驤虎步 攏總　合攏　拉攏　圍攏 壟斷　田壟 內櫳㊢　玉櫳 繡簾珠櫳　翡翠簾櫳 曚曨 朦朧 矇矓 嬌小玲瓏 林木蔥蘢	攏統　攏絡 回龍 合籠 拉籠　圍籠 攏斷 簾籠	㈠ 回籠：在社會上流通的貨幣回到發鈔的銀行。 ㈡ 合龍：堤壩、橋樑等從兩面施工，最後在中間會合。合攏：合到一起。 ㈢ 曚曨：日光不明。朦朧：❶ 月光不明。❷ 模糊不清。矇矓：兩眼半開半閉，看東西模糊的樣子。亦作蒙矓。形容景物模糊不清，不能用曚曨或矇矓。
米部			
粹　萃　悴　瘁 淬　焠	純粹　精粹　選粹 萃集　萃聚　薈萃 出類拔萃 憔悴　愁悴 勞瘁 心力交瘁　鞠躬盡瘁	精萃　選萃 勞悴 心力交悴	淬和焠均可解作淬火，引申為煅鍊、錘鍊。但淬又有浸染、冒犯的含義，又指一種中藥的製作方法，而焠則有燒、灼的意義，二者不完全

同音、形似、近義或相關字	辨　字　選　詞	常見誤寫	辨　析
	淬火　淬勉　淬礪 淬磨　淬練　醋淬 焠針　焠掌		通用。
糜　靡　魔	糜爛　肉糜 靡麗　委靡　風靡 靡靡之音　風靡一時 風靡全球　所向披靡 靡不有初，鮮克有終 風魔　瘋魔（二詞同義）	靡爛 委糜 糜糜之音	風靡：草木隨風倒下，比喻風行、流行。 瘋魔：❶發瘋。❷入迷，入魔。❸使入迷。例：英超足球賽常常瘋魔了香港球迷。此處不宜用風靡。
糸部			
系　係　繫	系統　系述　直系 派系　語系　嫡系 體系 係詞　係數　的係 關係　係廣州人 感慨係之 繫馬　繫獄　繫縛 繫懷　拘繫 解鈴還須繫鈴人 繫戀　維繫 名譽所繫 成敗繫於此舉 （以上三行）亦可用係（今少用）	 系詞　系數 感慨繫之 系懷　拘系	㈠　嫡系：❶家族的正支。❷一線相傳的派系。 的係：確實是。 ㈡　解鈴還須繫鈴人的繫解作打結，念 *jì*（普）和 *hai*^{6}（粵）。
素　數	安之若素　訓練有素 變數　數往知來 心中有數	訓練有數	
純　馴　淳　順	純正　純良　純熟 馴化　馴良　馴服 馴順　馴熟　溫馴 雅馴　馴虎師 馴如羔羊　桀驁不馴 淳良　淳厚 淳樸：亦作純樸 順服　溫順	 純如羔羊	㈠　純良：純潔善良。 馴良：溫順善良。 ㈡　純熟：十分熟練。 馴熟：❶馴順，馴良。❷熟練，純熟。 ㈢　馴服：❶順從，聽從使喚。❷使順從；降服。 順服：順從，服從。 ㈣　溫馴：溫和馴服。 溫順：溫和柔順。 普通話純、淳同音，馴

同音、形似、近義或相關字	辨　字　選　詞	常見誤寫	辨　析
			念 *xùn*（仄聲）；粵語接近古音，純、馴、淳同音，均屬陽平聲。
累　纍	累世　累犯　累次 累卵　累垂　累進 累積　累歲　累疊 累月經年　累教不改 累牘連篇　危如累卵 罪行累累　窮年累月 日積月累　銖積寸累 （以上 (普)念 *lěi* (粵)念 *lui*^{4}） 累累（(普)念 *léi* (粵)念 *lui*^{2}） 累形　勞累　疲累 （以上(普)念 *lèi* (粵)念 *lui*^{6}） 累贅（(普)念 *léi* (粵)念 *lui*^{2}） 連累　拖累　受累 累你操心 （以上 (普)念 *lěi* (粵)念 *lui*^{6}） 纍囚　纍垂　纍然 纍離　纍纍 纍纍下垂　果實纍纍 清涕纍纍　瘦骨纍纍 傷痕纍纍 纍纍若喪家之狗 （以上 (粵)念 *lui*^{2}） 纍犯　纍纍若若 荒冢纍纍　虧空纍纍 （以上 (粵)念 *lui*^{6}）	果實累累 傷痕累累	今天簡體字已無纍字，用原體字的地方二字並存。
絞　攪　搞　鉸	絞刀　絞車　絞盤 絞毛巾　絞肉機 絞腸痧　絞腦汁 攪局　攪拌　攪渾 攪亂　攪擾　打攪 搞活　搞垮　搞鬼 搞工作　搞生產 搞試驗　搞三搞四 搞好關係 搞點化肥來 搞得我好慘 鉸孔　鉸接　鉸鏈	攪肉機 攪腦汁 搞局 搞亂 攪鬼 攪得我好慘	㊀ 普通話的搞：❶ 做；幹；從事。❷ 弄；設法獲得。❸ 整治人。 粵語的搞：❶ 做；從事。❷ 弄（含貶義）。❸ 打擾。 用法有同有異，容易混淆。 ㊁ 普通話的攪：❶ 攪拌。❷ 打擾；擾亂。由於粵語搞、攪同

同音、形似、近義或相關字	辨字選詞	常見誤寫	辨析
	鉸鐵絲 以下為粵語詞： 絞低個窗 搞大　搞手　搞笑 搞掂　搞搞震 搞屎棍　搞亂晒 搞出人命　搞串派對 搞一間公司		音，而且普通話的攪和粵語的搞都有打擾的意思，所以常常用混。 ㊂ 粵語的「絞低個窗」的絞，是搖的意思。
綁　縛	綁紮　綁緊　綁腿 五花大綁　繩捆索綁 捆綁：可用縛 束縛　羈縛　作繭自縛 手無縛雞之力	縛緊	
綜　縱　蹤　終	綜合　綜述　綜括　綜觀 錯綜複雜 縱目　縱步　縱身　縱使 縱情　縱慾　縱觀　嬌縱 驕縱　縱橫交錯 欲擒故縱 蹤跡　萍蹤　跟蹤 來無蹤，去無影 不知所終	 蹤步　蹤身 不知所蹤	綜觀：綜合觀察。 縱觀：全面觀察。
緊　謹　僅	緊守　緊迫　緊記　緊鄰 嚴緊 謹上　謹守　謹具　謹防 謹記　謹祝　謹啟　拘謹 嚴謹 僅僅　僅見　不僅如此 絕無僅有	 僅具　緊防 僅啟　拘緊	㊀ 緊守：堅守。 謹守：小心認真地遵守。 ㊁ 緊記：牢記。 謹記：慎記，小心在意。 ㊂ 嚴緊：嚴實，嚴密。 嚴謹：態度嚴肅，不馬虎。 ㊃ 謹上、謹具、謹祝、謹啟等謹字勿寫作僅。
綢　籌　疇	綢緞　絲綢　未雨綢繆 籌算　籌劃　籌謀　運籌 略勝一籌　海屋添籌 疇昔　田疇　範疇	未雨籌謀	綢繆：用繩索纏捆。 籌謀：籌劃謀慮，想辦法。

同音、形似、近義或相關字	辨字選詞	常見誤寫	辨析
締　諦	締約　締造　締結　取締 諦視　諦聽　妙諦　真諦	 妙締　真締	
線　腺	線香　視線　死亡線 神經線　飢餓線 汗腺　甲狀腺　生殖腺 扁桃腺　淋巴腺　腎上腺	 神經腺	
縝　慎	縝密 慎重　謹慎	慎密	注意：縝(普)念 *zhěn*，(粵)念 *tsen*^{3}。
縟　褥	繁縟　繁文縟節 褥單　褥瘡　被褥	繁文褥節	
總　種	一總　攏總　林林總總 種類　謬種　一種顏色 種種問題	林林種種	
羊部			
着　著　注	**着（一）：**(普) *zhuó* (粵) *dzeuk*^{9} 着色　着重　着眼　着陸 着筆　着落　着想　着實 着緊　附着　不着邊際 生活無着　尋找無着 **著（一）：**(普) *zhuó* (粵) *dzeuk*^{9} 著力　著手　著意　著跡 著鞭　土著　執著 著人催他　著手成春 著即施行　早著先鞭 **着　著（二）：**(普) *zhuó* (粵) *dzeuk*^{8} 衣著　穿著　著道袍 著花衫　腳著謝公屐 **着　著（三）：**(普) *zháo* (粵) *dzeuk*^{9} 着火　着忙　着急　着迷 着涼　着慌　着魔 燈着了　爐子着得夠旺 **着　著（四）：**(普) *zhe*（輕聲）		㊀ 着比著出現得晚一些，至元代以後在元曲和小說中用得較普遍。到今天內地除了表示顯著、著名、著述、著作等用著外，其餘均以着取代著。 ㊁ 着字《說文解字》、《康熙字典》、新舊《辭源》乃至韻書俱不見收錄，其讀音以今之辭典為依據。 ㊂ 着（一）和著（一）下面的詞着、著可以互換，內地全用着，但本地文言和書面語色彩較濃一些的詞，仍以用著字為佳。 ㊃ 土著的著正確的讀

同音、形似、 近義或相關字	辨　字　選　詞	常見誤寫	辨　析
	(粵) $dzeuk^9$ 沿着　為着　順着　照着 扛着槍　談着話 人多着呢　大門開着 你要聽着　腳步要輕着點 **着（五）（同招）：**(普) *zhāo* (粵) $dzeuk^9$ 花着　高着　棋高一着 這一着很厲害 **著（五）：**(普) *zhù* (粵) $dzue^5$ 著名　著述　著稱　巨著 專著　撰著　編著　顯著 著作等身　劣跡昭著 見微知著　彰明較著 勳勞卓著 注目　注重　注視　注意		法是 $dzeuk^9$，但北方話失掉入聲，讀若注，粵語受其影響，多改念 $dzue^5$，應予矯正。 ㊄ 着（二）和著（二）、着（三）和著（三）、着（四）和著（四）的詞語普通話一律用着，用原體字的地方多用著，尤其「穿著」等詞，更以著為正寫，其他詞用着亦可。
老部			
老　佬	和事老　大老倌 (粵) 大佬 (粵)　鄉巴佬 闊佬：可用老	和事佬	
耳部			
耽　躭　擔	耽心　耽迷　耽樂 耽於幻想 耽好　耽玩 耽延　耽待 耽酒　耽愛　} 可用躭 耽嗜　耽誤 耽擱 耽待：亦作擔待 躭心　躭受　躭樂 建議以下的詞統一用擔： 擔心　擔任　擔負　擔當 擔愁　擔憂　擔戴 擔驚受怕		耽和躭基本同義，所以差不多用耽的詞均可用躭，反之亦然。
聊　瞭　了　寥	聊以自慰　聊表謝悃 聊博一粲 聊勝於無	寥以自慰 寥博一粲 寥勝於無	㊀ 瞭然：❶ 眼珠明亮。❷ 明白；清晰。了然：❶ 明白；清

同音、形似、近義或相關字	辨字選詞	常見誤寫	辨析
	聊備一格 百無聊賴 **瞭（一）：**㊔ *liǎo* ㊊ *liu*[4] 瞭然　瞭解　明瞭 瞭如指掌 一目瞭然：亦作一目了然 **瞭（二）：**㊔ *liào* ㊊ *liu*[2] 瞭望　瞭望哨 明了　了如指掌 了無痕跡　了解情況 不甚了了　完全了解 草草了事 了卻一樁心事 小時了了，大未必佳 寥落　寂寥　寥寥可數 寥寥無幾　寥若晨星 寥無人煙	寥備一格 百無寥賴	晰。❷ 完全地。 ㈡ 瞭解：明白；理解。了解：❶ 知道得很清楚。❷ 打聽；調查；弄清楚。 ㈢ 明瞭：清楚；明白。明了：❶ 明白；清晰。❷ 清楚地知道或懂得。
聚　敍	聚合　聚首　聚晤 聚飲　聚集　聚會 聚談　聚頭　聚餐 聚議　飯聚　歡聚 敍功　敍別　敍首 敍話　敍次　敍會 敍談　敍舊　小敍 茶敍　暢敍　談敍 敍天倫　敍友情 敍家常　共敍友誼 共敍情懷	敍晤 敍頭 聚舊 聚天倫	㈠ 聚首：聚集；會面。敍首：相聚敍談。 ㈡ 聚會：❶ 多人會合、聚集。❷ 指聚會的活動。敍會：會面敍談。 ㈢ 聚談：相聚交談。敍談：交談。 ㈣ 飯聚、茶敍是本地較常見的詞，前者指聚集在一起吃飯；後者指飲茶敍談。 ㈤ 敍和叙、敘是異體字。
肉部			
胡　糊　餬	胡混　胡謅　食胡㊊ 胡天胡帝　胡說八道 胡攪蠻纏　伊於胡底 花裏胡哨 胡了好牌，報出胡數 糊弄　糊裱　糊牆 血糊糊　黑糊糊	食糊	

同音、形似、近義或相關字	辨 字 選 詞	常見誤寫	辨 析
	糊塗 含糊 糊裏糊塗 含含糊糊 } 今亦可用胡 餬刷 餬料 餬口：亦作糊口		
脈 默 墨	脈脈含情 溫情脈脈 默契 緘默 默默無聞 默不作聲 潛移默化 墨守成規 墨瀋未乾 粉墨登場 胸無點墨	默默含情 溫情默默 默守成規	
脛 徑 逕	不脛而走 口徑 半徑 直徑 徑情直遂 田徑運動 獨闢蹊徑 徑自 徑行 徑直 門徑 } 均可用逕 途徑 路徑 逕啟者 大相逕庭：亦作大相徑庭	不徑而走	㈠ 逕亦可解作直徑，但今天直徑的徑慣作徑。 ㈡ 途徑、路徑雖可用逕，但照習慣用徑較好。 ㈢ 逕啟者只能用逕。
脹 漲	通脹 發脹 腫脹 膨脹 肚子脹 冷縮熱脹 漲紅了臉 樓價漲了 錢花漲了 麵包泡漲了 頭昏腦漲：亦作頭昏腦脹	 膨漲 肚子漲 冷縮熱漲	
腼 靦 腆 覥	腼腆：亦作靦覥 靦顏：可作覥顏 靦顏人世 靦顏事仇 腆着胸脯 腆着大肚子 覥着臉	 腆顏	靦有兩個讀音：❶ 靦覥的靦讀 *miǎn* ㊢ 和 *min*4 ㊝。❷ 靦解作厚顏、慚愧則念 *tiǎn* ㊢ 和 *tin*3 ㊝。
臣部			
臨 林	臨危 臨風 臨陣		

同音、形似、近義或相關字	辨字選詞	常見誤寫	辨析
	臨門而立　臨深履薄 臨淵羨魚　臨機應變 林立　林林之民 林林總總	 臨立	
自部			
臭　嗅　闃	臭美　乳臭　銅臭 臭架子　無色無臭 嗅覺　嗅一嗅 闃寂　闃無一人	 無色無嗅	闃普通話念 *qù*，廣東話念 *gwik*[7]。
至部			
至　致　緻　置　質	至於　以至　備至 不至於 以至於　至死不屈 關懷備至 致使　致富　不致 以致　別致　雅致 景致　導致　韻致 致命傷　因傷致死 專心致志　學以致用 毫無二致　閑情逸致 錯落有致 粗心大意所致 工緻　細緻　精緻 標緻：亦作標致 置疑　置之不理 置於死地　置若罔聞 不置可否　推心置腹 人質　質疑	 不致於 以致於 關懷備致 別緻　雅緻 景緻　導至 學以至用 閑情逸緻 所至 致於死地	㈠ 不至於：不會達到某種程度或出現某種情況。 不致：不會引起某種後果（多指壞的方面）。 ㈡ 以至：❶ 表示時間、數量、程度、範圍上的延伸；一直到。❷ 表示上文所說的動作、情況的程度很深而形成的結果。以至又作以至於。 以致：連詞，用在下半句的開頭，表示下面說的是上述原因所形成的結果（多指不好的或不希望出現的結果）。 ㈢ 置疑：懷疑。 質疑：提出疑問。
臼部			
興　慶	即興　助興　餘興 喜慶　歡慶	助慶　餘慶	

同音、形似、近義或相關字	辨　字　選　詞	常見誤寫	辨　析
艸部			
若　約	至若　即若　宛若 恍若　相若　倘若 莫若　若即若離 若隱若現 大約　相約　婉約 綽約　不約而同 隱約其辭	 相似作相約，誤	㊀ 相若：相似。 相約：互相約定。 ㊁ 宛若：宛如。 婉約：委婉含蓄。
茯　伏 (伏另見81頁「服」字組)	茯苓 伏侍　伏罪 降龍伏虎	伏苓	
茲　資	於茲　來茲 茲事體大 念茲在茲 以資識別 可資借鑑	 資事體大 以茲識別	
莊　庄　裝　妝	村莊　端莊　錢莊 莊家、莊閑、坐莊：可用庄 裝幀　裝飾　裝潢 化裝　衣裝　行裝 治裝　卸裝　原裝 喬裝　一打裝 三個裝　奇裝異服 整裝待發 化妝　卸妝　淡妝	 妝飾 治妝 一打庄 三個庄	㊀ 庄近代才有，俗字，今天內地用作莊的簡化字。舊時以至今天的賭場有庄家、庄閑的寫法。 ㊁ 化裝：❶ 演員修飾容貌以適合扮演的角色。❷ 假扮。 化妝：用脂粉等修飾容貌使美麗。 ㊂ 卸裝：指演員除去化裝時穿戴塗抹的東西。 卸妝：婦女除去身上的裝飾。
葉　頁　叶	百葉窗 百葉箱　牛百葉 世紀初葉　清代末葉 合葉：亦作合頁	百頁窗 百頁箱	叶乃古文協字，無論形音義均與葉較然不同，今粵語亦只有 hip^9 音而無 yip^9 音。內地將葉

同音、形似、近義或相關字	辨 字 選 詞	常見誤寫	辨 析
	活頁　油頁岩 叶心　叶吉　叶泰 叶暢　叶謀　叶韻		簡化為叶，不知有何依據。
蒙　濛　幪　曚　朦　矇	蒙蒙亮 白蒙蒙 灰蒙蒙 蒙頭轉向 (以上普通話念第一聲) 蒙朧：亦作曚曨 蒙在鼓裏 蒙面超人 ㊎ 蒙着眼睛 蒙頭蓋腦 雲霧蒙蒙 瀰蒙、蒙蒙細雨、夜暮迷蒙、煙雨迷蒙、暮色迷蒙：均可用濛 空濛 溟濛：亦作溟蒙 帡幪 曚曨 朦朧 矇矇光 ㊵　眼又矇 ㊵	濛濛亮 白濛濛 灰濛濛 幪面超人 幪着眼睛 幪頭蓋腦	㊀ 蒙蒙（普通話第二聲）：❶ 形容雨點很細小。❷ 模糊不清的樣子。 濛濛：雨點非常細小。 ㊁ 蒙朧與曚曨：兩眼半開半閉，看東西模糊的樣子。 曚曨與朦朧參看115頁「籠」字組。
蒼　滄	蒼蒼　蒼老　蒼穹 蒼茫　蒼涼　蒼翠 蒼鬱　莽蒼　莽莽蒼蒼 鬱鬱蒼蒼 滄桑　滄溟　滄海一粟 滄海桑田	 蒼桑 蒼海桑田	
蔑　篾	蔑視　污蔑　誣蔑 輕蔑　蔑以復加 篾條　篾席　竹篾	篾視	
蕩　盪	蕩子　蕩佚　蕩婦 放蕩　浪蕩　淫蕩 遊蕩　搖蕩　駘蕩		內地已將二字合而為一，只保留一個蕩字。香港、澳門、台灣和海

同音、形似、近義或相關字	辨字選詞	常見誤寫	辨析
	蕩鞦韆　黃天蕩 蘆花蕩　蕩蕩悠悠 蕩然無存　蕩魂攝魄 浩浩蕩蕩　傾家蕩產 蕩舟（划船）、蕩平、蕩除、蕩漾、蕩滌、掃蕩、動蕩、駘蕩、震蕩、飄蕩、空蕩蕩、蕩氣回（迴）腸——均可用盪 迴盪、跳盪、激盪——均可用蕩 盪失　盪決　盪擊		外不少地方仍用原體字，故二字仍有所分工。
藹　靄	藹藹　和藹　慈藹 煙靄　暮靄　霧靄	和靄	
藍　籃	藍本　藍圖　藍領　幽藍 蔚藍　藍晶晶　藍湛湛 篳路藍縷　青出於藍 籃球　女籃　竹籃　花籃 投籃　搖籃	 藍球 投藍	
蘑　磨　摩	蘑菇 磨石　磨砂　磨礪 切磋琢磨　耳鬢廝磨 好事多磨 摩擦、摩拳擦掌——可用磨 摩天　揣摩　撫摩 摩肩接踵　摩肩擊轂 摩厲以須	磨菇	摩厲以須亦作摩礪以須、摩厲以需。

同音、形似、近義或相關字	辨字選詞	常見誤寫	辨析
虍部			
虜　擄	俘虜　強虜　敵虜 釋放俘虜 俘虜敵軍三千人 擄劫　擄掠 擄奪　擄獲　} 均可用虜 姦淫擄掠		虜是名詞，也可作動詞。擄是動詞。俘虜作動詞用可寫作俘擄。
虫部			
蛋　蜑	蛋糕　笨蛋　搗蛋 蛋白質　雞飛蛋打 蜑戶　蜑民 蜑家㊄	 蛋戶　蛋民 蛋家	水上居民稱蜑民、蜑戶，寫作蛋民、蛋戶是大不敬。
蟄　蜇　螫	蟄伏　蟄居　驚蟄 海蜇　野蜂蜇人 洋蔥蜇眼睛 螫針		蟄：㊂ *zhé*，㊄ *dzet*[9]【窒】又 *dzik*[9]【直】。 蜇：㊂ *zhē* 又 *zhé*，㊄ *dzit*[8]【折】。 螫：㊂ *shì* 或 *zhē*，㊄ *sik*[7]【式】、*dzit*[8]【折】又 *tsik*[7]【斥】。
蠟　臘　鑞	蠟淚　蠟黃　蠟像　蠟燭 打蠟㊄ 臘月　臘味　臘梅 臘鴨　臘腸狗 錫鑞　銀樣鑞槍頭	臘燭 打臘 獵腸狗 銀樣蠟槍頭	打蠟普通話作燙蠟。
衣部			
袖　就	袖手旁觀 就手關門　橫財就手	就手旁觀	
複　復　覆	一、複、復、覆通用 複沓、復沓、覆沓——一般通用，取複沓，棄復、覆 二、複、復通用 複道通復道——取複道，棄復道		㊀ 複、復、覆今讀普通話是同音字，粵音則有所不同，而內地早已將複、復合併簡化為复，但保留覆。由於是同音字，而古代有時

同音、形似、近義或相關字	辨字選詞	常見誤寫	辨析
	複名通復名——取複名，棄復名		三字互通，今天不少人用起來有淆亂之感，故須加以辨別。 ㈡ 複本：書刊收藏不止一部，第一部以外的叫複本。 復本：恢復純樸本性。 覆本：審批核准公文。 ㈢ 複姓：多於一個字的姓。 復姓：恢復原姓。 ㈣ 複被：一種被子。 覆被：覆蓋；壓制；埋沒；蓋被。 ㈤ 複寫：把複寫紙夾在兩張紙或幾張紙之間書寫。 覆寫：重謄。 ㈥ 三之2，表示回答、答覆，文言書信多用復，白話文一般用覆，但二者古今均有人用。 ㈦ 三之3，如果表示再次、又一次的意思，應該用復而不用覆。復此義粵語念阜（「國語」念 *fòu*，但普通話已取消此音），如「壯士一去兮不復還」、「千金散盡還復來」等，當今有修養的粵劇演員仍會念阜音。（「不復還」的「還」今天很少人再讀作旋。） 至於「復診」，指
	三、復、覆通用		
	1. ～擺　～轍　反～ 反～無常 取覆棄復		
	2. ～命　～信　示～ 回～　批～　希～ 奉～　專～　敬～ 簽～　賜～　懇～		
	3. ～查　～核 ～診　～審		
	四、複、復、覆的合成詞		
	複方　複比　複本		
	複句　複印　複合		
	複利　複姓　複音		
	複被　複根　複眼		
	複葉　複製　複寫		
	複數　複賽　複雜	覆賽	
	複韻　複疊　重複	重覆	
	繁複　複製品	繁覆	
	複寫紙　錯綜複雜		
	山重水複	山重水復 山重水覆	
	復工　復仇　復刊		
	復古　復本　復生		
	復任　復姓　復刻		
	復活　復述　復原		
	復被　復員　復習	複習　覆習	
	復國　復婚　復發		
	復試　復辟　復圓	複試	
	復業　復興　復學		
	復選　復舊　復議	複選　覆選	
	復蘇　平復　光復		
	回復　克復　收復		
	恢復　康復　修復		
	去而復返　死灰復燃		
	周而復始　故態復萌		
	無以復加　萬劫不復		
	覆亡　覆本　覆沒		
	覆被　覆滅　覆蓋		
	覆寫　反覆　被覆		

同音、形似、近義或相關字	辨　字　選　詞	常見誤寫	辨　析
	傾覆　翻覆　顛覆 覆水難收　覆盆之冤 翻天覆地　翻來覆去 翻雲覆雨　天翻地覆 覆巢之下無完卵		「再次」去見醫生請他「再次」診治，而不是「反覆」去請醫生「反覆」診治，故用「復診」比較恰當。但在五十年代以前的白話文裏，也有人（包括一些名家）寫作覆診，還有覆查、覆核、覆審等，所以這幾個詞用復、覆都未嘗不可。 但復習就只可用復而不能用複或覆。
褻　竊	褻衣　褻慢　褻瀆　淫褻 猥褻　穢褻 竊笑　竊聽　失竊　行竊 偷竊　剽竊　竊玉偷香 竊國者侯　竊以為不可	竊瀆 褻玉偷香	
言部			
記　紀	記事　記念　記述　記敍 記載　記號　記認 記錄 記錄片 } 可用紀 紀元　紀年　紀行　紀事 紀念　紀律　紀實 紀傳體　紀事本末體 紀要：亦作記要 以下詞語習慣用紀： 紀念日　紀念品　紀念章 紀念碑　紀念館 紀念郵票　打破紀錄 創造紀錄		㊀ 記事：❶ 記錄事情。❷ 記述歷史經過。 紀事：❶ 記錄事實。❷ 記載事跡、史實的文字。 ㊁ 記念：❶ 同紀念。❷ 惦記、掛念。 紀念：❶ 對人或事表示懷念。❷ 指紀念的物品。
詞　辭	詞人　詞句　詞旨　詞伯 詞宗　詞采（彩）　詞意 詞傑　詞義　詞彙　詞語		㊀ 詞與辭是同音字，詞義有同有異，多通用，但有好些詞

同音、形似、近義或相關字	辨　字　選　詞	常見誤寫	辨　析
	詞調　詞學　詞譜　詞類 小詞　名詞　供詞　砌詞 訓詞　託詞　淫詞　陳詞 虛詞　詩詞　填詞　頌詞 實詞　遣詞 臺(台)詞　謙詞　題詞 證詞　獻詞　釋詞 詞約指明　支吾其詞 各執一詞　念念有詞 眾口一詞 詞典　詞訟 詞章　卑詞 祝詞　悼詞 歌詞　謝詞 嚴詞 陳詞濫調 義正詞嚴 一面之詞 含糊其詞 披瀝陳詞 振振有詞 閃爍其詞 誇大其詞 隱約其詞 （詞典……隱約其詞）均可用辭 辭旨　辭宗　辭采(彩) 辭趣　卜辭　小辭　託辭 淫辭　陳辭　修辭　婉辭 虛辭　敬辭　頌辭　駁辭 謙辭　題辭　辯辭　繁辭 儷辭　危辭聳聽 不假辭色　何患無辭 辭令　辭色 辭致　辭賦 辭鋒　辭藻 文辭　言辭 枝辭　致辭 情辭　措辭 廋辭　猥辭 遁辭　遊辭 微辭　演辭 說辭　諛辭 （辭令……諛辭）均可用詞		是獨有的。注意辨別詞義和按習慣使用。 ㈡ 詞旨(指)：言詞意旨。 辭旨(指)：文詞或說話所表現出來的意義、感情色彩和風格。 ㈢ 詞宗：❶擅長詞章的大師；詞壇泰斗。❷言詞意旨。❸詩詞的流派和品格。 辭宗：辭賦作者中的大師，亦泛指受人敬仰的文學家。 ㈣ 詞采：詞章的文采。 辭采：❶文采，辭藻。❷指言辭華美。 ㈤ 詞章：詩文的總稱。 辭章：❶同詞章。❷文章的寫作技巧、修辭。 ㈥ 小詞：❶按照詞譜填寫的短小的詞。❷民間歌謠、曲藝等。 小辭：短小的詩歌。 ㈦ 託詞：飾詞，找藉口，藉詞推託。 託辭：❶掩飾真相的話，或找藉口推託。❷以言辭囑託。❸借文辭表達。 ㈧ 淫詞：❶同淫辭。

同音、形似、 近義或相關字	辨　字　選　詞	常見誤寫	辨　析
	輓辭 誓辭 辭不達意 辭嚴氣正 辭嚴意正 淫辭穢語 外交辭令 理屈辭窮 大放厥辭 不贊一辭 拙於言辭 過甚其辭 } 均可用詞		❷ 淫穢的詞曲。 淫辭：❶ 邪乎荒誕的言論。❷ 下流猥褻的言辭。 (九) 陳詞：❶ 陳述意見、理由。❷ 陳舊的言詞。 陳辭：❶ 陳述自己的見解，訴說。 (十) 虛詞：❶ 沒有實在意義，起幫助造句作用的一種詞。❷ 同虛辭。 虛辭：虛誇不實的言詞或文辭。 (十一) 頌詞：❶ 稱頌功德的文體。❷ 讚揚或祝頌的言詞。 頌辭：頌揚或祝賀的文辭。 (十二) 謙詞：謙虛的言詞。 謙辭：❶ 同謙詞。❷ 謙讓，推辭。 (十三) 題詞：題寫一段話表示紀念或勉勵。亦作題辭。 題辭：文章體裁之一，類似序、跋，一般用韻文寫成，放在卷首。亦作題詞。
詡　許	自詡 自許　嘉許　讚許		自詡：自誇。 自許：❶ 自己讚許自己。❷ 自稱。
詭　鬼	詭異　詭秘　奇詭 波詭雲譎 詭計：亦作鬼計 鬼怪　鬼混　搞鬼 鬼鬼祟祟　疑神疑鬼	鬼異	

同音、形似、近義或相關字	辨 字 選 詞	常見誤寫	辨 析
誨 晦 悔	訓誨 教誨 誨人不倦 誨淫誨盜 晦明 晦氣 晦暗 晦暝 隱晦 風雨如晦 韜光養晦 悔恨 悔悟 悔棋 愧悔 翻（反）悔 懺悔 死不悔改 嗟悔莫及	 晦淫晦盜 韜光養誨	
談 譚	談心 談吐 談資 談興 敘談 美談 漫談 懇談 談笑風生 奇談怪論 天方夜譚	 天方夜談	譚一解作談，《天方夜譚》是阿拉伯文學名著。
調 跳 佻 俏 （俏另見36頁「哨」字組）	調皮 調治 調弄 調侃 調製 調諧 風調雨順 跳板 跳動 跳槽 跳躍 跳梁小丑 歡蹦亂跳 佻傝 佻薄 輕佻 俏皮 俏貨 俏麗 俊俏 緊俏 打情罵俏	跳皮	調皮：❶ 頑皮。❷ 狡猾；不馴。❸ 做事耍小聰明。貶義。 俏皮：❶ 容貌或裝飾好看。❷ 説話幽默風趣或舉止活潑伶俐。褒義。
諳 黯 喑	諳悉 諳熟 諳練 熟諳 不諳水性 諳於工尺樂譜 黯淡 黯黑 黯然 喑啞 萬馬齊喑		
謂 喟	不謂 可謂 何謂 所謂 稱謂 無謂 無所謂 感喟 喟然而嘆	 無所謂有寫作沒所謂，不合習慣 謂然而嘆	
謄 繕	謄寫 謄錄 繕寫 修繕		謄寫：照底稿抄寫。 繕寫：❶ 照原文寫。❷ 同謄寫。

同音、形似、近義或相關字	辨　字　選　詞	常見誤寫	辨　析
警　儆	警示　警句　警告 警悟　警惕　警備 警報　警誡　警醒 警覺 警、儆可以通用： ～戒　～省　～勵 儆醒　儆鑒　以儆後尤	 以警後尤	警戒：❶告誡。❷警惕防備。❸警衛。 警誡：警告勸誡。
譯　繹　釋　析　惜	破譯　意譯　編譯 翻譯 紬(抽)繹　演繹 絡繹不絕 釋疑　注釋　解釋 詮釋　闡釋　手不釋卷 愛不釋手 析疑　分析　剖析 辨析　分崩離析 條分縷析 惜陰　惋惜　愛惜 體惜　惜老憐貧 惜指失掌	 演譯　演釋 解析 詮繹　闡析 愛不惜手 剖釋	
谷部			
谷　穀	谷口　谷道　山谷 穀米　穀芽　穀雨 穀物　穀帛　穀祿 五穀　辟穀	 辟谷	谷古偶通穀，今內地只用一個谷字。
豆部			
豐　丰　風 (風另見153頁「風」字組)	豐勻　豐年　豐收 豐沛　豐阜　豐茂 豐厚　豐美　豐盈 豐盛　豐裕　豐碑 豐滿　豐儀　豐功偉績 豐衣足食　羽毛未豐 豐肌　豐妍 豐腴　豐碩 豐豔 豐容盛鬋 豐容靚飾 （以上五行）均可用丰		㈠ 豐儀：豐盛的禮儀。 風儀：風度，儀容。 ㈡ 風度如形容人的舉止、神態優美可用丰。 ㈢ 風標如指風度、儀態、品格或形容人的容貌、神態，可用丰。

同音、形似、近義或相關字	辨字選詞	常見誤寫	辨析
	丰致 丰采 丰姿冶麗 丰姿秀逸 丰姿動人 丰姿綽約 丰神俊爽 丰神異采 丰標不凡 丰韻佼佼 （以上均可用風） 風味　風度　風俗　風俊 風姨　風物　風流　風情 風格　風骨　風塵　風標 風範　風霜　風騷　風魔 風刀霜劍　風木之悲 風月無邊　風光月霽 風行一時　風雨如磐 風雨晦暝　風虎雲龍 風和日麗　風流跌宕 風流蘊藉　風移俗變 風萍浪跡　風華正茂 風雲際會　風聲鶴唳 風靡一時　櫛風沐雨 叱咤風雲 風馬牛不相及 風姿　風神 風儀　風韻 （以上均可用丰）	豐采 豐姿 豐神 豐標 豐韻	㈣ 風骨如指詩文書畫剛健有力的風格可用丰。 ㈤ 風魔亦作瘋魔。
豕部			
象　像	象形　象徵　象聲　幻象 印象　形象　抽象　氣象 現象　假象 景象　意象　跡象　對象 萬象更新　包羅萬象 森羅萬象 像話　好像　肖像　偶像 塑像　想像　影像　圖像 錄像　四不像 像煞有介事	像形　幻像 印像　形像 現像　假像 景像　對像	古漢語多用想像。內地推行簡體字後，想像與想象並用，想象較多見。香港習慣寫作想像。但本地有些「偏旁迷」偏要在用「象」時加上單人旁，於是出現左列的誤寫。這種不良的用字習慣貽誤後學，非改正不可。

同音、形似、近義或相關字	辨　字　選　詞	常見誤寫	辨　析
貝部			
貞　精	忠貞　堅貞 精明強幹　精忠報國 取精用弘　體大思精	 貞忠報國	
貢　供	貢奉　貢品　貢獻 **供（一）：**㊢ *gōng* ㊄ *gung*[1] 供水　供求　供給 供養　供銷　供應 提供 **供（二）：**㊢ *gòng* ㊄ *gung*[5] 供奉　供品　供詞 供認　供養　供職 口供　招供　清供 逼供　齋供	供獻	㊀ 貢奉：向朝廷貢獻物品。 供奉：❶ 敬奉；供養。❷ 以某種技藝侍奉帝王的人。 ㊁ 貢品：臣民或屬國獻給帝王的物品。 供品：供奉神明或祖先用的三牲、瓜果、酒食等。 ㊂ 供（一）養：供給長輩或長者生活所需。 供（二）養：供奉祭祀。
貫　灌	貫注　氣貫長虹 融會貫通 如雷貫耳：亦作如雷灌耳 灌水　灌注　灌溉 灌輸		貫注：（精神、精力）集中。 灌注：澆進；流入。
費　廢　棄	白費　浪費　耗費 煞費苦心　枉費心機 廢人　廢物　廢話 廢置　擯廢 廢寢忘食　半途而廢 棄置　棄養　捨棄 摒棄　廢棄　擯棄 前功盡棄	 白廢心機 半途而費 前功盡費（廢）	㊀ 擯廢：斥逐罷廢。 擯棄：❶ 排斥拋棄。❷ 放浪。 ㊁ 前功盡棄是成語。
買　賣	買好　買笑　買春 買賬　買面子 買關節　買空賣空 買櫝還珠　炒買炒賣 賣力　賣好　賣春	 賣面子	㊀ 買好：（言語或行動上）故意討人喜歡。 賣好：玩弄手段向別人討好。

同音、形似、近義或相關字	辨字選詞	常見誤寫	辨析
	賣俏　賣笑　賣唱 賣嘴　小賣　炒賣 倒賣　燒賣　賣人情 賣力氣　賣面光㊗ 賣關子　賣關節 賣刀買犢　賣官鬻爵		㈡ 買賬：承認對方的長處或力量而表示敬佩或服從（多用於否定式）。也有人寫作賣賬，但內地一般作買賬。 ㈢ 買面子：看對方的情面表示可以通融。 賣面光㊗：用虛偽的言行討人喜歡，相當於買好。 ㈣ 買關節：用錢買通別人；行賄賂。 賣關節：指暗中受賄，給人好處。 ㈤ 炒賣義同倒賣。
貿　茂　謬	貿易　貿然　貿遷 商貿 茂盛　繁茂　豐茂 椿萱並茂　聲情並茂 謬誤　謬種　錯謬 悖謬	茂茂然　謬然	
貸　怠　殆	乞貸　告貸　寬貸 責無旁貸　嚴懲不貸 怠慢　懈怠　懶怠 危殆　傷亡殆盡 知己知彼，百戰不殆	 嚴懲不怠 傷亡怠盡 百戰不怠	
賞　償　嘗　嚐	賞光　賞臉　賞識　稱賞 獎賞　懸賞　鑒賞　讚賞 賞心悦目　孤芳自賞 償還　抵償　報償　無償 償其夙願　得不償失 如願以償 嘗試　嘗鮮　何嘗　品嘗 嘗到甜頭　淺嘗輒止 臥薪嘗膽 艱苦備嘗	 獎償　懸償 嘗其夙願 如願以嘗 嚐試　何嚐 臥薪嚐膽 艱苦備嚐	嘗和嚐： 嘗有兩個意義：❶ 吃一點試試，辨別味道。❷ 體會；體驗；經歷。先有嘗，後有嚐。表示吃一點試試以辨別味道時可用嚐。但一些成語和比較固定的詞組不用嚐，如臥薪嘗膽。嘗到甜頭的甜頭如指好處、

同音、形似、近義或相關字	辨　字　選　詞	常見誤寫	辨　析
			利益，也不用嚐。其實嘗字中間已有口字，後人加個口字旁，何必呢？
贖　續　逐　瀆　黷	贖身　贖金　自贖 找贖㊄　將功贖罪 找續㊄　持續　陸續 斷續　狗尾續貂 逐一　逐日　逐年 逐步　逐字逐句 逐家逐戶 瀆職　褻瀆 有瀆清神 窮兵黷武	 持逐 續日 續步 續家續戶 有贖清神 窮兵贖武	㈠　自贖：自己彌補過失。 ㈡　找贖和找續均是粵語，普通話指找零錢、找換。
走部			
赳　糾　抖	雄赳赳 赳赳武夫 } 均可用糾 糾正　糾偏　糾集 糾結　糾葛　糾纏 抖動　抖擻	 抖纏	左列糾不能用赳，寫作糾更錯。
足部			
跡　迹　蹟　漬	跡近　跡象 血跡 蛛絲馬跡 銷聲匿跡 } 可用迹 古跡　字跡 劣跡　形跡 足跡　奇跡 陳跡　勝跡 遺跡 } 可用迹、蹟 史迹　事迹　殘迹 血漬　污漬　油漬 茶漬		㈠　跡、迹、蹟屬異體字，一般通用，內地規定用簡體字，什麼都越簡越好，所以只用一個迹字。但古籍三字均見，並不統一。香港人可按照習慣使用。 ㈡　跡：❶ 原指腳印，後泛指留下的印痕或現出的樣子。❷ 前人留下的事物。❸ 形跡。❹ 追蹤。 漬：兼類詞，可作動詞、名詞，一解積在物體上難以除去的油泥等。血跡和血漬意義相同。

同音、形似、近義或相關字	辨 字 選 詞	常見誤寫	辨 析
踐 賤	踐約 踐踏 作踐 輕踐 犯賤 作賤㊄ 輕賤 自輕自賤		港人操粵語，常把作踐寫成作賤。
蹦 綳 嘣	蹦躂 蹦蹦跳跳 歡蹦亂跳 嘴裏不時蹦出一些「潮語」 綳直 綳帶 硬綳綳 緊綳綳 心嘣嘣直跳 氣球嘣的一聲爆了	 綳出 嘣出	硬綳綳義同硬邦邦。
躋 擠	躋身 擠占 排擠 擁擠	擠身	廣東話説擠擁，把擁擠倒過來，猶如公雞變雞公，鞦韆變韆鞦等。
辛部			
辟 闢 僻 癖	辟邪 辟除 辟穀 大辟 復辟 鞭辟入（近）裏 闢謠 透闢 開闢 精闢 僻靜 生僻 乖僻 幽僻 荒僻 偏僻 窮鄉僻壤 癖好 潔癖 嗜痂成癖	闢邪 闢穀 鞭闢入裏	內地已將闢簡化為辟。
辵部			
迅 瞬	迅即 迅急 迅疾 迅捷 迅雷不及掩耳 瞬時 瞬息 瞬間 瞬將結束 一瞬即逝	瞬即	
迭 疊	迭次 迭出 迭連 更迭 迭有發現 迭挫強敵 高潮迭起 剛柔迭用 後悔不迭		

同音、形似、 近義或相關字	辨　字　選　詞	常見誤寫	辨　析
	疊字　重疊　堆疊 摺疊　層見疊出 層巒疊嶂		
迫　逼	迫令　迫切 迫降（降落，投降） 迫促　迫脅　迫臨 忙迫　困迫　急迫 促迫　被迫　窘迫 硬迫　遑迫　緊迫 壓迫　光陰迫 迫不及待　迫不得已 迫在眉睫　迫於無奈 為勢所迫　飢寒交迫 貧病交迫　從容不迫 迫使　迫害 脅迫　強迫 } 可用逼 煎迫 逼仄　逼肖　逼供 逼和　逼命　逼迫 逼促　逼宮　逼窄 逼真　逼租　逼狹 逼問　逼婚　逼債 淩逼　勒逼　進逼 擠逼㊢　驅逼 歲華逼　歸思逼 逼上梁山　逼出口供 逼良為娼　逼虎跳牆 官逼民反　形勢逼人 咄咄逼人　寒氣逼人 富貴逼人　鋒芒逼人 苦苦相逼　為生活所逼 逼近　逼視 威逼　追逼 } 可用迫 催逼　誘逼	左列詞語，迫逼不能互換。	㈠　迫、逼二字普通話不同音，廣東話卻同音同調（只有「逼迫」的迫念 bak^7），所以很容易用混。懂普通話者較容易區分，以粵語為母語的人就要小心區別選詞了。這裏盡量臚列一些分別用迫、逼構成的詞，以資選用。 ㈡　迫促：❶ 急迫；急促。❷ 催促。 逼促：❶ 緊催。❷ 狹隘。 ㈢　被迫是介詞被加動詞迫，表示被動，已結合得比較緊，一般不能寫作被逼。逼可單獨用，如別逼我、逼兒子學游泳等。如特別強調逼這個動詞，有時可與被連用。舉例： 我這樣做是被逼出來的。 我被逼得喘不過氣來。 我被逼到絕路上了。 ㈣　迫不及待是成語，港人說「急不及待」，亦可。

同音、形似、近義或相關字	辨　字　選　詞	常見誤寫	辨　析
連　聯　蓮　槤	連通　連接 連貫　連綴 連綿　連屬 } 均可用聯 勾連　串連 綿連　關連 黃連 聯袂 } 可用連 聯翩 蓮子　蓮心　蓮座 蓮蓬　榴蓮　並蒂蓮 槤枷：亦作連枷	 黃蓮 榴槤	槤枷：用來抽打穀物，使子粒脱落的工具。
逮　遞	力有不逮　匡其不逮 遞加　遞交　遞解 遞增　呈遞　迢遞	力有不遞	
逸　佚　軼	逸亡　逸女　逸世 逸名　逸俗　逸趣 逸樂　逸踰　隱逸 逸興遄飛　逸韻高致 以逸待勞　閑情逸致 驕奢淫逸 逸文　逸史 逸失　逸事 } 通佚、軼 逸詩　逸聞 逸馬：亦作佚馬 安逸：亦作安佚 奔逸：亦作奔軼 佚名　已佚 亡佚：亦作亡軼 軼俗　軼話 軼群絕類　意廣心軼 軼倫 } 通逸 軼群		㈠ 逸、佚、軼三字均可念 *yì*（普）、*yet*^{9}（粵）。逸本義是逃跑，佚本義是散失，軼本指後車超過前車。逸、軼引申表示散失，義同佚。古籍三字有一些詞通用，如第二欄所列。惟現代漢語通用字裏，逸字較常用。 ㈡ 逸名：❶ 美名。❷ 失傳的姓名。 佚名：同逸名 ❷。古籍和詞書少見佚名，今人反倒多用。
進　晉	進入　進化　進仕 進而　進步　進身 進取　進封　進貢 進修　進食　進計 進送　進階　進飲 進飯　進餐　進學	晉仕 晉身 晉封　晉貢 晉飲 晉飯　晉餐	㈠ 進食：❶ 吃飯，吃食物。❷ 進奉食物。 晉食：進獻食品。晉食無吃飯、吃食物之義，故進食不

同音、形似、近義或相關字	辨　字　選　詞	常見誤寫	辨　析
	進膳　才進　挺進 猛進　精進 進退失據　知難而進 循序漸進　齊頭並進 進升　進見 進級　進秩 進謁　進爵（可用晉） 晉食　晉階 楚材晉用	晉膳	能寫作晉食。 ㈡ 進階：❶ 進升官階。❷ 台階。 晉階：升級。 ㈢ 進升亦作進昇、進陞。
邑部			
部　步	部位　部署　三部曲 按部就班 步操　步驟　國步 勞步	三步曲 按步就班	
那　哪	那些　那個　那裏 那麼　那樣　那時候 那所學校　那是誰 那不是他嗎 哪些　哪怕　哪個 哪裏　哪管　哪樣 哪有這樣的道理 我哪天動身都行		㈠ 古漢語無哪字，表疑問單用那，至近代始見用哪字表疑問，現代那、哪兩字已明確分工。普通話那念 *nà*（姓氏念 *nā*），哪念 *nǎ*（口語常說 *něi* 或 *nǎi*）或 ·*na*（助詞）；廣東話二字均念 na^4（那姓氏念 na^1，哪作助詞念 na^5）。懂普通話的人很容易分得清這兩個字，以粵語為母語的人須多加留意。 ㈡ 粵語區分那、哪的方法： 那作指示代詞，如那個人、那棵樹等，可代之以「嗰（個、位……）」，能以「嗰」代的，就是那；那作連詞，如那就去吧，可代

同音、形似、近義或相關字	辨字選詞	常見誤寫	辨析
			之以「咁」。哪作疑問代詞，如哪個小孩、哪位老師等，可代之以「邊(個、位……)」，能以「邊」代的，就是哪；只有哪能作助詞，那不作助詞。 ㊂「那是誰」是疑問句，但「那」是指示代詞，相當於廣東話的「嗰個」。
郁　鬱　屈	濃郁　馥郁　郁郁菲菲 郁郁乎文哉 鬱悶　鬱結　沉鬱 抑鬱　憂鬱 鬱鬱蔥蔥　鬱鬱寡歡 積鬱成疾　神荼鬱壘 鬱鬱不得志 屈辱　委屈　屈打成招	濃鬱 鬱鬱乎文哉 抑屈 郁郁蔥蔥（港別字） 屈屈不得志	㊀普通話前二字同音，念 *yù*，屈念 *qū*；廣東話則後二字同音，念 *wet*^{7}，郁念 *yuk*^{7}。內地推行簡體字後，已棄用鬱字，以郁代之。廣東的鬱南簡化為郁南，但不念 *yuk*^{7} 而照舊念 *wet*^{7}，郁平白多了一個音，一不小心，郁達夫變了「屈」達夫；廣西的鬱林，簡為玉林，改念 *yuk*^{9} 林。香港與內地用字不一，讀音有異，故容易混淆。內地印刷古籍或換簡為繁時可能出錯；港地會因鬱屈同音而誤寫。我們在這方面應多留點神。 ㊁神荼鬱壘(普)念 *shēn shū yù lǜ*，(粵)念申書屈律。

同音、形似、近義或相關字	辨字選詞	常見誤寫	辨析
酉部			
醞　蘊	醞釀　春醞秋成 蘊含　蘊藏　蘊藉 底蘊　意蘊　精蘊	蘊釀 醞含	
里部			
里　理　裏	里巷　里程　故里 旋里　梓里　鄉里 道里　鄰里　下里巴人 千里迢迢　歇斯底里 相去不可以道里計 悖理　連理　常理 道理　理路　不可理喻 裏勾外聯　綿裏藏針 糊裏糊塗　鞭辟入裏	 不可以道理計 鞭辟入里	㊀ 道里：一解普通長度。 道理：❶ 事物的規律。❷ 理由；情理。❸ 辦法；打算。 ㊁ 糊裏糊塗可作胡裏胡塗。內地推行簡體字後，統一寫作胡里胡涂。
金部			
鉢　缽　砵	鉢盂　鉢袋　鉢頭 鉢錢　衣鉢　授鉢 砵酒 砵蘭街（譯名，港用） 麻地砵（地名，在內蒙）		佛教於晉朝傳入中國，最早出現鉢字。鉢是僧人食具，也是盛器，多用金屬製成，故從金；以後也有陶製的，故鉢有時作缽，但仍以鉢為正寫。
鋪　舖	鋪床　鋪砌　鋪述 鋪展　鋪設　鋪張 鋪排　鋪陳　鋪敍 鋪蓋　被鋪㊄ 鋪天蓋地　鋪張揚厲 鋪彩摛文 以上鋪字㊕念 *pū*， ㊄念 *pou*1 舖子　舖戶　舖主 舖位　舖面　床舖 店舖　臥舖　當舖 藥舖　五里舖　十里舖 以上舖字㊕念 *pù*， ㊄念 *pou*5		㊀ 鋪作動詞用，普通話、廣東話均念陰平；舖普通話念去聲，廣東話念陰去，不作動詞用。 ㊁ 用於商店先有鋪字，舖字是後來才有的。而內地推行簡體字後，已捨棄舖字，統一用鋪。 鋪字多義，怎樣用也不會錯；舖字一不小心就會用錯。 ㊂ 兩廣計路程，十里

同音、形似、近義或相關字	辨 字 選 詞	常見誤寫	辨 析
	第二組鋪字俗寫可作舖		(市里)為一鋪，有些地方計十四里至二十多里不等。北方有五里鋪、十里鋪，廣州有第十甫、十八甫(甫由鋪轉化成)等。
錶 表	水錶 電錶 儀錶 鐘錶 電子錶 外表 圭表 師表 華表 圖表 儀表 出人意表 虛有其表		㈠ 表至近代才用以表示某種量的器具和計時器具，後來又出現錶字。普通話二字同音，廣東話錶念 *biu*[1]，表念 *biu*[3]。在香港，寫鐘表行只能念鐘「裱」行，沒有錶的意義。 ㈡ 儀錶：測定溫度、電量、氣壓、血壓等的儀器。 儀表：人的外表(包括容貌、姿態、風度等，通常指好的)。
鍋 渦 窩	鍋巴 鍋貼 鍋爐 火鍋 砂鍋 熱鍋上螞蟻 水渦 旋渦 渦輪機 窩工 窩心 窩氣 窩鋪 窩藏 窩麵(從俗) 窩囊 酒窩 賊窩 窩心腳 窩囊廢	窩貼 火窩 砂窩 熱窩上螞蟻 酒渦	㈠ 火鍋更有寫作火煱，大謬。 ㈡ 普通話鍋的讀音跟渦、窩有別，廣東話三字同音，故此地常會混淆。 ㈢ 窩心： 北方方言(包括長江以北、西南數省、長江以南部分地區，佔全國大部分人口)指因受到委屈或侮辱後不能表白或發洩而心中苦悶。有點像粵語的「谷氣」。 吳方言(包括上海市和江蘇省長江以南大部分地區和以北小部分地區、浙江省大

同音、形似、近義或相關字	辨　字　選　詞	常見誤寫	辨　析
			部分地區和安徽少數地方）指滿意、稱心、高興。粵語無此詞。港人今多取吳方言之義，其實應取北方方言之義。
鍾　鐘	鍾山　鍾情　鍾萃 鍾愛　鍾禍　鍾憐 鍾靈毓秀 鐘石　鐘律　鐘鼓 鐘鼎　鐘樓　鐘磬 鐘乳石　鐘鼎文 鐘鳴鼎食 以上鐘字可換成鍾 鐘點　鐘錶　鐘擺	鐘山　鐘情 鐘愛	㈠ 鍾古通鐘，左列九個含鐘字的詞可換上鍾字，但現代仍以鐘字為規範。內地鍾、鐘二合為一，簡化為钟。 ㈡ 鍾有匯聚，集中的意思，鐘無此義，故鍾情等鍾字不能寫作鐘。 ㈢ 姓氏不作鐘。
鎮　陣	坐鎮 助陣	助鎮 坐陣	
鎖　瑣	鎖鏈　鎖鑰　枷鎖 連鎖　閉關鎖國 名繮利鎖 瑣事　瑣屑　瑣細 瑣碎　委瑣　猥瑣 煩瑣　繁瑣	繁鎖	
長部			
長　祥　詳	從長計議　語重心長 祥和　祥瑞　不祥 吉祥　慈祥　發祥地 龍鳳呈祥 詳情　詳悉　詳實 詳盡　不詳　內詳 安詳　端詳 耳熟能詳　語焉不詳	從詳計議 安祥 語焉不長	不祥：不吉利。 不詳：❶ 欠詳細；不清楚。❷ 不細說（書信用語）。

同音、形似、近義或相關字	辨字選詞	常見誤寫	辨析
門部			
闋　闕　缺　決 訣　抉　厥　獗 袂	下闋　上闋　一闋新詞 闕如　闕疑　闕遺 天闕　金闕　宮闕 拾遺補闕　暫付闕如 抱殘守闕：可用缺 缺口　缺少　缺如 缺乏　缺失　缺陷 缺漏　缺憾　短缺 殘缺　餘缺　缺一不可 寧缺毋濫　完好無缺 決口　決水　決定 決計　決堤　決裂 決然　決斷　取決 果決　裁決　履穿踵決 堤壩決了個口子 訣別　訣要　訣竅 口訣　永訣　秘訣 抉摘　抉擇　剔抉 厥父　厥後　昏厥 大放厥辭　克盡厥職 猖獗 分袂　聯袂　袂雲如雨	一闕新詞 拾遺補缺 缺堤 抉別　袂別 永抉 大放獗詞 猖厥	㈠ 首欄前八個字，普通話讀音有異，廣東話完全相同，因此有時會混淆，在所難免。 ㈡ 闕通缺，故好些以缺字構成的詞均可用闕，如缺口、缺少、缺乏、缺失、缺陷、缺一不可等，現代習慣多用缺字，抱殘守闕亦作抱殘守缺。但拾遺補闕、暫付闕如仍以用闕為佳。 ㈢ 缺陷：欠缺或不完備的地方。 缺憾：不完美，令人感到遺憾的地方。 ㈣ 缺口：❶ 物體邊沿上缺掉一塊形成的空隙，亦指不完整之處。❷ 比喻缺少，也指短缺的部分。❸ 缺陷。❹ 突破口。 決口：❶ 堤岸被水沖出缺口。❷ 堤岸的缺口。 ㈤ 決古亦有用决，今內地只用决字。 ㈥ 缺、決、訣、抉古音、粵音均為入聲字，普通話均念平聲，舊體詩詞須作仄（入）聲。袂普通話念 *mèi*，粵語念 *mai*⁶（米陽去）。 ㈦ 厥可解作其，他

同音、形似、近義或相關字	辨字選詞	常見誤寫	辨析
			的，他們的。大放厥詞正是這個意思，原指盡力鋪陳詞藻，現指大發議論（多用於貶義）。
閏　潤	閏月　閏年 潤色　潤筆　潤飾 潤澤　紅潤　浸潤 甜潤　細潤　滋潤 豐潤　珠圓玉潤	潤月	
闖　創	闖關　闖世界 闖大禍　闖江湖 闖紅燈　闖高峰 創新　創新紀錄 開創新局面	創高峰 闖新局面	
阜部			
防　妨	防治　防凍　防備 防寒　防暑　防範 不防　設防　提防 預防　謹防　嚴防 防蟲害　猛不防 防患未然　防微杜漸 以防萬一　猝不及防 妨害　妨礙　不妨 何妨　無妨	防礙 何防　無防	不防：❶ 沒有料想到。❷ 沒有防備。 不妨：表示這樣做沒什麼妨礙。
陪　賠　培	陪侍　陪審　失陪 奉陪 賠笑　賠話　賠罪 賠禮　賠小心 賠不是　賠笑臉 賠了夫人又折兵 培訓　培植　培養 栽培	陪笑 陪禮　陪小心 陪笑臉 陪訓	
隔　膈	隔閡　隔膜　隔壁 阻隔　隔靴搔癢		隔膜：❶ 互相不了解；隔閡。❷ 不通曉；不熟

同音、形似、近義或相關字	辨字選詞	常見誤寫	辨析
	天懸地隔 膈膜　橫膈膜	 橫隔膜	悉。 膈膜、橫膈膜：人或哺乳類動物胸腔和腹腔之間的膜狀肌肉。
隕　殞	隕石　隕星　隕滅 隕落 殞身　殞命　殞滅 玉殞香消	殞石 殞落	隕滅：❶ 物體從高空掉下而毀滅。❷ 喪命；滅亡。 殞滅：同隕滅 ❷。
隱　忍	隱忍　隱瞞　隱避 惻隱　隱惡揚善 探頤索隱　難言之隱 忍痛　忍讓　不忍 堅忍 是可忍，孰不可忍	忍避 惻忍　忍惡揚善 難言之忍	隱和忍普通話不同音，廣東話卻是同音字，用時要注意區分。
隹部			
雙　商　相	雙方　雙生　雙料 雙關　無雙 一雙手　一雙鞋 雙宿雙飛　成雙作對 一語雙關　男女雙方 雙雙奪得冠軍 夫妻雙雙把家還 商定　商約　商討 商借　商談　商議 相交　相知　相約 相思　相依戀 相生相剋　相安無事 相知有素　相依為命 相得益彰　相提並論 相親相愛　一脈相承 休戚相關 鷸蚌相爭	 相宿相飛 一語相關 相討 相借　相談 雙依戀 雙依為命 休戚雙關 鷸蚌雙爭	㈠ 廣東話三個字發音相同（相另讀陰去除外），容易因同音而混淆，要多加留意。 ㈡ 雙又是量詞，和對一樣，都可以用來計量成雙的事物或事物相對的兩個部分。但它們的用法是有分別的。凡是性別相對的人或動物都用對，雙只有在跟雙並舉時才可用於人或動物。例如： 客人一對對、一雙雙走進了宴會廳 雙雙對對的燕子歡快地飛翔 以下各詞組中的對不能代之以雙： 一對夫婦

同音、形似、近義或相關字	辨　字　選　詞	常見誤寫	辨　析
			一對情侶 一對舞伴 一對鴛鴦 一對戀人 一對鸚鵡 ㈢ 商約：國與國之間締結的通商條約。 相約：相互約定。
雨部			
震　振	震波　震怒　震悚 震栗（慄）　震動 震蕩　震撼　震懾 震顫　震驚　震古鑠今 震耳欲聾　震動人心 震動全城　威震一時 威震四方　車身震蕩 爆炸聲震動着山谷 振作　振翅　振動 振幅　振興　振臂 振蕩　振奮　振振有詞 振筆直書　振聾發聵 一蹶不振　磁力共振	 振古鑠今 振耳欲聾 威振一時 車身振蕩 震聾發聵	㈠ 震動：❶ 顫動。❷ 使顫動，使人心裏不平靜。 振動：物體通過一個中心位置，不斷作往復運動。例如擺的運動。 ㈡ 震蕩：震動；動蕩。 振蕩：振動；電流周期性地變化。 凡涉及社會現象及自然現象均用震動、震蕩；振動、振蕩則是物理學詞語。
霉　黴　楣	霉雨　霉毒　霉氣 霉爛　發霉 倒霉 倒霉蛋 } 可用楣 黴毒　黴氣　黴濕 黴黧 青黴素（盤尼亞林） 金黴素　紅黴素 氯黴素 觸楣頭：亦作觸霉頭		㈠ 霉毒，即楊梅瘡；梅毒有的地方也叫楊梅瘡。而黴毒義同梅毒。但今天以梅毒為正寫。 ㈡ 霉氣：❶ 梅雨季節潮濕的空氣。❷ 倒霉，不吉利。 黴氣：潮濕之氣。 ㈢ 港澳台用原體字，所以青黴素、金黴素等仍用黴，內地已將黴簡化為霉，彼此都不能説對方錯。

同音、形似、近義或相關字	辨　字　選　詞	常見誤寫	辨　析
面部			
面　臉	面子　面孔　面世 面目　面色　面斥 面向　面見　面具 面洽　面首　面容 面書(港)　面部　面善 面試　面貌　面談 面熟　面膜　面壁 面頰　面臨　面議 面龐　笑面　情面 顏面　露面　覿面 笑面虎　丟面子 春風面　面面相覷 面面俱圓 面不改容（色） 面命耳提　面授機宜 人面獸心　青面獠牙 滿面笑容 頭面人物 七情上面 拋頭露面 改頭換面　別開生面 洗心革面　鳩形鵠面 蓬頭垢面　廬山真面 以下成對的詞屬同義詞： 面皮、臉皮 } 指臉、臉上的皮膚，通 面形（型）、臉形（型） } 通 面相、臉相 } 指相貌，通 面貌、臉貌 } 指臉的形狀；相貌，通 面嫩、臉嫩 } 基本通 丟面子、丟臉 } 通	臉具 臉容 臉部 滿臉笑容 頭臉人物 七情上臉 拋頭露臉 改頭換臉	㊀ 面和臉都可解作頭的前部，古漢語多用面，少用臉；現代漢語很多用面的詞均來自古漢語，而改用臉的詞已不斷增多。粵語保留較多古詞語，故多用面字。但用白話文寫作，就要遵循普通話的習慣，如面盆、面蛋、賞面等寫法就不合規範。相反，北方人也不能把面部、頭面人物、拋頭露面等詞語中的面改為臉。 ㊁ 面孔：臉；容貌；面子（近代）。 臉孔：臉；臉上的表情。 ㊂ 面色：臉上的氣色。 臉色：❶ 臉的顏色。❷ 臉上的氣色。❸ 臉上的表情。❹ 指令人難堪的神色。❺ 臉上表現出來的健康情況。 ㊃ 面頰：臉蛋。 臉頰：臉的兩側。 ㊄ 面龐：面孔；臉的輪廓。 臉龐：臉的形狀、輪廓。 ㊅ 笑面：❶ 笑容。❷ 帶笑的假面具（近代）。

同音、形似、近義或相關字	辨字選詞	常見誤寫	辨析
	面紅耳赤 面黃肌瘦 面無人色 滿面春風 灰頭土面 } 現代漢語多用臉 臉孔　臉色　臉面 臉盆　臉蛋　臉盤 臉頰　臉譜　臉龐 丟臉　花臉　紅臉 笑臉　賞臉　嘴臉 翻臉　變臉　露臉 臉青鼻腫　滿臉春色 有頭有臉　劈頭蓋臉 嬉皮笑臉　臉紅脖子粗	面盆　面蛋 面譜 花面　紅面 賞面 變面 有頭有面	笑臉：含笑的面容。 ㈦ 露面：露出臉面，指在一定的場合出現。 露臉：比喻得到榮譽或受到讚揚，臉上有光彩。 ㈧ 面不改容：近代多用，粵語連口語亦用之；普通話作面不改色。 ㈨ 灰頭土面：近代和粵語均用，普通話多作灰頭土臉。
韋部			
韙　諱	冒天下之大不韙 隱諱　諱疾忌醫 諱莫如深　為尊者諱	大不諱	二字普通話不同音，廣東話則同音同調，容易用錯。
音部			
響　嚮　饗	響亮　響晴　響頭 響應　響遏行雲 響徹雲霄 嚮往　嚮導 饗祀　饗客　饗宴 饗勞　饗賜　尚饗	響往　響導	㈠ 響、嚮、饗三字同音不同調，響、饗普通話、廣東話均念享，嚮普通話念向，若解作 ❶ 方向。❷ 朝向；對着。❸ 將近、接近時，廣東話也念向(通享則念享)，但粵人常把嚮往、嚮導念作「享」往、「享」導，所以容易誤寫成響往、響導。 ㈡ 嚮古通享、響，饗古通享、嚮，但今已明顯分工，內地且將響簡化為响，嚮簡化為向。

同音、形似、近義或相關字	辨字選詞	常見誤寫	辨析
頁部			
須 需	須知　須要　須臾 不須　必須　仍須 何須　務須　莫須有 不須操心　仍須努力 亟須救助 訪客須知 必須下苦功 必須走一趟 須要努力學習 須要耐心等耐 須要輸血搶救 解鈴還須繫鈴人 無須：可用需 需求　需要　需索 需時　必需　供需 所需　急需　不需要 必需品　軍需品 很需要　需要人才 需要金錢　按需分配 生理需要　非常需要 迫切需要　滿足需要 不時之需　各取所需 必需的材料 精神上需要 需要幾個部門配合	需知 不需　仍需 何需　務需 亟需救助 訪客需知 必需下苦功 需要努力學習 需要輸血搶救 解鈴還需繫鈴人 必須品 必須的材料	㊀ 須和需是同音字，但詞性、詞義均有別，很多人不加區分，常常混用，本地多以需代須。如左欄不少以須構成的詞，須都改成了需。 ㊁ 須要：一定要。作助動詞。 需要：❶ 應該要有或必須要有。❷ 對事物的慾望或要求。作動詞。 ㊂ 必須：必要，一定要。 必需：一定要有，不可缺少。 必須是助動詞(或稱能願動詞，表示可能、願意和必要之類意思的詞)，不單獨用，常跟其他動詞合用。而必需指必不可少的需要，作動詞，可單獨用，也可作定語，如必需品、必需的材料等。
頌 誦	頌揚　頌歌　祝頌 傳頌　歌頌　稱頌 讚頌　歌功頌德 誦經　誦讀　吟誦 背誦　朗誦　傳誦 過目成誦　熟讀成誦	 稱誦 讚誦 頌經　吟頌 熟讀成頌	傳頌：傳播頌揚。 傳誦：輾轉傳布誦讀；輾轉傳布稱道。
領 頸	引領而望　翹足引領 引頸翹望　延頸企踵	 延領企踵	

同音、形似、近義或相關字	辨字選詞	常見誤寫	辨析
風部			
風　瘋　鋒 (風另見133頁「豐」字組)	風頭　風靡　冷風 痲風　風頭十足 暫避風頭 風癱：亦作瘋癱 出風頭：亦作出鋒頭 瘋魔：亦作風魔 鋒頭　冷鋒	痲瘋	㊀ 風頭：❶ 比喻事態發展的趨勢或與個人有利害關係的情勢。❷ 出頭露面、顯示自己的表現。 鋒頭：❶ 鋒芒。❷ 同風頭 ❷。 ㊁ 冷風：❶ 比喻背地散播的消極言論。❷ 古漢語指寒冷的風。 冷鋒：冷氣團插入暖氣團的底部，並推動暖氣團移動。在這種情況下形成的鋒面叫做冷鋒。 ㊂ 痲風的痲可作麻，但風不能寫作瘋。
食部			
食　蝕	蠶食 日食 月食 全食 } 指自然現象，可用蝕 蛀蝕　侵蝕　腐蝕 虧蝕	蠶蝕	虧蝕：❶ 指日食和月食。❷ 虧本。❸ 損耗。
飢　饑	飢乏　飢色　飢困 飢凍　飢殍　飢渴 飢餓　飢寒交迫 飢腸轆轆　飢餐渴飲 載飢載渴 饑民　饑苦　饑荒 饑歲　饑匱　饑歉 饑饉		飢主要解作餓，吃不飽。也通饑，指年成壞，顆粒無收。 饑主要解作年成極差，耕作失收。也通飢，謂飢餓，食不果腹。 古籍二字區分並不嚴謹，以飢構成的詞，除少數如飢寒交迫、飢腸轆轆、載飢載渴等外，其餘均可通饑；而饑民、饑荒、饑匱、饑饉又可用飢。

同音、形似、近義或相關字	辨 字 選 詞	常見誤寫	辨 析
馬部			
駝 鴕	駝子 駝背 駱駝 鴕鳥	駝鳥	駝、鴕和騖、鶩(下一組)同音而字形相近，用時容易出錯，要注意區分。
騖 鶩	外騖 馳騖 好高騖遠 心無旁騖 刻鵠類鶩 趨之若鶩	好高鶩遠 趨之若騖	騖：❶ 縱橫奔馳。❷ 追求。動詞。 鶩：家鴨，野鴨。名詞。
骨部			
骾 鯁 哽 梗 耿	骨骾 骨骾在喉 鯁言 鯁塞 鯁噎 骨鯁 如鯁在喉 哽塞 哽噎 哽咽：可用鯁、梗。今天習慣多用哽。 梗死 梗阻 作梗 頑梗 耿介：古通鯁介、梗介，都有剛直不阿的意義。現代多用耿介。 耿正：可用鯁 耿直：可用骾、鯁、梗	如骾在喉	㈠ 五字同音，前四字右旁都有一個更字，字形相近。它們所構成的詞有些通用，有些不通用；有些詞古代通用，今天則只用或多用其中一個。 ㈡ 骾和鯁都有骨、刺等卡在喉中的意思，但鯁可解作魚骨、魚刺，骾無此義。 ㈢ 哽咽、哽噎的咽、噎廣東話念 *yit*[8]，入聲。 ㈣ 鯁塞：❶ 哽咽氣塞。❷ 阻塞。 哽塞：因悲痛而氣塞不能言。 ㈤ 鯁噎：❶ 哽咽氣塞。❷ 食物堵住食道。 哽噎：悲痛氣塞，泣不成聲。

同音、形似、近義或相關字	辨字選詞	常見誤寫	辨析
髟部			
髦　麾	時髦　俊髦　趕時髦 穿著時髦 麾下　麾戈　麾旌 麾軍進擊	時麾	
鬆　凇　崧	肉鬆　稀鬆　蓬鬆 霧凇 崧山　崧高	肉崧	崧山即嵩山。
魚部			
魚　漁	魚排　魚塘 魚鷹　打魚　魚市場 打魚人　魚肉百姓 魚訊：可用漁 漁人　漁民　漁色 漁舟　漁利　漁產 漁船　漁場　漁業 漁輪　漁獵　休漁 竭澤而漁 漁具　漁鼓 漁網　｝可用魚	漁排　漁塘 漁鷹　漁市場 打漁人 魚產 魚場	漁有捕魚和謀取的意義；魚專指在水中生活、用鰓呼吸的一種脊椎動物。除少數詞通用外，大部區分得很清楚，不要迷戀偏旁，動輒加三點水。
鹵部			
鹵　魯	鹵肉　鹵味　鹵菜 魯鈍　頑魯　愚魯 魯莽 粗魯　｝可用鹵		
鹿部			
麗　儷	麗人　麗日　附麗 儷影　伉儷　駢儷	儷人	儷影指夫妻的合影或夫婦二人的身影。
鼓部			
鼓　股　蠱　賈	鼓勁　鼓動　鼓起勇氣 一鼓作氣	 一股作氣	㈠　一股腦又作一古腦。

同音、形似、近義或相關字	辨字選詞	常見誤寫	辨析
	一股勁　一股腦 蠱惑：亦作鼓惑 蠱惑㊄：俗寫古惑 直言賈禍　餘勇可賈	 餘勇可鼓	㈡　普通話蠱惑是動詞，解毒害、迷惑。粵語蠱惑是形容詞，解詭計多端。
齒部			
齒　恥	人所不齒　不齒於人類 不齒其表現 不齒其惡行 不恥下交　不恥下問	人所不恥 不恥其表現	不齒：❶ 不願提及，表示鄙視。❷ 羞與為伍。 不恥：今指不以為恥，不認為失體面。

附錄一　異形詞

中文字有異體字，詞有異形詞。何謂異形詞？簡單地説，凡詞形有異而意義相同的詞都屬異形詞，大致可分為同音形異義同的、音近形異義同的、音異形異義同的、同素異序義同的等。還有一種異形異義（包括異序異義）的，即一組詞有一種或幾種含義相同，用法也一樣，但其中一個詞又另有含義或各自均另有含義。中文使用方塊字，屬表意文字體系，自古以來，由於同音假借，同義通用，適應平仄、韻律的需要，加上古詞語、外來語、方言詞語的影響和吸收，形成了成千累萬、不可勝數的異形詞，這對世界上多數使用表音文字的人來説是難以想像的。在詞形規範化還沒有取得共識前，我們不能無視異形詞的存在。而異形詞確實能使我們行文賦詩填詞靈活多變，顯得豐富多采。

本附錄收集了大量異形詞，第（一）至（三）節合共二千六百一十二組，五千三百九十五條。但這還不是異形詞的全部，單説成語、古漢語、近代漢語、現代漢語一起計，為數近二萬條，有些異形詞，每組少則兩個，多則六個或以上，所以本書不可能囊括所有異形詞。這裏所收的異形詞以現代漢語為主，酌收少量古詞和書面語，兼收一些異序異義、易序變義詞和若干不可顛倒的詞，供讀者參考。每組異形詞，放在前面的一般是標準詞形，是現代漢語常見的，或出於語源。限於篇幅，不注音，不釋義，讀者可參看中文（漢語）詞典求解。排列按筆畫，以每組異形詞中對應相異的字（下有網底者）的筆畫為序，由少而多；若幾組詞為序的是同一個字，則按下一個或頭一個字的筆畫先少後多排列；同筆畫的按起筆筆形、一（㇐）丨（㇗）丿（㇜）為序。在第（一）節，與異形詞對應相異的字有關的異形詞，緊接著放在該組異形詞的下一行或下數行，方便檢閱。

（一）一般異形詞

二至四畫
十一　什一
十九　什九
十百　什百
什錦　十錦
丁當　叮當　玎璫
同人　同仁
瞳人　瞳仁
丫頭　鴉頭
枝丫　枝椏
樹丫　樹椏
腳丫子　腳鴨子
私下　私下裏
士女　仕女
土豆　馬鈴薯　山藥蛋
子畜　仔畜
子魚　仔魚　稚魚
子棉　籽棉
子實　籽實　子粒　籽粒
子豬　苗豬　仔豬
子雞　仔雞
子獸　仔獸
棉子　棉籽

舵工　舵公
做工夫　做功夫
人才　人材
成才　成材
高才生　高材生
仰八叉　仰八腳
渡口　渡頭

訃文　訃聞
寸心　寸衷
燈心　燈芯
予奪　與奪
寄予　寄與
賜予　賜與
王八　忘八
元配　原配
原煤　元煤
支吾　枝梧　枝捂
一支筆　一枝筆
一支槍　一枝槍
一支香煙　一枝香煙
一支笛子　一枝笛子
一支蠟燭　一枝蠟燭
一刀切　一刀齊
木棉　紅棉　攀枝花
比方　譬方
比如　譬如　譬若
比喻　譬喻
巴兒狗　叭兒狗
折中　折衷
熱中　熱衷
墟日　墟期
毋庸　無庸
毋寧　無寧
巨毋霸　巨無霸
無乃　毋乃
無須　毋須　無需　無須乎
少量　小量
丰采　風采
風姿　丰姿
風神　丰神
風儀　丰儀
風韻　丰韻
風癱　瘋癱
瘋魔　風魔
撒瘋　撒風
端午　端五　端陽
重午　重五
毛玻璃　磨砂玻璃
勾留　逗留　逗遛
底片　底板
反悔　返悔　翻悔
反照　返照

五畫

巢穴　巢窟
玄乎　懸乎
玉米　包米　棒子　粟米　玉蜀黍
恢弘　恢宏
宏旨　弘旨
宏揚　弘揚
宏圖　弘圖　鴻圖
宏論　弘論
宏願　弘願
洪亮　宏亮
洪福　鴻福
多半　多一半
巨人　鉅人
巨子　鉅子
巨手　鉅手
巨公　鉅公
巨帙　鉅帙
巨細　鉅細
巨款　鉅款
巨萬　鉅萬
巨構　鉅構
巨製　鉅製
巨億　鉅億
巨儒　鉅儒
正楷　端楷
呈正　呈政
郢正　郢政

畫功　畫工
甘薯　紅薯　白薯　番薯（粵方言）　山芋（吳方言）　地瓜（山東、蘇北等次方言）　紅苕（西安、成都等次方言）
古董　骨董
石刁柏　蘆筍
扒手　掱手
扒灰　爬灰
本性　秉性　稟性
秉承　稟承
夙秉　夙稟
給以　給予　給與
與會　預會
與聞　預聞
參與　參預
干預　干與
母豬　草豬
申雪　伸雪
髮卡　髮夾
呼叱　呼斥
喝叱　喝斥
呵斥　呵叱
斥責　叱責
亂乎　亂糊
潮乎　潮呼
潮乎乎　潮呼呼
熱乎　熱呼
熱乎乎　熱呼呼
畜生　畜牲
付方　貸方
仔細　子細

六畫

差池　差遲
忖度　揣度
米蝦　草蝦
髮式　髮型
乃至　乃至於
半成品　半製品
百寶箱　八寶箱
俄而　俄爾

划拳　豁拳　搳拳
喘吁吁　喘嘘嘘
回護　迴護
回顧　迴顧
回雁峰　迴雁峰
迂回　迂迴
低回　低徊
紆迴　紆回
迴旋　回旋
迴縈　回縈
迴盪　迴蕩　回蕩
迴環　回環
迴避　回避
迴繞　回繞
夢迴　夢回
從此　從茲
收方　借方
如今　而今
夙仇　宿仇
夙怨　宿怨
夙話　宿話
夙敵　宿敵
夙緣　宿緣
夙諾　宿諾
夙願　宿願
宿世　夙世
宿志　夙志
潤色　潤飾
旨趣　指趣
指要　旨要
耳光　耳刮子
爆竹　爆仗　炮竹　炮仗
伐柯　執柯
伏罪　服罪
伏辯　服辯
平服　平伏
收服　收伏
屈服　屈伏
壓服　壓伏
懾服　懾伏
服侍　服事　伏侍

服輸 伏輸
嚼舌 嚼舌頭 嚼舌根
倒嚼 倒噍
合眼 闔眼
融合 融和
身份 身分
改行 改業

七畫

終究 終久
沉寂 岑寂
引決 引訣
沙子 砂子
沙石 砂石
沙磧 砂磧
沙鍋 砂鍋
砂糖 沙糖
沖天 衝天
沖霄 衝霄
儘快 儘速 盡快
序文 敍文
序言 敍言
自序 自敍
惺忪 惺鬆
戒訓 誡訓
戒勗 誡勗
戒慎 誡慎
戒誨 誡誨
戒諭 誡諭 誡喻
戒勵 誡勵
訓戒 訓誡
儆戒 儆誡 警戒 警誡
鑑戒 鑑誡
告誡 告戒 誥誡
規誡 規戒
勸誡 勸戒
面形 面型
臉形 臉型
造型 造形
標志 標識 標幟
鋒芒 鋒鋩

克日 刻日
克期 刻期
杧果 芒果
抗禮 亢禮
發抒 發舒
扳指 班指
孜孜 孳孳
夾克 茄克
盯梢 釘梢
人盯人 人釘人
盯着目標 釘着目標
旱稻 陸稻
吧嗒 叭嗒 巴荅 吧唧
别扭 彆扭
吸取 汲取
吩咐 分付
嫁妝 嫁裝 嫁奩
坐次 座次
坐位 座位
坐落 座落
坐標 座標
坐鐘 座鐘
入坐 入座
就坐 就座
舉坐 舉座
座上客 坐上客
座右銘 坐右銘
紅彤彤 紅通通
告密 報密
角色 腳色
角門 腳門
角落 旮旯
觸角 觸鬚
鬢角 鬢腳
佐證 左證
瑜伽 瑜珈
引伸 引申
佚文 逸文
佚失 逸失
亡佚 亡逸 亡軼
輯佚 輯逸

逸民　佚民　軼民
逸馬　佚馬
逸聞　佚聞　軼聞
安逸　安佚
奔逸　奔軼
軼事　逸事　佚事
軼倫　逸倫
軼群　逸群
狹邪　狹斜
護身符　護符
作情　做情
作臉　做臉
作孽　造孽
造作　做作
裝作　裝做
做大　作大
做主　作主
做眼　作眼
做學問　作學問
製造　製作
伶仃　零丁
伶俐　靈利
含冤　銜冤　啣冤
含蓄　涵蓄
含義　涵義
蘊含　蘊涵
銜尾　啣尾
銜杯　啣杯
銜枚　含枚　啣枚
銜恨　含恨　啣恨
妓院　娼窯
岔流　叉流
彷彿　仿佛　髣髴（均指似乎、好像）
彷徨　徬徨　徬皇　旁皇

八畫

跌宕　跌蕩
波濤　浪濤
落泊　落魄　落拓
馬泊六　馬伯六
注文　註文
注本　註本
注冊　註冊
注定　註定
注述　註述
注評　註評
注集　註集
注腳　註腳
注解　註解
注銷　註銷
注釋　註釋
評注　評註
集注　集註
註明　注明
附註　附注
闔府　闔第
封底　封四
根底　根柢
忌刻　忌克
瞬刻　瞬時
惝怳　惝恍
炒賣　倒賣
劻勷　恇儴
年青　年輕
亞熱帶　副熱帶
承想　成想
幸佞　倖佞
嬖幸　嬖倖
寵幸　寵倖
倖臣　幸臣
倖存　幸存
倖免　幸免
僥倖　僥幸　儌倖　儌幸　徼倖
　徼幸
芝麻　脂麻
落花　落英
枝蔓　支蔓
枝辭　枝詞　支辭
絕招　絕着
抹胸　兜肚
叫花子　叫化子
拑口　鉗口　箝口

拑擊	鉗擊　箝擊
鉗舌	箝舌
鉗束	箝束
鉗制	箝制
拊掌	撫掌
奇零	畸零
耍花招	耍花槍　耍花樣
押韻	壓韻
壓隊	押隊
壓寶	押寶
孢子	胞子
抵牾	牴牾
抵觸	牴觸
孤膽	獨膽
可奈	可耐
叵奈	叵耐
樂呵呵	樂哈哈
咒罵	詛罵
呼哨	唿哨
咋呼	咋唬
呱呱叫	刮刮叫
聰明	聰敏
卓犖	卓躒　逴犖　逴躒
平帖	平貼
妥帖	妥貼
寧帖	寧貼
熨帖	熨貼
伏帖	伏貼
雜沓	雜遝
神采	神彩
喝采	喝彩
精采	精彩
辭采	辭彩
喝倒采	喝倒彩
彩排	綵排
彩雲	綵雲
彩箋	采箋　綵箋
彩鸞	綵鸞
光彩	光采
剪彩	剪綵
肢解	支解　枝解
一股腦	一古腦
氛圍	雰圍
瘦刮刮	瘦括括
和風	惠風
委靡	萎靡
負咎	負疚
依仗	倚仗
偎依	偎倚
佯狂	陽狂
火併	火拼
版築	板築
版輿	板輿
版籍	板籍
手版	手板
奉侍	奉事
佳偶	嘉耦
闊佬	闊老
昏眩	暈眩
昏厥	暈厥
侜張	譸張
保姆	保母
糾合	鳩合
糾集	鳩集
爬犁	扒犁

九畫

洄游	回游
洞穿	洞貫
貫穿	貫串
戳穿	戳破
流連	留連
音障	聲障
音頻	聲頻
訂戶	定戶
訂金	定金
訂約	定約
訂貨	定貨
訂婚	定婚
訂報	定報
訂單	定單
訂閱	定閱

訂購　定購
裝訂　裝釘
軍餉　兵餉
嘹亮　嘹喨
瘢疤　瘢痕
度引　渡引
度世　渡世
度荒　渡荒
普度　普渡
差可　堪可
珍珠　真珠
澀剌剌　澀拉拉
按語　案語
按摩　推拿
檃括　檃栝
菜品　菜種
埋首　埋頭
相片　像片
相貌　像貌
真相　真像
照相　照像
假象　假相
手柄　手把
柳眉　柳葉眉
耷拉　搭拉
面孔　臉孔
面世　問世
面皮（粵、吳方言）　臉皮
面形　臉形
面相　臉相
面貌　臉貌
面嫩　臉嫩
丟面子　丟臉
於是　於是乎
門閂　門栓
哄笑　轟笑
起哄　起鬨
背時　悖時
背理　悖理
悖謬　背謬
于思　于腮

筆架　筆床
哈欠　呵欠
笑哈哈　笑呵呵
黑幽幽　黑黝黝　黑悠悠
剎車　煞車
剎住　煞住
一剎那　剎那　一剎
盈餘　贏餘
勁急　勁疾
重新　從新
出風頭　出鋒頭
賀信　賀函
迫使　逼使
迫害　逼害
迫脅　逼脅
強迫　強逼
煎迫　煎逼
逼近　迫近
逼視　迫視
威逼　威迫
追逼　追迫
催逼　催迫
誘逼　誘迫
皇曆　黃曆
倉皇　倉惶　倉黃　蒼黃
皇皇　惶惶
惶惑　遑惑
徨徨　皇皇
遑遑　皇皇
侷促　局促　跼促
保齡球　地滾球
倉促　倉猝　倉卒
匆猝　匆卒
雄俊　雄駿
紅運　鴻運
雪裏紅　雪裏蕻
雄赳赳　雄糾糾

十畫

純美　淳美
浩瀚　灝瀚

家什 傢什
家伙 傢伙
家具 傢具
宴飲 燕飲
宴爾 燕爾
飲宴 飲燕
燕樂 宴樂
夜宵 夜消 消夜
消歇 銷歇
取消 取銷
花銷 花消
抵銷 抵消
撤銷 撤消
銷魂 消魂
窈冥 杳冥 窅冥
冥茫 溟茫
冥蒙 溟蒙 冥濛 溟濛
朗誦 琅誦
記錄 紀錄
記錄片 紀錄片
紀要 記要
清凌凌 清泠泠
高粱 蜀黍
病殃殃 病病殃殃
疾病 病患 疾患
養病 養疴
唐花 堂花
凋空 雕空
凋敗 彫敗
凋萎 彫萎
凋敝 彫敝
凋殘 彫殘
凋落 彫落
凋零 彫零
凋謝 雕謝
雕弓 彫弓
雕文 彫文
雕花 彫花
雕刻 彫刻
雕版 彫版
雕砌 彫砌
雕琢 彫琢
雕像 彫像
大鵰 大雕
射鵰 射雕
祛瘀 化瘀
保祐 保佑
天庭 天廷
恐慄 恐竦
拳拳 惓惓
敉亂 弭亂
退色 褪色
泰山 岱宗 岱嶽
通泰 通太
馬蜂 螞蜂
霧茫茫 霧蒙蒙
起航 啟航
起程 啟程
起運 啟運
對不起 對不住
品茶 品茗
戰栗 顫栗 戰慄 顫慄
耽好 躭好
耽玩 躭玩
耽延 躭延
耽待 躭待 擔待
耽酒 躭酒
耽愛 躭愛
耽嗜 躭嗜
耽誤 躭誤
耽擱 躭擱 擔擱
耿正 鯁正
耿直 梗直 骾直 鯁直
頂真 頂針
校場 較場
格格 咯咯
挾持 脅持
秤砣 秤鉈
原委 源委
原煤 元煤
原籍 本貫
復原 復元

咕唧　咕嘰
嘰咕　唧咕
哽咽　梗咽
抽噎　抽咽
哧溜　嗤溜
一骨碌　一古碌
查哨　查崗
飛蚊症　飛蠅症
囫圇　囫圇
唏噓　欷歔
幅員　幅隕
唉呀　哎呀
囉唆　囉嗦
罡風　剛風
峬峭　庯峭　逋峭
呼蚩　呼哧
笆斗　巴斗
胼胝　跰跂
盈利　贏利
氣量　器量
氤氳　絪縕
胳肢窩　夾肢窩
胳肶鬍子　絡肶鬍子　落肶鬍子
倨傲　踞傲
倔強　崛強
倒騰　搗騰
印紐　印鈕　印鼻
倜儻　俶儻
般配　班配
娥眉　蛾眉
電扇　電風扇
殷勤　慇懃
徑自　逕自
徑行　逕行
徑直　逕直
門徑　門逕
途徑　途逕
路徑　路逕

十一畫

淳厚　純厚
淳樸　純樸　醇樸
淡泊　澹泊
淡然　澹然
慘淡　慘澹
淒淒　悽悽
淒切　悽切
淒苦　悽苦
淒咽　悽咽
淒迷　悽迷
淒涼　悽涼
淒清　悽清
淒然　悽然
淒慘　悽慘
淒酸　悽酸
淒厲　悽厲
淒麗　悽麗
草寇　草賊
淩夷　陵夷
淩亂　零亂
淩壓　陵壓
淩轢　淩爍　淩躒　淩鑠　陵轢
陵替　淩替
憑陵　憑淩
跳梁　跳踉
混沌　渾沌
混淆　渾淆
混賬　渾賬
混濁　渾濁　溷濁
渾蛋　混蛋
諢名　混名　渾名
諢號　混號
淫雨　霪雨
四部　四庫
訣別　決別
訥訥　吶吶
痲風　痳風
痲疹　痳疹
痲痹　痳痹
一痲黑　一抹黑
旋渦　漩渦
督率　督帥

恍惚	恍忽
惟一	唯一
惟有	唯有
惟其	唯其
惟恐	唯恐
惟獨	唯獨
惟謹	唯謹
伏惟	伏維
思維	思惟
恭維	恭惟
時維	時惟
歲維	歲惟
抱粗腿	抱大腿
着數	招數
冰淇淋	冰激凌
瓷器	磁器
瓷磚	磁磚
磁漆	瓷漆
通通	通統　統統
噗通	撲通　噗咚
雪橇	冰橇
翌日	次日
琅琅	瑯瑯
琅璫	瑯璫　琅當
琳琅	琳瑯
瑯嬛	嫏嬛
發現	發見
浮屠	浮圖
執政	秉政
連手	聯手
連通	聯通
連接	聯接
連貫	聯貫
連綿	聯綿
連輟	聯輟
連鎖	聯鎖
連屬	聯屬
連體	聯體
勾連	勾聯
牽連	牽聯
綿連	綿聯
聯合	連合
聯袂	連袂
聯結	連結
聯絡	連絡
聯翩	連翩
聯繫	連繫
串聯	串連
關聯	關連
窮措大	窮醋大
莜麥	油麥
埠頭	步頭
遮陰	遮蔭
樹陰	樹蔭
蔭翳	陰翳
帶孝	戴孝
梯己	體己
梯己話	體己話
樹梢	樹杪
紮寨	扎寨
紮營	扎營
駐紮	駐扎
紮筏子	扎筏子
梅雨	霉雨　黃梅雨
倒霉	倒楣
觸楣頭	觸霉頭
掛鐘	壁鐘
掉包	調包
掉歪	調歪
掉換	調換
放排	放簰
餓殍	餓莩
豪奢	豪侈
明堂	明唐
掃堂腿	掃腿
青眼	青睞
啞劇	默劇
笑眯眯	笑迷迷　笑瞇瞇
啦啦隊	拉拉隊
曼延	漫延
漫道	慢道
漫說	慢說

爛漫　爛熳　爛縵
謾罵　嫚罵
哇啦　哇喇
異心　二心　貳心
異志　二志　貳志
迥異　迥別
老趼　老繭
重繭　重趼
累贅　累墜　累綴　纍贅
鹿砦　鹿寨
窗帷　窗幔　窗幃
彩旦　老旦
殺氣　煞氣
殺價　煞價
殺風景　煞風景
折殺　折煞
抹殺　抹煞
恨殺　恨煞
笑殺　笑煞
氣殺　氣煞
煞尾　殺尾
煞科　殺科
煞筆　殺筆
撒手鐧　殺手鐧
笸籮　簸籮
匍匐　匐伏
魚汛　漁汛
魚鈎　漁鈎
漁叉　魚叉
漁具　魚具
漁鼓　魚鼓
漁網　魚網
插兜　插袋
轉悠　轉游
紬繹　抽繹
婉轉　宛轉
委婉　委宛
郵船　郵輪
油輪　油船
啟釁　起釁
婀娜　妸娜

姻婭　姻亞
徜徉　倘佯
制御　制馭
控御　控馭
統御　統馭
馭手　御手
馭車　御車
馭馬　御馬
駕馭　駕御

十二畫

美滋滋　美孜孜
喜滋滋　喜孜孜
樂滋滋　樂孜孜
寒毛　汗毛
酒渣鼻　酒糟鼻
詞典　辭典
詞訟　辭訟
卑詞　卑辭
祝詞　祝辭
託詞　託辭
悼詞　悼辭
歌詞　歌辭
謝詞　謝辭
嚴詞　嚴辭
辭令　詞令
辭色　詞色
辭致　詞致
辭賦　詞賦
辭鋒　詞鋒
辭藻　詞藻
文辭　文詞
言辭　言詞
致辭　致詞
情辭　情詞
措辭　措詞
廋辭　廋詞　廋語
猥辭　猥詞
遁辭　遁詞
遊辭　遊詞
微辭　微詞

演辭	演詞
説辭	説詞
諛辭	諛詞
輓辭	輓詞
誓辭	誓詞
儷辭	儷語
訶子	藏青果
痛哭	慟哭
車廂	車箱
紈袴	紈絝 紈褲
愊憶	腷臆
翔實	詳實
勞什子	牢什子
策畫	策劃
籌畫	籌劃
比畫	比劃
刻畫	刻劃
計畫	計劃
筆畫	筆劃
斑白	班白 頒白
斑鳩	班鳩
斑駁	班駁 斑剝
琥珀	虎魄
木犀	木樨
賢惠	賢慧
軲轆	轂轆 軲轤
菠蘿蜜	波羅蜜
執著	執着
越…越…	愈…愈…
惡兆	噩兆
惡運	噩運
噩耗	惡耗
噩夢	惡夢
菲儀	匪儀
菲薄	匪薄
香菇	香菰
摒除	屏除
摒棄	屏棄
提成	抽成
揚琴	洋琴
期求	企求
期待	企待
辜負	孤負
重陽	重九
負隅	負嵎
棲心	栖心
棲宿	栖宿
棲遊	栖遊
棲遑	栖遑 栖皇 棲皇
棲遲	栖遲
棲隱	栖隱
硭硝	芒硝
雄偉	宏偉
雄麗	宏麗
棠棣	唐棣
喀嚓	咔嚓
喀噠	咔噠
洞開	洞啟
充其量	充其極
喋血	蹀血 啑血
蛤蟆	蝦蟆
單方	丹方
訓喻	訓諭
曉喻	曉諭
啊喲	啊唷
浩淼	浩渺
鉤針	勾針
鉤稽	勾稽
答言	搭言
答碴	搭碴
答嘴	搭嘴
滴答	嘀嗒 的搭
搭訕	答訕 搭赸
搭腔	答腔
甩搭	甩打
呱嗒	呱噠
筋斗	斤斗
飽脹	飽漲
番茄	西紅柿
無論	別管
智識	知識
稀少	希少

稀世 希世
稀有 希有
稀罕 希罕
稀奇 希奇
稀珍 希珍
稀貴 希貴
古稀 古希
逶迤 委蛇
進升 晉升 進陞
進見 晉見
進級 晉級
進秩 晉秩
進謁 晉謁
進爵 晉爵
貿然 冒然
貿遷 懋遷
彩牌樓 彩門 彩坊
刺猬 刺蝟
絨毛 茸毛
紅絨 紅茸
絳紫 醬紫
庶幾 庶幾乎 庶乎
街燈 路燈

十三畫

溶化 融化
笑溶溶 笑融融
消融 消溶
滑不唧溜 滑不唧 滑不唧唧
詿誤 罣誤
詭計 鬼計
痼疾 錮疾
痼習 錮習
痼弊 錮弊
情愫 情素
讚羨 讚慕
含義 含意
意蘊 義蘊
合意 合心
玩意兒 玩藝兒
道白 念白

甬道 甬路
報道 報導
慈姑 茨菰
火煤 火媒
煉句 練句 鍊句
修煉 修練 修鍊
磨煉 磨練 磨鍊
淬練 淬煉
洗練 洗煉 洗鍊
凝練 凝煉
錘鍊 錘煉
鍛鍊 鍛煉
煙火 焰火 煙花
煩冗 繁冗
煩言 繁言
煩碎 繁碎
煩亂 繁亂
煩瑣 繁瑣
煩囂 繁囂
撥煩 撥繁
繁忙 煩忙
繁雜 煩雜
繁難 煩難
繁衍 蕃衍
金煌煌 金晃晃
匯合 會合
匯集 會集 彙集
匯報 彙報
會演 匯演 彙演
會聚 匯聚
孤零零 孤另另 孤伶伶
干預 干與
瑰瑋 瑰偉
商推 商榷 商確
較勁 叫勁
較量 量校
商較 商校
卸載 卸儎
鼓脹 臌脹
合葉 合頁
姿勢 姿式

架勢　架式
打把勢　打把式
世路　世途
剽悍　慓悍
隕滅　殞滅
概率　幾率
榔頭　鎯頭
山楂　山查
遐想　遐思
感冒　傷風
暗淡　黯淡
暉映　輝映
餘暉　餘輝
睖睜　愣怔
打嗝　打呃
賅博　該博
烏賊　烏鰂
黽勉　僶勉　僶俛
戥子　等子
號叫　嚎叫
號哭　嚎哭
號啕　嚎啕　號咷　嚎咷
乾號　乾嚎
哀嚎　哀號
血跡　血漬
腳跟　腳根
過堂風　穿堂風
蜂王漿　王漿　蜂乳
嗚呼　烏乎　於乎　於戲
圓滿　完滿
業海　孽海
業報　孽報
業障　孽障
裝扮　妝扮
紅裝　紅妝
嵩山　崧山
腼腆　靦覥　靦腆
靦顏　覥顏
歇腳　歇腿
立腳點　立足點
歃血　唼血
狡猾　狡滑
令愛　令嬡
媲美　比美
捆綁　捆縛

十四畫

演變　衍變
敷演　敷衍
踏實　塌實
酒窩　酒渦
笑窩　笑渦
索寞　索莫　索漠
落寞　落莫　落漠
漂泛　飄泛
漂泊　飄泊
漂洋　飄洋
漂流　飄流
漂浮　飄浮
漂海　飄海
飄搖　飄颻
縹緲　飄緲　飄渺
瘌痢　瘌痢　鬎鬁
那麼　那末
敲邊鼓　打邊鼓
精華　菁華
瘦精精　瘦筋筋
約摸　約莫
蒙矓　矇矓
迷蒙　迷濛
彌蒙　瀰蒙　彌濛　瀰濛
蒸氣田　熱氣田
蒼翠　葱翠　蒼綠
榨油　搾油
榨取　搾取
榨糖　搾糖
壓榨　壓搾
構陷　搆陷
嘎嘎　呷呷
蘭閨　蘭室
蜷曲　拳曲
蜷伏　拳伏

跼蹐	局蹐
嶄新	斬新
領港	引港
夠戧	夠嗆
銀杏	白果
扶箕	扶乩
蜚言	飛言
蜚語	飛語
緋紅	飛紅
熏熏	燻燻
熏心	薰心
熏目	燻目
熏灼	燻灼　薰灼
熏赫	燻赫　薰赫
熏爐	燻爐　薰爐
薰沐	熏沐
薰風	熏風
稱心	趁心　稱意
稱願	趁願
代稱	代名
緄邊	滾邊
綽約	婥約
芊綿	芊眠
柳綿	柳棉
嫦娥	姮娥

十五畫

裝潢	裝璜
諉過	委過
論說文	議論文
調卷	吊卷
翩躚	蹁躚
褡包	搭膊　搭布　褡膊　褡布
褡褳	搭褳
疙瘩	疙疸
瘡痍	創痍
砍頭瘡	砍頭癰
摩擦	磨擦
揣摩	揣摸
撫摩	撫摸
哀憐	哀憫
憤憤	忿忿
憤恨	忿恨
憤怒	忿怒
憤痛	忿痛
憤懣	忿懣
氣憤	氣忿
悲憤	悲忿
奮迅	憤迅
奮勇	憤勇
奮起	憤起
憔悴	蕉萃　顦顇
糊塗	胡塗
含糊	含胡
模糊	模胡
黑糊糊	黑乎乎
劈啪	噼啪
墮馬	墜馬
墮樓	墜樓
槤枷	連枷
摹效	模效
摹寫	模寫
模仿	摹仿
模擬	摹擬
撥浪鼓	波浪鼓
撲哧	噗哧　噗嗤　撲嗤
愓厲	愓礪
飭厲	飭勵
磅礴	旁礴
碾磙子	碾砣
籌碼	籌馬
賞光	賜光
瞎炮	啞炮
栗暴	栗鑿
噁心	惡心
賬戶	帳戶
賬目	帳目
賬房	帳房
賬單	帳單
賬簿	帳簿
欠賬	欠帳
放賬	放帳

查賬 查帳
結賬 結帳
還賬 還帳
耳膜 耳鼓
劇場 戲院
蝴蝶 胡蝶
儕輩 儕類
魯莽 鹵莽
粗魯 粗鹵
皺褶 縐褶
時興 時行
僵仆 殭仆
僵屍 殭屍
緣由 原由
緣故 原故
磐石 盤石
盤曲 蟠曲
盤結 蟠結
盤據 蟠據 蟠踞 盤踞
據守 踞守
盤砣 盤佗 盤陁
嬉笑 嘻笑
嬉鬧 嘻鬧
兒戲 兒嬉
嘻和 嬉和
笑嘻嘻 笑嬉嬉
嫻靜 閑靜
嫻雅 閑雅
徹底 澈底
透徹 透澈
清澈 清徹
澄澈 澄徹
瑩澈 瑩徹

十六畫

寰宇 環宇
窸窣 唏嗦
辨正 辯正
辯白 辨白
辯給 辨給
憑空 平空
磨難 魔難
磨不開 抹不開
均霑 均沾
猶豫 猶疑 猶移
擁擠 湧擠
輻輳 輻湊
蕩平 盪平
蕩舟 盪舟
蕩除 盪除
蕩漾 盪漾
蕩滌 盪滌
掃蕩 掃盪
動蕩 動盪
震蕩 震盪
駘蕩 駘宕
飄蕩 飄盪
空蕩蕩 空盪盪
跳盪 跳蕩
激盪 激蕩
擄劫 虜劫
擄掠 虜掠
擄奪 虜奪
擄獲 虜獲
醒悟 省悟
猛醒 猛省
警醒 警省 儆省
寒磣 寒傖
溫暾 溫吞
戰抖 顫抖
打戰 打顫
寒戰 寒顫
發戰 發顫
打冷戰 打冷顫
戰禍 兵禍
鏖戰 鏖兵
跟頭 跟斗
嘟噥 嘟囔
盧溝橋 蘆溝橋
茶館 茶肆
儘力 盡力
儘心 盡心

儘日	盡日
儘先	盡先
儔侶	伴侶
儔類	疇類
縉紳	搢紳
標緻	標致

十七畫

食療	食治
彌漫	瀰漫
輾轉	展轉
臨近	瀕近
薏米	苡米　苡仁　薏米仁
隱喻	暗喻
鬏髻	抓髻
搭檔	搭當
黑壓壓	黑鴉鴉
慈闈	慈幃　慈帷
糟蹋	糟踏
踉蹌	踉蹡
蹓躂	留達
還價	駁價
餬口	糊口
錘子	鎚子
錘鍛	鎚鍛
金錘	金鎚
秤錘	秤鎚
鐵錘	鐵鎚
大銅錘	大銅鎚
篦簌	麗簌
撲簌	撲簌簌
篷車	棚車
筆膽	筆囊
儲存	貯存
儲備	貯備
儲藏	貯藏
存儲	存貯
積儲	積貯
邀功	要功
邀買	要買
邀擊	要擊
縮水	抽水
硬綁綁	硬邦邦
孤聳	孤竦

十八畫

瀏覽	流覽
藐小	渺小
藐遠	渺遠　邈遠
藉以	借以
藉助	借助
藉使	借使
藉端	借端
狼藉	狼籍
籍甚	藉甚
籍籍	藉藉
鼕鼕	咚咚
門檻	門坎
出殯	出喪
闕如	缺如
豐肌	丰肌
豐妍	丰妍
豐腴	丰腴
豐碩	丰碩
豐豔	丰豔
噗嚕嚕	噗碌碌
蹣跚	盤跚
珍饈	珍羞
翻本	反本　返本　扳本 （均可指贏回本錢或輸掉的錢，多用前者）
翻臉	反臉
翻然	幡然
翻譯	繙譯
短簡	短柬
雙簧	雙鐄
輕颺	輕揚
流觴	流杯
繚亂	撩亂

十九畫

癡騃	蚩騃
寄懷	寄情

靡費　糜費
火爆　火暴
爍亮　鑠亮
壁櫥　壁櫃
曝光　暴光
躊躇　躊躕
保鏢　保鑣
攀談　扳談

二十畫

糯米　江米
攔櫃　欄櫃
蘇醒　甦醒
復蘇　復甦
警勵　儆勵
攙水　摻水
攙和　摻和
攙假　摻假
攙雜　摻雜
妙齡　妙年
慢騰騰　慢慢騰騰　慢吞吞　慢慢吞吞
黧黑　黎黑
繼父　後父
繼母　後母

二十一畫

襯領　護領
下三爛　下三濫　下三賴
轟動　哄動
勾欄　勾闌
鐺鐺　璫璫
鐲子　釧子

二十二至二十六畫

拋灑　拋撒
踟躕　踟躇
丫鬟　丫環
蠱惑　鼓惑
機靈　機伶
矚目　屬目

（二）同素異序詞

以下異形詞詞素完全相同，但排列順序變易，即將一個詞倒置，成為另一個詞而詞義不變。這些詞大都是聯合結構的詞語。後一個異形詞多見於戲曲和詩歌，有些詞其他文體今天已較少用，甚至不用。本節少數異形詞可能重複出現在第（一）節。

三至六畫	
士兵	兵士
乞討	討乞
斗牛	牛斗
亢奮	奮亢
引誘	誘引
引薦	薦引
介紹	紹介
牛馬	馬牛
平坦	坦平
甘心	心甘
付給	給付
代替	替代
斥責	責斥
污染	染污
污垢	垢污
安慰	慰安
式樣	樣式
光榮	榮光
早晨	晨早
收藏	藏收
名聲	聲名
危急	急危
危險	險危
仿效	效仿

七畫	
沉浸	浸沉
沉淪	淪沉
沒收	收沒
冶遊	遊冶
辛苦	苦辛
辛酸	酸辛
庇祐	祐庇
庇護	護庇
忌妒	妒忌
忌諱	諱忌
改變	變改
束縛	縛束
抗拒	拒抗
抗爭	爭抗
抑鬱	鬱抑
折磨	磨折
呆滯	滯呆
男兒	兒男
壯烈	烈壯
壯碩	碩壯
告諭	諭告
邦家	家邦
吞併	併吞
伴侶	侶伴
妍媸	媸妍
災禍	禍災
巡查	查巡
系統	統系

八畫	
空虛	虛空
法律	律法
泥土	土泥
泥濘	濘泥
治療	療治
波浪	浪波
肩承	承肩
放置	置放
底細	細底
性情	情性
承擔	擔承

拂塵 塵拂
芥蒂 蒂芥
協調 調協
直率 率直
枝椏 椏枝
長久 久長
命運 運命
肺腑 腑肺
朋友 友朋
制裁 裁制
和諧 諧和
延伸 伸延
延遲 遲延

九畫

流配 配流
派遣 遣派
計算 算計
哀愁 愁哀
施捨 捨施
差旅費 旅差費
叛離 離叛
柔軟 軟柔
珍寶 寶珍
封泥 泥封
拯救 救拯
苦難 難苦
枯槁 槁枯
查詢 詢查
削減 減削
映襯 襯映
幽深 深幽
怨恨 恨怨
急躁 躁急
拜祭 祭拜
拜謁 謁拜
勉勵 勵勉
香甜 甜香
侵襲 襲侵
迫切 切迫
泉源 源泉
皈依 依皈
便利 利便
俊秀 秀俊
俊傑 傑俊
狠毒 毒狠
侮慢 慢侮

十畫

浮沉 沉浮
記憶 憶記
討論 論討
託付 付託
訓斥 斥訓
祖宗 宗祖
冤仇 仇冤
冤屈 屈冤
淩駕 駕淩
悔改 改悔
羞慚 慚羞
挈帶 帶挈
軒輊 輊軒
捕獵 獵捕
捐輸 輸捐
挽救 救挽
勒逼 逼勒
校讎 讎校
套袖 袖套
破敗 敗破
眩暈 暈眩
閃躲 躲閃
哽咽 咽哽
哮喘 喘哮
哭泣 泣哭
唏噓 噓唏
虔誠 誠虔
逃竄 竄逃
留存 存留
鬼雄 雄鬼
狹窄 窄狹
娘親 親娘

十一畫

寇仇　仇寇
深湛　湛深
淡雅　雅淡
涯際　際涯
混淆　淆混
寂寥　寥寂
寂靜　靜寂
訣竅　竅訣
祥雲　雲祥
旋渦　渦旋
牽掛　掛牽
悽慘　慘悽
情境　境情
眷顧　顧眷
眷屬　屬眷
剪裁　裁剪
習慣　慣習
通暢　暢通
堅貞　貞堅
堅剛　剛堅
責怪　怪責
救護　護救
陵園　園陵
連綿　綿連
掙扎　扎掙
乾坤　坤乾
奢侈　侈奢
唱酬　酬唱
帳篷　篷帳
帷幔　幔帷
崩潰　潰崩
笨拙　拙笨
敍談　談敍
殺戮　戮殺
欷歔　歔欷
祭掃　掃祭
祭奠　奠祭
敏鋭　鋭敏
停留　留停
健壯　壯健
健康　康健
兜肚　肚兜
偎依　依偎
猜疑　疑猜
紳士　士紳

十二畫

富貴　貴富
富饒　饒富
盜匪　匪盜
淵源　源淵
詞訟　訟詞
詛咒　咒詛
痛苦　苦痛
痛經　經痛
雲彩　彩雲
雲煙　煙雲
尋找　找尋
報表　表報
報答　答報
揉搓　搓揉
華麗　麗華
援救　救援
朝夕　夕朝
欺凌　凌欺
焚燒　燒焚
硝煙　煙硝
敞亮　亮敞
貶謫　謫貶
開展　展開
貼切　切貼
唾餘　餘唾
喉嚨　嚨喉
創痛　痛創
創傷　傷創
悲痛　痛悲
悲傷　傷悲
悲憤　憤悲
短缺　缺短
短暫　暫短
逸亡　亡逸

稀疏	疏稀
焦枯	枯焦
順暢	暢順
絮煩	煩絮

十三畫

溺愛	愛溺
試探	探試
誠實	實誠
誠篤	篤誠
詭奇	奇詭
詢問	問詢
運載	載運
稟告	告稟
愧疚	疚愧
煎熬	熬煎
煙雨	雨煙
肅靜	靜肅
瑕疵	疵瑕
馳騁	騁馳
馳驅	驅馳
馴順	順馴
塔吊	吊塔
搭乘	乘搭
違抗	抗違
募化	化募
葱蘢	蘢葱
敬奉	奉敬
敬佩	佩敬
搶劫	劫搶
楷模	模楷
想念	念想
感情	情感
感傷	傷感
暖和	和暖
盟誓	誓盟
置辦	辦置
裝裱	裱裝
愛情	情愛
愛憐	憐愛
愛護	護愛
裝釘	釘裝（粵方言）
愁煩	煩愁
躲藏	藏躲
奧妙	妙奧
傷心	心傷
經歷	歷經
嫉妒	妒嫉
嫌棄	棄嫌
微細	細微

十四畫

漣漪	漪漣
演講	講演
察覺	覺察
颯爽	爽颯
腐朽	朽腐
慚愧	愧慚
慘痛	痛慘
歉疚	疚歉
榮枯	枯榮
瑣細	細瑣
塹壕	壕塹
駁斥	斥駁
監牢	牢監（吳方言）
蒼穹	穹蒼
厭煩	煩厭
暢快	快暢
嘆惋	惋嘆
踉蹌	蹌踉
踉蹡	蹡踉
踽踽	踽踽
圖謀	謀圖
對比	比對
銘感	感銘
鼻勳	勳鼻
綿延	延綿
維繫	繫維

十五畫

潔淨	淨潔
潤筆	筆潤

潤滑	滑潤
潤澤	澤潤
潛逃	逃潛
適合	合適
熟稔	稔熟
熟練	練熟
廢馳	馳廢
慶賀	賀慶
憐憫	憫憐
憎嫌	嫌憎
憎厭	厭憎
憤忿	忿憤
憤怒	怒憤
鄰接	接鄰
震驚	驚震
慰解	解慰
駘蕩	蕩駘
毆鬥	鬥毆
墳塋	塋墳
蔭庇	庇蔭
蔬菜	菜蔬
播遷	遷播
遷徙	徙遷
歎羨	羨歎
撫慰	慰撫
熱鬧	鬧熱
賞玩	玩賞
賞賜	賜賞
噴嚏	嚏噴
踐踏	踏踐
樊籬	籬樊
儀仗	仗儀
儀容	容儀
僻靜	靜僻
儆戒	戒儆
嫵媚	媚嫵
練習	習練
緩和	和緩

十六畫

寰宇	宇寰
激憤	憤激
激蕩	蕩激
諳熟	熟諳
靜謐	謐靜
嬖幸	幸嬖
擁抱	抱擁
擁擠	擠擁（粵方言）
頭銜	銜頭
整齊	齊整
樸素	素樸
樸質	質樸
奮發	發奮
戰抖	抖戰
遺忘	忘遺
錄取	取錄
錦繡	繡錦
膩煩	煩膩

十七畫

應承	承應
應當	當應
膺懲	懲膺
隱私	私隱
隱退	退隱
隱瞞	瞞隱
隱蔽	蔽隱
擦拭	拭擦
醜陋	陋醜
聯綿	綿聯
艱險	險艱
壓抑	抑壓
壓迫	迫壓
壓逼	逼壓
嚎啕	啕嚎
點燃	燃點
嚇唬	唬嚇
簇擁	擁簇
鮮豔	豔鮮
儲存	存儲
縮減	減縮
縱容	容縱

縫隙	隙縫
總共	共總

十八畫

竄改	改竄
謬誤	誤謬
贅疣	疣贅
藏匿	匿藏
蹤影	影蹤
馥郁	郁馥

十九畫

癡心	心癡
離別	別離
離奇	奇離
禱祝	祝禱
麗都	都麗
顛倒	倒顛
櫥櫃	櫃櫥
蹺蹊	蹊蹺
攀登	登攀

二十畫

競爭	爭競
議論	論議
譭謗	謗譭
蘊含	含蘊
攔阻	阻攔
勸誘	誘勸
警誡	誡警
贍養	養贍
嚴苛	苛嚴
獻芹	芹獻
饋送	送饋

二十一畫

辯論	論辯
譴責	責譴
顧盼	盼顧
鶼鰈	鰈鶼
囁嚅	嚅囁
響動	動響

二十二至二十九畫

癬疥	疥癬
顫抖	抖顫
鑒賞	賞鑒
歡喜	喜歡
歡騰	騰歡
聽任	任聽
變更	更變
變遷	遷變
灝瀚	瀚灝
癱瘓	瘓癱
靈性	性靈
囑託	託囑
鬢髮	髮鬢
鑲嵌	嵌鑲
蠻橫	橫蠻
讚賞	賞讚
纜繩	繩纜
鑿枘	枘鑿
鬱悶	悶鬱

基本同義

呼嘯	嘯呼
始終	終始
英豪	豪英
黑白	白黑
園林	林園

（三）成語和熟語

為方便檢閱，本節特意將每一筆畫的同素異序異形詞（同一筆畫下的第二部分）與其他異形詞（對應相異的字下有網底，即同一筆畫下的第一部分）以空行分隔，並以不同字體顯示。由於這樣，個別詞語可能重複出現在第一、二兩部分。

一至三畫

一吐為快　不吐不快

一身是膽　渾身是膽

一鱗半爪　東鱗西爪

一髮千鈞　千鈞一髮

一諾千金　千金一諾

一擲千金　千金一擲

食不二味　食不重味　食不兼味　食不累味

可丁可卯　可釘可鉚

人死留名　豹死留皮

正經八百　正經八板　正經八倍　正經八擺

十風五雨　五雨十風

刀山火海　火海刀山

卜晝卜夜　卜夜卜晝

人仰馬翻　馬仰人翻　馬翻人仰

人傑地靈　地靈人傑

人給家足　家給人足

三長兩短　山高水低

吆三喝四　吆五喝六

一時三刻　一時半刻　一時片刻

身不由己　身不由主

上方寶劍　尚方寶劍

無上光榮　無尚光榮

無以上之　無以尚之

雞口牛後　雞尸牛從

拖家帶口　拖家帶眷

錦心繡口　錦心繡腹

山南海北　天南海北

小肚雞腸　鼠肚雞腸

死乞白賴　死氣白賴

敝帚千金　敝帚自珍

三分鼎足　鼎足三分

三更半夜　半夜三更

三教九流　九流三教

土崩瓦解　瓦解土崩

山長水遠　水遠山長

千山萬水　萬水千山

千秋萬歲　萬歲千秋

千絲萬縷　萬縷千絲

久安長治　長治久安

每下愈況　每況愈下

四畫

斗轉參橫　星移斗轉

漫不經心　漫不經意

三親六故　三親四友

付之一炬　付諸一炬

付之東流　付諸東流

置之度外　置諸度外

文風不動　紋絲不動

心急火燎　火急如焚　心急如火

予人口實　貽人口實

一命歸天　一命歸陰

元元本本　原原本本　源源本本

攻其不備　攻其無備

形影不離　形影相隨

無動於中　無動於衷

目中無人　目無餘子

遊山玩水　遊山玩景

難捨難分　難捨難離

公報私仇　官報私仇

花容月貌 花容玉貌
丰姿冶麗 風姿冶麗
丰姿秀逸 風姿秀逸
丰姿動人 風姿動人
丰姿綽約 風姿綽約
丰神俊爽 風神俊爽
丰神異采 風神異采
丰標不凡 風標不凡
丰韻佼佼 風韻佼佼
反躬自問 撫躬自問
反璞歸真 返璞歸真 反樸歸真 返樸歸真
一鱗半爪 一鱗半甲
握拳透爪 握拳透掌

心甘情願 甘心情願
心猿意馬 意馬心猿
心驚膽戰 膽戰心驚
方枘圓鑿 圓鑿方枘
方趾圓顱 圓顱方趾
方頭不劣 不劣方頭
引朋呼類 呼類引朋
引類呼朋 呼朋引類
天長地久 地久天長
天香國色 國色天香
天涯海角 海角天涯
天翻地覆 地覆天翻
比物此志 此物比志 此物此志
五花八門 八門五花
五風十雨 十雨五風
日月參辰 參辰日月
中流砥柱 砥柱中流
水月鏡花 鏡花水月
水滴石穿 滴水穿石
月下花前 花前月下
手足胼胝 胼手胝足
手疾眼快 眼疾手快
反璞歸真 歸真反璞

五畫

必恭必敬 畢恭畢敬

戛玉敲金 戛石敲金 戛玉鏘金
創巨痛深 創鉅痛深
大商巨賈 大商鉅賈
為數甚巨 為數甚鉅
取精用弘 取精用宏
垂手可得 垂手而得
功到自然成 工到自然成
徒勞無功 徒勞無益
一古腦兒 一股腦兒
苦盡甘來 苦盡甜來
食不甘味 食不知味 食不終味 食不遑味
名垂千古 名垂千秋
公諸於世 公諸於眾
一本正經 一板正經
點石成金 點鐵成金
火上加油 火上澆油
目不識丁 不識一丁
目指氣使 頤指氣使
忘乎所以 忘其所以

半老徐娘 徐娘半老
玉潔冰清 冰清玉潔
瓦灶繩床 繩床瓦灶
司空見慣 見慣司空
左道旁門 旁門左道
加枝添葉 添枝加葉 加葉添枝
四面八方 八方四面
出群拔萃 拔萃出群
出類拔萃 拔萃出類
出類拔群 出群拔類 拔群出類
出谷遷喬 遷喬出谷
生花妙筆 妙筆生花
冬裘夏葛 夏葛冬裘
仗義疏財 疏財仗義
瓜剖豆分 豆剖瓜分

六畫

半面之交 半面之舊
天南地北 天南海北
聊復爾耳 聊復爾爾

先意承旨　先意承志

朽木死灰　槁木死灰

成竹在胸　胸有成竹

墨守成規　墨守陳規

進退有度　進退中度

片甲不存　片甲不留

同心協力　齊心協力　同心合力

寅吃卯糧　寅支卯糧

回光返照　迴光返照　回光反照

回嗔作喜　迴嗔作喜

瞎摸合眼　瞎摸糊眼

莫名其妙　莫明其妙

不可名狀　不可言狀

貴人多忘　貴人善忘

面不改色　面不改容

繪聲繪色　繪聲繪影

不絕如縷　不絕若線　不絕如髮　不絕如線

如芒在背　芒刺在背

如塤如篪　伯塤仲篪

如臂使指　使臂使指

狗彘不如　狗彘不若

寸步難行　寸步難移

冰消瓦解　瓦解冰消

冰解凍釋　凍解冰釋

耳提面命　面命耳提

百孔千瘡　千瘡百孔

吐膽傾心　傾心吐膽

光明磊落　磊落光明

同心協力　協力同心

同仇敵愾　敵愾同仇

曲水流觴　流觴曲水

名聞遐邇　遐邇聞名

名韁利鎖　利鎖名韁

年深月久　月久年深

舌敝唇焦　唇焦舌敝

伐罪弔民　弔民伐罪

七畫

沙裏淘金　砂裏淘金

沒精打采　沒精打彩　沒精沒彩　無精打采　無精打彩

神出鬼沒　神出鬼入

片言隻字　片紙隻字

巧言如簧　巧舌如簧

危言聳聽　危辭聳聽

金口玉言　金口玉音

冷眉冷眼　冷眉淡眼

俯拾即是　俯拾皆是

扼肮拊背　扼喉拊背　拊背扼肮　拊背扼喉　撫背扼肮　撫背扼喉

防微杜漸　杜漸防萌

改邪歸正　棄邪歸正

喬裝改扮　喬裝打扮

吠形吠聲　吠影吠聲

博聞強志　博聞強識　博聞強記

分庭抗禮　分庭伉禮

更深人靜　夜深人靜　更深夜靜

少不更事　少不經事

稍抒困厄　稍紓困厄

飛蛾投火　飛蛾撲火

材疏志大　才疏志大

抓耳撓腮　扒耳搔腮　抓耳搔腮　爬耳搔腮

寬宏大量　寬洪大量　寬宏大度

別出心裁　獨出心裁

別具匠心　獨具匠心

別具隻眼　獨具隻眼

別樹一幟　獨樹一幟

吹毛求疵　披毛求疵

結草含環　結草銜環　結草啣環

虛位以待　虛席以待

身無長物　別無長物

身價百倍　聲價十倍

干卿何事　干卿底事

引伸觸類　引申觸類

作賊心虛　做賊心虛

孤苦伶仃　孤苦零丁

横眉努目　横眉立目　横眉怒目　横眉豎目　横眉豎眼

沒皮沒臉　沒臉沒皮
扶東倒西　東扶西倒
扶危濟困　濟困扶危
扼肮拊背　拊背扼肮
扼喉拊背　拊背扼喉
赤膽忠心　忠心赤膽
材疏志大　志大材疏
忍氣吞聲　吞聲忍氣
吳市吹簫　吹簫吳市
秀外慧中　慧中秀外
含辛茹苦　茹苦含辛

八畫

信口開河　信口開合　順口開河
一掃而空　一掃而光
坐吃山空　坐吃山崩
疙疙瘩瘩　疙裏疙瘩
尋根究底　尋根究柢　盤根究底
　盤根究柢　刨根問底　追根究底
筆底生花　筆下生花
刻骨銘心　銘心鏤骨
失驚打怪　失驚打張
怵目驚心　觸目驚心
雨過天青　雨過天晴
改弦易轍　改絃易轍
守正不阿　守正不撓
穿鑿附會　穿鑿傅會
屈豔班香　班香宋豔
拖三拉四　拖三阻四
幸災樂禍　倖災樂禍
望風承旨　望風希指
轉彎抹角　轉彎拐角
抹一鼻子灰　碰一鼻子灰
拑口結舌　鉗口結舌　箝口結舌
披沙簡金　排沙簡金
招風惹雨　招風惹草　招風攬火
惹是招非　惹事招非　惹是生非
　撩是生非
進退兩端　進退狐疑
巧取豪奪　巧偷豪奪
唾手可取　唾手可得

一竿子到底　一竿子插到底
長年累月　常年累月　積年累月
　經年累月　窮年累月
門牆桃李　公門桃李
黑咕隆冬　黑鼓隆冬
明鏡高懸　秦鏡高懸
無明火起　無名火起
清風明月　清風朗月
伏伏帖帖　伏伏貼貼
垂首帖耳　垂首貼耳
乳臭未乾　口尚乳臭
神采飛揚　神彩飛揚
興高采烈　興高彩烈
大放異采　大放異彩
多姿多采　多姿多彩
五彩繽紛　五采繽紛
光彩照人　光采照人
張燈結彩　張燈結綵
豐富多彩　豐富多采
金枝玉葉　瓊枝玉葉
秉燭夜遊　炳燭夜遊
知識分子　智識分子
不知好歹　不識好歹
千依百順　千隨百順
佶屈聱牙　詰屈聱牙
昏頭昏腦　昏頭漲腦　暈頭暈腦
窮奢極侈　窮奢極慾
畫虎類狗　畫虎類犬
姍姍來遲　珊珊來遲
吃裏爬外　吃裏扒外

河清海晏　海晏河清
波詭雲譎　雲詭波譎
肩摩踵接　摩肩接踵
肩摩轂擊　轂擊肩摩　肩摩擊轂
夜以繼日　日以繼夜
夜雨對床　對床夜雨
刻骨銘心　銘心刻骨
青山綠水　綠水青山
芙蓉出水　出水芙蓉
拈花惹草　惹草拈花

花言巧語　巧語花言
花團錦簇　錦簇花團　錦團花簇
孤苦伶仃　伶仃孤苦
邯鄲學步　學步邯鄲
刺股懸梁　懸梁刺股
杯弓蛇影　蛇影杯弓
明窗淨几　窗明几淨
虎踞龍盤　龍盤虎踞
金枝玉葉　玉葉金枝
金相玉質　玉質金相
金迷紙醉　紙醉金迷
肥馬輕裘　輕裘肥馬
知己知彼　知彼知己
昏定晨省　晨昏定省
返璞歸真　歸真返璞

九畫

流芳百世　留芳百世
天下洶洶　天下訩訩
議論洶洶　議論訩訩
吊兒郎當　吊兒浪蕩
為所欲為　惟所欲為
前車之鑒　覆車之鑒
搔首弄姿　搔頭弄姿
各持己見　各執己見
打拱作揖　打恭作揖　打躬作揖
淒風苦雨　淒風冷雨
偷合苟容　偷合取容
挑肥揀瘦　嫌肥揀瘦
朝不保夕　朝不慮夕
故步自封　固步自封
自我作故　自我作古
一相情願　一廂情願
兩相情願　兩廂情願
休戚相關　休戚與共
有案可查　有案可稽
滴里耷拉　滴里搭拉
飛黃騰達　飛黃騰踏　蜚黃騰達
魂飛魄散　魂失魄散　魂消魄散
皮裏春秋　皮裏陽秋
削足適履　截趾適屨　刖趾適屨
一哄而散　一鬨而散
評頭品足　評頭論足　品頭論足
離鄉背井　離鄉別井
發人深省　發人深醒
不食人間煙火　不吃煙火食
廢寢忘食　廢寢忘餐
龍口奪食　龍口奪糧
急不可待　急不可耐　急不及待
急風暴雨　疾風暴雨
看風使舵　見風使舵　見風轉舵
走馬看花　走馬觀花
秋風過耳　如風過耳
玉碎香銷　玉碎珠沉
杳無音信　杳無音訊　渺無音信
渺無音訊
通風報信　通風報訊
入境問俗　入境問禁　入國問禁
入國問俗
助紂為虐　助桀為虐
金剛怒目　金剛努目

洋洋得意　得意洋洋
流金鑠石　鑠石流金
洗心革面　革面洗心
降龍伏虎　伏虎降龍
城狐社鼠　社鼠城狐
英姿颯爽　颯爽英姿
星羅棋布　棋布星羅
背井離鄉　離鄉背井
急管繁絃　繁絃急管
風流雲散　雲散風流
風和日麗　日麗風和
風清弊絕　弊絕風清
風雲際會　際會風雲
風馳電掣　電掣風馳
風餐露宿　露宿風餐　餐風宿露
俐齒伶牙　伶牙俐齒
紆尊降貴　降貴紆尊

十畫

拾人涕唾　拾人唾餘

家徒四壁　居徒四壁
一客不煩兩家　一客不煩兩主
一筆勾消　一筆勾銷
浮皮潦草　膚皮潦草
天涯海角　天涯地角
旁若無人　傍若無人
討價還價　要價還價
高屋建瓴　屋上建瓴
清風高節　清風峻節
疾惡如仇　嫉惡如仇
手疾眼快　手急眼快
鬼哭神嚎　鬼哭狼嗥　鬼哭狼嚎
毛骨悚然　毛骨竦然　毛骨聳然
隔三差五　隔三岔五
倒持泰阿　倒持太阿
弱不勝衣　如不勝衣
馬空冀北　群空冀北
五馬分屍　五牛分屍
駟馬難追　駟不及舌
騎馬找馬　騎驢找驢　騎驢覓驢
望風捕影　望風撲影
捕風捉影　捕風繫影
白手起家　白手成家
茲事體大　此事體大
家破人亡　家敗人亡
窮原竟委　窮源竟委　窮源溯流
唧唧喳喳　嘰嘰喳喳
唧唧嘎嘎　嘰嘰嘎嘎
時雨春風　春風化雨
生不逢時　生不逢辰
唉聲嘆氣　咳聲嘆氣
迴腸盪氣　回腸盪氣
峯迴路轉　峯回路轉
懸崖峭壁　懸崖陡壁
食不充飢　食不充腸
骨瘦如豺　骨瘦如柴
拿腔捏調　拿腔拿調　拿腔作調
手到拿來　手到擒來
釜底抽薪　抽薪止沸
林下風氣　林下風範
乘風破浪　長風破浪
前俯後仰　前伏後仰　前仰後合　前俯後合
烏七八糟　污七八糟
撫今追昔　撫今思昔
如蠅逐臭　如蠅逐膻

宵衣旰食　旰食宵衣
海誓山盟　山盟海誓
高山流水　流水高山
高風亮節　亮節高風
袒裼裸裎　裸裎袒裼
席地幕天　幕天席地
神荼鬱壘　鬱壘神荼
悅近來遠　近悅遠來
羞花閉月　閉月羞花
民脂民膏　民膏民脂
珠還合浦　合浦珠還
素餐尸位　尸位素餐
脣槍舌劍　舌劍脣槍
根深柢固　深根固柢
迴腸蕩氣　蕩氣迴腸
骨瘦如柴　瘦骨如柴
拿粗挾細　挾細拿粗
秣馬厲兵　厲兵秣馬
烏飛兔走　兔走烏飛
鬼斧神工　神工鬼斧
鬼使神差　神差鬼使
倒持泰阿　泰阿倒持
倒海翻江　翻江倒海

十一畫

寄人籬下　依人籬下
混為一談　並為一談
天淵之別　天壤之別
丟盔棄甲　丟盔卸甲
牽腸掛肚　懸腸掛肚
在所不惜　在所不顧
惟利是圖　唯利是圖　惟利是視
惟我獨尊　唯我獨尊
惟妙惟肖　唯妙唯肖　維妙維肖

惟命是聽　唯命是聽　惟命是從
　唯命是從
道聽途説　道聽涂説　道聽塗説
好高務遠　好高騖遠
通情達理　知情達理
琅琅上口　朗朗上口
玉音琅琅　玉音瑯瑯
書聲琅琅　書聲瑯瑯
話音琅琅　話音瑯瑯
連中三元　三元及第
斬草除根　剪草除根
名副其實　名符其實
名不副實　名不符實
名實不副　名實不符
名實相副　名實相符
摧堅陷陣　摧鋒陷陣
掎角之勢　犄角之勢
皮之不存，毛將焉附
　皮之不存，毛將安傅
披枷帶鎖　披枷戴鎖
披麻帶孝　披麻戴孝
夫唱婦隨　夫倡婦隨
一倡百和　一唱百和
大相逕庭　大相徑庭
曼衍魚龍　漫衍魚龍
魚龍曼延　魚龍漫衍　魚龍曼衍
防患於未然　防禍於未然
異想天開　妙想天開
不動聲色　不露聲色
如雷貫耳　如雷灌耳
鳥盡弓藏　兔死狗烹

淒風苦雨　苦雨淒風
烹龍炮鳳　炮鳳烹龍
惜玉憐香　憐香惜玉
惜老憐貧　憐貧惜老　惜貧憐老
陸海潘江　潘江陸海
斬將搴旗　搴旗斬將
梅妻鶴子　妻梅子鶴
戛玉敲金　敲金戛玉
晨鐘暮鼓　暮鼓晨鐘

問柳尋花　尋花問柳
國泰民安　民安國泰
魚沉雁杳　魚雁沉杳
魚龍曼衍　曼衍魚龍
鳥語花香　花香鳥語
偷香竊玉　竊玉偷香
偷寒送暖　送暖偷寒
絆絆磕磕　磕磕絆絆

十二畫

渾水摸魚　混水摸魚
渾頭渾腦　混頭混腦
矢志不渝　矢志不移　矢志不搖
驚惶失措　驚皇失措
判若雲泥　判若天淵
煙消雲散　雲消霧散　煙消火滅
　煙消霧散
畫地為牢　劃地為牢
出謀畫策　出謀劃策
指手畫腳　指手劃腳
斑駁陸離　班駁陸離
揠苗助長　拔苗助長
馭下無方　御下無方
歡眉喜眼　歡眉笑眼　歡眉大眼
博士買驢　三紙無驢
提心吊膽　懸心吊膽
掀天揭地　掀天斡地
揚揚得意　洋洋得意
著手成春　起手成春
趁火打劫　乘火打劫
萎靡不振　委靡不振
插科打諢　撒科打諢
喪魂落魄　失魂落魄
無傷大雅　無傷大體
玉石俱焚　玉石俱碎
風燭殘年　風燭草霜
心膽俱裂　心膽俱碎
東窗事發　東窗事犯
崇議閎論　崇議宏論
晴天霹靂　青天霹靂
量體裁衣　稱體裁衣

貽笑大方	見笑大方	
養癰貽患	養癰遺患	
眉開眼笑	眉歡眼笑	眉花眼笑
一彈指間	一彈指頃	
家喻戶曉	家諭戶曉	
不可理喻	不可理諭	
不言而喻	不言而諭	
茶餘飯後	茶餘酒後	
鈎心鬥角	勾心鬥角	
信筆塗鴉	信手塗鴉	
筋疲力盡	精疲力盡	
無中生有	沒中生有	
無足輕重	不足輕重	
索然無味	索然寡味	
掃地無餘	掃地以盡	
進退無措	進退失措	
進退無據	進退失據	進退亡據 進退失踞
纖悉無遺	纖悉不遺	纖屑無遺
驕奢淫逸	驕奢淫佚	
稀里呼嚕	唏里呼嚕	嘻里呼嚕
稀里嘩啦	唏里嘩啦	稀溜嘩啦
為虎傅翼	為虎添翼	
順風轉舵	隨風轉舵	
目不暇給	目不暇接	
深痛惡絕	深痛惡疾	
千嬌百媚	千嬌百態	

發聾振聵	振聵發聾
粥少僧多	僧多粥少
堯天舜日	舜日堯天
堤潰蟻穴	蟻穴潰堤
揚揚得意	得意揚揚
揚眉吐氣	吐氣揚眉
博古通今	通今博古
捶胸頓足	頓足捶胸
煮鶴焚琴	焚琴煮鶴
森羅萬象	萬象森羅
欺世盜名	盜名欺世
黃卷青燈	青燈黃卷
殘山剩水	剩水殘山
殘花敗柳	敗柳殘花
殘垣斷壁	斷壁殘垣
開雲見日	雲開見日
閑雲野鶴	野鶴閑雲
思如湧泉	思如泉湧
單鵠寡鳧	寡鵠單鳧
悲歡慷慨	慷慨悲歡
悲歡離合	離合悲歡
短嘆長吁	長吁短嘆
順天應人	應人順天
結草含環	含環結草

十三畫

塗脂抹粉	搽脂抹粉	
忍辱含詬	忍辱含垢	
義薄雲天	高義薄雲	
望文生義	望文生訓	
不厭其煩	不厭其繁	
食少事煩	食少事繁	
狐群狗黨	狐朋狗黨	
彰明較著	彰明昭著	
落井下石	投井下石	
根深蒂固	根深柢固	
歸根結蒂	歸根結底	
依樣葫蘆	依樣畫葫蘆	
數葫蘆道茄子	數冬瓜道茄子	
萬無一失	百無一失	
鬱鬱葱葱	鬱鬱蒼蒼	
呼天搶地	呼天槍地	呼天叩地
趨炎附勢	趨炎附熱	
穿靴戴帽	穿鞋戴帽	
否極泰來	否去泰來	
衣冠楚楚	衣冠齊楚	
閑言碎語	閑言冷語	閑言閑語
天昏地暗	天昏地黑	
若明若暗	若明若昧	
暈頭轉向	昏頭轉向	
耳聞目睹	耳聞目擊	
隨遇而安	隨寓而安	
千載一遇	千載一會	千載一合
不期而遇	不期而合	

目不忍睹	目不忍視	
目睜口呆	目瞪口呆	目定口呆
貪賄無藝	貪欲無藝	
進退無路	進退無門	進退無途
裝腔作勢	拿腔作勢	
裝聾作啞	推聾扮啞	
融會貫通	融匯貫通	
河魚腹疾	河魚之患	
劈頭蓋腦	劈頭蓋臉	劈頭蓋頂
解弦更張	改弦更張	
壯士解腕	壯士斷腕	

義正辭嚴	辭嚴義正
搭橋牽線	牽線搭橋
落花流水	流水落花
葉落歸根	落葉歸根
萬馬千軍	千軍萬馬
楚館秦樓	秦樓楚館
勢均力敵	力敵勢均	力均勢敵
過眼雲煙	雲煙過眼
節衣縮食	縮食節衣
腥風血雨	血雨腥風
腦滿腸肥	腸肥腦滿
經年累月	累月經年

十四畫

坐臥不寧	坐臥不安	
水漲船高	水長船高	
頭昏腦漲	頭昏腦脹	
真心實意	真心誠意	
相得益彰	相得益章	
罪惡昭彰	罪惡昭著	
竭澤而漁	涸澤而漁	
煽風點火	搧風點火	扇風點火
切齒腐心	切齒拊心	
水盡鵝飛	水淨鵝飛	
雲遮霧障	雲遮霧繞	
蒙蒙細雨	濛濛細雨	
夜暮迷蒙	夜暮迷濛	
煙雨迷蒙	煙雨迷濛	
暮色迷蒙	暮色迷濛	
磨塼成鏡	磨磚作鏡	
山長水遠	山長水闊	
雲蒸霞蔚	雲興霞蔚	
蓋世無雙	舉世無雙	
截長補短	絕長補短	
直截了當	直捷了當	
榨乾榨淨	搾乾搾淨	
向壁虛構	向壁虛造	
熙熙攘攘	熙來攘往	
嘀里嘟嚕	滴里嘟嚕	
跼天蹐地	局天蹐地	
銘心刻骨	鏤心刻骨	
蜚短流長	飛短流長	
蜚聲國際	飛聲國際	
流言蜚語	流言飛語	
龍肝鳳膽	龍肝豹膽	
進退維谷	進退惟谷	進退唯谷
影影綽綽	影影糊糊	影影忽忽
扣槃捫燭	扣盤捫燭	
銜環結草	啣環結草	

漱石枕流	枕石漱流
滿目瘡痍	瘡痍滿目
滿谷滿坑	滿坑滿谷
滿面春風	春風滿面
滿園春色	春色滿園
漆黑一團	一團漆黑
福地洞天	洞天福地
慷慨激昂	激昂慷慨
慘綠愁紅	愁紅慘綠
零敲碎打	零打碎敲
魂飛魄散	魄散魂飛
歌臺舞榭	舞榭歌臺
熙來攘往	攘往熙來
蓋棺論定	蓋棺定論
鳶飛魚躍	魚躍鳶飛
筋疲力盡	力盡筋疲
綿綿瓜瓞	瓜瓞綿綿
銜環結草	結草銜環

十五畫

公諸於世 公之於世
公諸於眾 公之於眾
論黃數黑 說黃數黑
辨証論治 辨証施治
調三窩四 挑三窩四
大模廝樣 大模大樣
心廣體胖 心寬體胖
摩肩接踵 比肩接踵 比肩繼踵
摩拳擦掌 磨拳擦掌
憤憤不平 忿忿不平
憤世嫉俗 忿世嫉俗
發憤忘食 發奮忘食
發憤圖強 發奮圖強 奮發圖強
糊裏糊塗 胡裏胡塗
含含糊糊 含含胡胡
劈劈啪啪 劈里巴拉 劈里八啦
 劈里啪啦 噼里啪啦 噼嚦啪啦
有增無已 有加無已
百折不撓 百折不回
拈斤播兩 拈斤簸兩
朝令暮改 朝令夕改
上樓去梯 上樹拔梯
厲兵秣馬 礪兵秣馬
摩厲以須 摩礪以須 摩厲以需
再接再厲 再接再礪
歪七豎八 歪七扭八 歪七斜八
數見不鮮 屢見不鮮
發揚踔厲 發揚蹈厲
虎踞龍盤 虎據龍盤 虎踞龍蟠
一覽無餘 一覽無遺
賣劍買牛 賣刀買犢
箭在弦上 如箭在弦
卑躬屈膝 卑躬屈節
反唇相稽 反唇相譏
殺一儆百 殺一警百
嬉皮笑臉 嘻皮笑臉
斷簡殘篇 斷簡殘編
衝口而出 脫口而出

潛移默化 默化潛移
適逢其會 會逢其適
摩肩接踵 接踵摩肩
駟馬高車 高車駟馬
撥雲撩雨 撥雨撩雲 撩雲撥雨
撲朔迷離 迷離撲朔
撫背扼肮 扼肮撫背
撫背扼喉 扼喉撫背
暮雲春樹 春樹暮雲
數黑論黃 論黃數黑
嘲風詠月 詠月嘲風
銷聲匿跡 匿跡銷聲
劍拔弩張 弩張劍拔
樂善好施 好施樂善
繪聲繪影 繪影繪聲
盤根錯節 錯節盤根

十六畫

窸窸窣窣 悉悉索索
龍蛇混雜 魚龍混雜
龍頭蛇尾 虎頭蛇尾
活龍活現 活靈活現
琴瑟和諧 琴瑟和調
雀屏中選 雀屏中目
清靜無為 清淨無為
平心靜氣 平心定氣
隨機應變 臨機應變
驚世駭俗 驚世震俗
斷壁頹垣 斷井頹垣
蕩氣迴腸 盪氣迴腸
晨光熹微 晨光曦微
姦淫擄掠 姦淫虜掠
奮不顧身 忿不顧身 憤不顧身
膽戰心驚 膽顫心驚
養虎遺患 養虎貽患
雕文織綵 彫文織綵
雕冰畫脂 畫脂鏤冰
雕肝琢腎 彫肝琢腎
雕風鏤月 彫風鏤月
雕梁畫棟 彫梁畫棟
雕龍畫鳳 彫龍畫鳳
雕蟲小技 彫蟲小技

精雕細刻　精雕細鏤　精彫細刻
頹垣廢井　頹垣敗壁　頹垣廢址
頹垣斷壁　殘垣斷壁
獨行其是　自行其是

激濁揚清　揚清激濁
龍騰虎躍　虎躍龍騰
璞玉渾金　渾金璞玉
隨鄉入鄉　入鄉隨鄉
蕩氣迴腸　迴腸蕩氣
蕙心蘭質　蘭質蕙心
頤養精神　頤精養神
橫眉怒目　怒目橫眉
錯彩鏤金　鏤金錯彩
雕梁畫棟　畫棟雕梁
積玉堆金　堆金積玉
積薪厝火　厝火積薪

十七畫

同惡相濟　同惡相求
義憤填膺　義憤填胸
隱惡揚善　掩惡揚善
臨危授命　見危授命
血肉相聯　血肉相連
裏勾外聯　裏勾外連
勵精圖治　厲精圖治
不尷不尬　不間不界
一目瞭然　一目了然
殺雞嚇猴　殺雞給猴子看
食不餬口　食不充口
加官進爵　加官進祿
重錘出擊　重鎚出擊
篳路藍縷　蓽路藍縷
兜頭蓋臉　兜頭蓋腦
摟頭蓋臉　摟頭蓋頂
不絕如縷　不絕如線
縱虎歸山　放虎歸山

隱姓埋名　埋名隱姓
屨及劍及　劍及屨及
戴月披星　披星戴月

聲名籍籍　籍籍聲名
聲嘶力竭　力竭聲嘶
櫛風沐雨　沐雨櫛風

十八畫

千回百轉　千回百折
匿影藏形　匿影潛形
舊調重彈　老調重彈
喜新厭舊　喜新厭故
抱殘守闕　抱殘守缺
豐容盛鬋　丰容盛鬋
豐容靚飾　丰容靚飾
眼花繚亂　眼花撩亂
女生外嚮　女生外向

甕牖繩樞　繩樞甕牖
瓊漿玉液　玉液瓊漿
藏頭露尾　露尾藏頭
雞皮鶴髮　鶴髮雞皮
鵝行鴨步　鴨步鵝行　鴨行鵝步
斷簡殘篇　殘篇斷簡　斷篇殘簡

十九畫

辨證求因　辨症求因
辨證施治　辨症施治
辨證論治　辨症論治
心灰意懶　心灰意冷
出類拔萃　出類拔群　出群拔萃
息息相關　息息相通
蒓羹鱸膾　蒓鱸之思
辭不達意　詞不達意
辭嚴氣正　詞嚴氣正
辭嚴意正　詞嚴意正
辭嚴義正　詞嚴義正
淫辭穢語　淫詞穢語
外交辭令　外交詞令
理屈辭窮　理屈詞窮
善於辭令　善於詞令
大放厥辭　大放厥詞
拙於言辭　拙於言詞
過甚其辭　過甚其詞

陳詞濫調 陳辭濫調
義正詞嚴 義正辭嚴
一面之詞 一面之辭
含糊其詞 含糊其辭
披瀝陳詞 披瀝陳辭
振振有詞 振振有辭
閃爍其詞 閃爍其辭
誇大其詞 誇大其辭
隱約其詞 隱約其辭
一箭雙鵰 一箭雙雕

難解難分 難分難解
鵲巢鳩佔 鳩佔鵲巢
攀龍附鳳 附鳳攀龍
蠅營狗苟 狗苟蠅營

二十至二十二畫

懸崖勒馬 臨崖勒馬
饔飧不繼 饔飧不飽

寶馬香車 香車寶馬

危如纍卵 危如累卵

鶴髮童顏 童顏鶴髮
鐵硯磨穿 磨穿鐵硯
鐵壁銅牆 銅牆鐵壁

嘉言懿行 嘉言善行
歡蹦亂跳 活蹦亂跳
將功贖罪 將功折罪

霽月風光 風光霽月

二十三至二十六畫

竊竊私語 切切私語
神色不驚 神色不動
鑠石流金 爍石流金
眾口鑠金 眾口爍金
震古鑠今 震古爍今

麟子鳳雛 鳳雛麟子
鱗次櫛比 櫛比鱗次

矮人觀場 矮人看場

驢唇不對馬嘴 牛頭不對馬嘴
驢年馬月 猴年馬月 牛年馬月

讚不絕口 讚口不絕

（四）分工並存的準異形詞

這一部分所收的詞彙，每組詞均有一種或幾種含義相同，用法也一樣，但其中一個詞又另有含義或彼此另有含義，所以這些詞不能叫異形詞，也不算同義詞，它們有時通用，有時不通用，姑且稱之為準異形詞，分工並存。在閱讀和寫作中，我們常常會遇到這種詞，由於詞形相近，可能引致混淆和誤用，故適當收集一些，供讀者參考。涵義較大的放在前面，通常前者（A）包含後者（B）的含義，A 通常可以代替 B，而 B 只能在特定的語言環境裏代替 A（其中有些詞特別是 A，現代漢語已很少用，甚至不用，如習練、候問等）。它們的關係用 A ⇄ B 來表示。

一至四畫
一統 ⇄ 統一
丁寧 ⇄ 叮嚀
做工 ⇄ 做功
奇才 ⇄ 奇材
山河 ⇄ 河山
心灰 ⇄ 灰心
心死 ⇄ 死心
心傷 ⇄ 傷心
火夫 ⇄ 伙夫
氣孔 ⇄ 氣眼
匹配 ⇄ 配匹
今古 ⇄ 古今
下手 ⇄ 下首
左手 ⇄ 左首
右手 ⇄ 右首
上手 ⇄ 上首

五至七畫
交代 ⇄ 交待
平生 ⇄ 生平
功夫 ⇄ 工夫
申冤 ⇄ 伸冤
出演 ⇄ 演出
其他 ⇄ 其它
忖度 ⇄ 揣度
合式 ⇄ 合適
地道 ⇄ 道地
耳順 ⇄ 順耳
回歸 ⇄ 歸回
扶桑 ⇄ 榑桑
迂迴 ⇄ 紆迴
口形 ⇄ 口型
警戒 ⇄ 警誡
警戒 ⇄ 儆戒
參見 ⇄ 參看
吟呻 ⇄ 呻吟
利害 ⇄ 厲害
何如 ⇄ 如何
伶仃 ⇄ 仃伶

八至九畫
拉力 ⇄ 張力
承繼 ⇄ 繼承
東西 ⇄ 西東
附依 ⇄ 依附
刻板 ⇄ 刻版
伏帖 ⇄ 伏貼
服帖 ⇄ 伏帖
制服 ⇄ 制伏
佩服 ⇄ 佩伏
和平 ⇄ 平和
融和 ⇄ 融合
刻版 ⇄ 刻板
例規 ⇄ 規例
始創 ⇄ 創始
往來 ⇄ 來往
度越 ⇄ 渡越

柔婉 ⇄ 婉柔
大指 ⇄ 大旨
封面 ⇄ 封一
苦痛 ⇄ 痛苦
相互 ⇄ 互相
查檢 ⇄ 檢查
耍玩 ⇄ 玩耍
背向 ⇄ 向背
日食 ⇄ 日蝕
月食 ⇄ 月蝕
風度 ⇄ 丰度
風骨 ⇄ 丰骨
風標 ⇄ 丰標
負荷 ⇄ 載荷
皇皇 ⇄ 惶惶
皇皇 ⇄ 遑遑
統帥 ⇄ 統率
迫脅 ⇄ 脅迫
俊傑 ⇄ 傑俊
幽閑 ⇄ 悠閑

十至十一畫

家國 ⇄ 國家
記念 ⇄ 念記
記念 ⇄ 紀念
逆產 ⇄ 倒產
索求 ⇄ 求索
裹挾 ⇄ 裹脅
埃塵 ⇄ 塵埃
配搭 ⇄ 搭配
習練 ⇄ 練習
佩帶 ⇄ 佩戴
復原 ⇄ 復元
息止 ⇄ 止息
尖峭 ⇄ 尖俏
倒顛 ⇄ 顛倒
倚靠 ⇄ 依靠
候問 ⇄ 問候
通過 ⇄ 透過（港台用語）
宿夜 ⇄ 夙夜
情感 ⇄ 感情
掛牽 ⇄ 牽掛
強頑 ⇄ 頑強
掇拾 ⇄ 拾掇
連袂 ⇄ 聯袂
掉頭 ⇄ 調頭
參差 ⇄ 差參
貧寒 ⇄ 寒貧
從服 ⇄ 服從

十二至十三畫

滋生 ⇄ 孳生
淫詞 ⇄ 淫辭
斑斕 ⇄ 斕斑
琴瑟 ⇄ 瑟琴
虛詞 ⇄ 虛辭
散渙 ⇄ 渙散
雄雌 ⇄ 雌雄
畫圖 ⇄ 圖畫
景況 ⇄ 境況
黑暗 ⇄ 暗黑
空閑 ⇄ 空暇
幽閑 ⇄ 幽嫻
不單 ⇄ 不但
買單 ⇄ 埋單（粵方言）
貴高 ⇄ 高貴
溶化 ⇄ 融化
詭譎 ⇄ 譎詭
資物 ⇄ 物資
精煉 ⇄ 精練
煩言 ⇄ 繁言
煩亂 ⇄ 繁亂
煩憂 ⇄ 憂煩
隕滅 ⇄ 殞滅
搧動 ⇄ 煽動
想念 ⇄ 念想
照映 ⇄ 映照
號呼 ⇄ 呼號
愛寵 ⇄ 寵愛
頌贊 ⇄ 贊頌
歌頌 ⇄ 歌誦
業種 ⇄ 孽種

注解 ⇄ 注腳

十四至十五畫

演講 ⇄ 講演

漏脫 ⇄ 脫漏

滌蕩 ⇄ 蕩滌

慢怠 ⇄ 怠慢

走漏 ⇄ 走露

洩漏 ⇄ 洩露

塵凡 ⇄ 凡塵

情境 ⇄ 情景

口輕 ⇄ 口小

緊要 ⇄ 要緊

疑嫌 ⇄ 嫌疑

酴醾 ⇄ 荼蘼

蒙蒙 ⇄ 濛濛

圖謀 ⇄ 謀圖

箕斗 ⇄ 斗箕

網羅 ⇄ 羅網

潤濕 ⇄ 濕潤

調轉 ⇄ 掉轉

養育 ⇄ 育養

點播 ⇄ 點種

磋切 ⇄ 切磋

哽噎 ⇄ 哽咽

輝光 ⇄ 光輝

鋒頭 ⇄ 風頭

樊籠 ⇄ 籠樊

編整 ⇄ 整編

緣起 ⇄ 起緣

邊緣 ⇄ 邊沿

質素 ⇄ 素質

十六至十七畫

思辨 ⇄ 思辯

冷戰 ⇄ 冷顫

燃點 ⇄ 點燃

整肅 ⇄ 肅整

警醒 ⇄ 警省

機微 ⇄ 幾微

發奮 ⇄ 發憤

器宇 ⇄ 氣宇

小器 ⇄ 小氣

交錯 ⇄ 交叉

褡褳 ⇄ 褡子

隱退 ⇄ 退隱

環球 ⇄ 寰球

闌干 ⇄ 欄杆

勵行 ⇄ 厲行

點球 ⇄ 十二碼球

黑黝黝 ⇄ 黑油油　黑幽幽

臉色 ⇄ 面色

十八至二十九畫

顏容 ⇄ 容顏

藉口 ⇄ 借口

門檻 ⇄ 門限

闔門 ⇄ 合門

咕嚕 ⇄ 咕噥

片斷 ⇄ 片段

證驗 ⇄ 驗證

辨證 ⇄ 辨症

重繭 ⇄ 重趼

攀高 ⇄ 高攀

辭章 ⇄ 詞章

文辭 ⇄ 文詞

謙辭 ⇄ 謙詞

題辭 ⇄ 題詞

婉辭 ⇄ 婉詞

磨礪 ⇄ 磨厲

蘊涵 ⇄ 包涵

瓏璁 ⇄ 蘢蔥

嚴謹 ⇄ 謹嚴

躁暴 ⇄ 暴躁

辯證 ⇄ 辨證

鶼鰈 ⇄ 鰈鶼

囂塵 ⇄ 塵囂

變色 ⇄ 色變

靈魂 ⇄ 魂靈

饞嘴 ⇄ 嘴饞

矚望 ⇄ 屬望

鬱抑 ⇄ 抑鬱

部分同義	
文藝	藝文
生死	死生
匡扶	扶匡
花哨	花梢
流芳	留芳
鬥爭	爭鬥
深淺	淺深
詞語	語詞
慷慨	慨慷
積累	累積
疑狐	狐疑

（五）易序變義詞（非異形詞）

力學	學力
山巒	巒山
心腹	腹心
心窩	窩心
火柴	柴火
牙刷	刷牙
反正	正反
加強	強加
生產	產生
年華	華年
色情	情色
血氣	氣血
車馬	馬車
法規	規法
玩耍	耍玩
卑賤	賤卑
青年	年青
青葱	葱青
奉獻	獻奉
事故	故事
花紅	紅花
來回	回來
美麗	麗美
英雄	雄英
牲畜	畜牲
科學	學科
俯仰	仰俯
問答	答問
理據	據理
殺氣	氣殺
甜蜜	蜜甜
喧囂	囂喧
惺忪	忪惺
智慧	慧智
黍稷	稷黍
集結	結集
象徵	徵象
進行	行進
渾圓	圓渾
煩勞	勞煩
煩愁	愁煩
裝卸	卸裝
語言	言語
膏藥	藥膏
碧綠	綠碧
對應	應對
盤算	算盤
輸贏	贏輸
瞻仰	仰瞻
證明	明證
競爭	爭競
顯貴	貴顯

（六）不可顛倒的詞

中文許多聯合結構的雙音節詞都能易序而成為異形詞，但並非所有這類詞都能倒置的，因為一經倒置，這些詞就不成為詞了。這裏收集了一些較常見的、容易被人顛倒的詞（包括非聯合結構的），讓讀者在選詞時有所遵循，免受誤導。一些易序詞常見於報章雜誌和廣告等媒體，以及公開出版的書籍中，例如經已、低貶、懷緬、送贈、止截、盆骨等；有些則見於流行曲和戲曲的唱詞，例如籠牢、壓欺、折摧、懼畏、候等、護愛、幾新番等；還有一些本來是現代漢語的標準詞，顛倒後卻成了粵語詞，不合規範（用粵語寫作例外），如人客、雞公、韆鞦等。

九霄
子孫
已經
上下
久遠
文武
父母
公雞
反悔
永久
汁液
必定
平復
左右
旦夕
江湖
死活
血淚
兇險
伉儷
沉淪
沉吟
牢籠
冷酷
尾數
困苦
壯麗
肝膽
皂白
返回

拙劣
芬芳
阻隔
枕籍
奇幻
典範
呢喃
咒罵
忠貞
依從
依靠
狐臭
染指
客人
美妙
差錯
玷污
枯竭
降臨
盼望
畏懼
貞節
香火
俗豔
侵淩
侮辱
宰割
消磨
訓示
衰竭

疼痛
悄寂
起伏
恐慌
恐懼
原因
飢餓
骨盆
效果
振興
除去
牽制
眷屬
眷顧
晝夜
陰陽
掛念
掛慮
掩蓋
乾菜
帶領
曼妙
動蕩
終結
窗戶
替補
發病
裁決
著稱
欺壓

貴重
貴賤
飯菜
(幾)番新
筆墨
悲慘
等候
貶低
勝負
詫異
煎逼
煩悶
馴伏
較量
酬謝
搖蕩
歲月
愛護
毀碎
頒發
奧妙
傳承
傾訴
語句
摧折
摧殘
滯緩
禍福
精靈
趕逐

截止
震顫
撕裂
標致
磋商
鋪排
緬懷
質料
憑證
險惡
擁護
擔心
遺忘
講評
隱藏
懇求
鞦韆
鞭撻
雞犬
贈送
穩固
邊疆
懺悔
饒恕
纏繞
鑒諒
驚恐
驚慌
羈囚
蠻荒

附錄二　成語正誤

以下是一個成語正誤表，以成語為主，適當收一些熟語。筆者歷年收集了不少見於媒體、書本、來稿和學生習作的「錯體」成語，現加以整理、訂正。少數過去認為是誤寫的成語經過考證，實屬異形詞，已收進附錄一。

筆畫	誤	正
一畫		
	一語相關	一語雙關
	一支獨秀	一枝獨秀
	一股作氣	一鼓作氣
	一脈相成	一脈相承
二畫		
	七彩繽紛	五色繽紛
	人言人殊	言人人殊
	人盡皆知	盡人皆知
三畫		
	大造文章	大做文章
	大模施樣	大模廝樣
	口才便給	口才辯給 口才辨給
	小心奕奕	小心翼翼
	小不更事	少不更事
	小題大造	小題大做
四畫		
	斗橫參轉	斗轉參橫
	心無旁鶩	心無旁騖
	天荒夜譚	天方夜譚
	五花百門	五花八門
	不加思索	不假思索
	不知所蹤	不知所終
	不知繁幾	不知凡幾
	不落巢臼	不落窠臼
	不經不覺	不知不覺
	中正下懷	正中下懷
	水清石現	水落石出
五畫		
	平分春色	平分秋色
	功於心計	工於心計
	司空慣見	司空見慣
	未雨籌謀	未雨綢繆
	巧言佞色	巧言令色
	以身作側	以身作則
	以茲識別	以資識別
	以偏蓋全	以偏概全
	加枝插葉	添枝加葉
	出奇不意	出其不意
	出師無名	師出無名
	瓜滾爛熟	滾瓜爛熟
六畫		
	污煙瘴氣	烏煙瘴氣
	死有餘孤	死有餘辜
	同仇敵慨	同仇敵愾
	因利成便	因利乘便
	先旨聲明	先此聲明
	舌蔽唇焦	舌敝唇焦
	名不經傳	不見經傳
	如願已償	如願以償
	如取如攜	予取予攜
七畫		
	汪洋大盜	江洋大盜
	防範未然	防患未然
	走頭無路	走投無路
	抓腮撓耳	抓耳撓腮
	見慣不怪	見怪不怪 見怪不驚
	見錢開眼	見錢眼開

筆畫	誤	正
	見獵心起	見獵心喜
	別樹一格	別具一格
	坐食山崩	坐吃山空
	肚滿腸肥	腦滿腸肥
	兵不刃血	兵不血刃
八畫		
	兩脇插刀	兩肋插刀
	抱打不平	打抱不平
	直接了當	直截了當
	林林種種	林林總總
	金無赤足	金無足赤
	物轉星移	物換星移
九畫		
	美侖美奐	美輪美奐
	前功盡費	前功盡棄
	既往不究	既往不咎
	要言不繁	要言不煩
	相形見拙	相形見絀
	相輔相承	相輔相成
	風聲鶴淚	風聲鶴唳
	俗不可奈	俗不可耐
十畫		
	家傳戶曉	家喻戶曉
	高居臨下	居高臨下
	被受歡迎	備受歡迎
	振古鑠今	震古鑠今
	破斧沉舟	破釜沉舟
	原璧歸趙	完璧歸趙
	時不待我	時不我待
	時不與我	時不我與
	隻手遮天	一手遮天
	借花敬佛	借花獻佛
	倚角之勢	犄角之勢
十一畫		
	混混噩噩	渾渾噩噩
	情急生智	情急智生
	陳出不窮	層出不窮
	強差人意	差強人意
	堅兵利甲	堅甲利兵
	盛名難符	盛名難副
	異曲同功	異曲同工
	虛與委移	虛與委蛇
	終抵於成	終底於成
十二畫		
	就手旁觀	袖手旁觀
	費煞苦心	煞費苦心
	費煞思量	煞費思量
	棉裏藏針	綿裏藏針
	隆重其事	鄭重其事
	煮豆燃箕	煮豆燃萁
	發號司令	發號施令
	開天殺價	漫天要價
	單人匹馬	單槍匹馬
十三畫		
	滋事體大	茲事體大
	義無返顧	義無反顧
	電光火石	電光石火
	萬頭鑽動	萬頭攢動
	萬應靈藥	萬應靈丹
	與別不同	與眾不同
十四畫		
	實事求事	實事求是
	語重深長	語重心長
	銀樣蠟槍頭（習非成是）	銀樣鑞槍頭
十五畫		
	窮凶惡極	窮凶極惡
	窮兵贖武	窮兵黷武
	撩事生非	惹是招非
	標奇立異	標新立異
	憂柔寡斷	優柔寡斷
	憂戚與共	休戚與共

筆畫	誤	正
	餘勇可鼓	餘勇可賈
十六畫		
	險象橫生	險象環生
	頤氣指使	頤指氣使
	默守成規	墨守成規
	戰戰競競	戰戰兢兢
十七畫		
	螳臂擋車	螳臂當車
	矯扭造作	矯揉造作
	儲心積累	處心積慮
	優哉悠哉	優哉游哉
十九畫		
	繩之於法	繩之以法
廿一畫		
	躊躇志滿	躊躇滿志
	齜牙裂嘴	齜牙咧嘴
廿二畫		
	饔餐不繼	饔飧不繼
	疊屋架床	疊床架屋
廿四畫		
	靈機一觸	靈機一動

附錄三　粵語用字

說明

（一）本表所收粵語用字主要是借用字，也酌收若干造字，一些最常見的字不收，個別字加注古語本字或俗字，按輔音歸類，按英文字母次序排列。本表之輔音與官方及黃錫凌之寫法略有不同。所用輔音參看粵語拼音檢字表。

（二）粵語用字不收單字，而是整個詞或短語收進不同英文字母組別裏，可按該字之輔音檢索。例如：睥一眼，屬 B 部；乾爭爭，屬 DZ 部。而複輔音如 DZ、GW、KW、NG、TS 等分別放在各自第一個輔音之後。

（三）有些詞語可能不止一個字須要查找，故同時收進不同的字母部，以網底顯示。如一𩙪除，同時見於 B 部（網底顯示𩙪字）、TS 部（網底顯示除字）。

（四）第一個字輔音相同的放在前面，第二及以後輔音相同的依次放在後面，同音字盡量放在一起；因本表並非詞典，故輔音相同之詞語只是隨意排列。

B

八寶
巴閉
百足
卜卜（㩧㩧）齋
脹卜卜
扑（㩧，攴）頭
扑（㩧，攴）濕
伏（念僕）兒人
伏匿匿（念 *nei*^{1}）
抦人
柄埋
迫鈕
乒鈴嘣泠
泵氣
水泵
脹泵泵
啤鈴
睥一眼
哺饗
傍友
近傍
搏炒
搏命
搏懵
搏出位
搏邊份
泌晒啲米水
撥飯
撥垃圾
畀（俾）心機
畀（俾）晒你
弊傢伙
焙乾件衫
標眼淚
飆升
飆出去
擯辮
罷啦
罷就
憑喺門邊
石壆
生暴
打吡
孖咇
水咇出來
泥㴔
冚唪呤
直筆甩
係噃
睇辦
照辦煮碗
一埲（念 *bung*^{6}）牆
一𩙪（念 *bung*^{6}）除
豆瓣（念板）醬
雜崩泠（班令）
雞髀
禾叉髀
大面鉢
精甩辮

押技嘭嘭
一棍扮落嚟
升到叭叭聲
住得好背
盡地一煲
商場好逼人

D

豆丁（餖飣）
豆泥
衰鬼豆
老竇（豆）
掟石
倒掟
鬥木
抵食
斷估
墮角
擔戴
擔住口煙
疍家
揼骨
畀雨揼親
揼時間
斫肉餅
抌心口
抌佢佢
林抌嚟
黃泡抌熟
眈天望地
扽氣
扽吓個罐
姣屍扽篤
架車好扽
耷頭耷腦
頭耷耷
墩起個款
趯更
走走趯趯
嗒真啲味
典床典蓆
踏正六點
竇口
高竇
塞竇窿
揼利是
揼住個袋
戥豬石
戥你唔抵
疊（沓）水
度水
躉低啲嘢
篤數
篤口篤鼻
一篤尿
問到篤
嘟起個嘴
髧條繩落嚟
圓髧髧
條辮髧到腰
懟冧佢
懟親人哋
眼對對
的起心肝
啲啲震
凸咗佢一句
矮凸凸
哆聲哆氣
唔哆唔吊
哆哆渧
渧乾啲水
戙起床板
戙起隻腳
高戙戙
一戙都冇
戙（棟）篤笑
刁僑扭擰
苦刁刁
兜口兜面
冇根兜
搞掂
唔好掂佢
打橫打掂
烏噹噹
竹筲
一筲痴
軟筲筲
爛筲筲
肚眈
眈症
落定
冇定企
唔知定
紅當當
肥奪奪
踎墩
不特只
有搭霎
好哋哋
後底乸
詐諦
唔好亂諦人
收爹
沙爹
苦過弟弟
鋤大弟
喺呢度
心肝椗
攞個茄嚟椗
大力啲掟
是非啄
畀蚊啄親
面珠登
邊個打邊個
黑古勒特

DZ

棹忌
棹艇
鈒骨
著草
毡酒
盡地

擇使
紮馬
扎扎跳
枕住
捽碟
捽老泥
唧水
唧胳肋底
枳入櫃桶
樽枳
密枳枳（質）
重好
重衰
重好講
重係咁
糟質
污糟
屈質
鏨（鑽）鬼
走鏨
賺嘥氣
裝吓入便
薦高枕頭
擠喺個度
灒酒
灒濕條褲
畀油灒親
揸腰
有揸拿
痄腮
鮓（渣）斗
鮓（渣）屎波
唱得好鮓（渣）
揦鮓（嗱渣）
拃住門口
一拃米
舂舂吓
亂咁舂
爭人錢
爭啲啲
爭好遠
爭兩個人
唔爭在
乾爭爭
掙到爆
支支整整
吱吱嘚
阿吱阿咗
知微麻利
滋多事幹
制得過
剩（念淨）番兩個
剩（念淨）得佢知
淨係男仔咩
淨我一個嚟
好硬淨
牛噍（嚓）牡丹
噍（嚓）爛先食
責數
畀嘢責（窄）住
大石責（窄）死蟹
手踭
鞋踭
豬踭
散紙
生蝨
油蝨
蚊蝨
唔志在
話之你
大枝嘢
大資爺
燈掣
腳掣
巴渣
板障
暈精
話齋
打尖
生癪
牙斬斬
眼斬斬
牛脹
手瓜起脹
找續
雜崩冷（班令）
面左左
涼浸浸
烏卒卒
爛頭蟀（念卒）
一朕臭味
咁多咋
為乜嘢
大陣仗
勁得滯
唔使指擬
整古做怪
大安主義
畀水濁親
食到嗞嗞聲
好人好姐
街上好烝（念正）
茶壺生晒漬

F

返工
返學
返歸
返屋企
返晒嚟
食過返尋味
費事
伙記
孵（念 *fu*5）被
芙翅
奉旨
老奉
揈頭揈髻
吊吊揈
翻生
翻風
翻沙
翻渣

翻頭嫁
弗（念 *fit*[7]，下同）到漏油
揸弗
符弗
噏弗
梳乎
出番嚟
執番身彩
剩番一啲
唔忿氣
一忽忽
冇得揮
大覺瞓
紅粉緋緋
大癲大廢
喊苦喊忽
沙塵白霍

G

谷氣
谷身材
谷收視
催谷
谷（鞠）肥隻鵝
谷（鞠）大啲仔女
拮人
拮親手
得個吉
矜貴
景轟
梗係
梗板
梗頸四
鎅刀
鎅損手
監生吞
監粗嚟
胳肋底
架步
架生
架勢
架樑
架咋
係咪真㗎
家己冷（潮州語：自己人）
偈油
傾偈
溉水過河
夾餸
挾親手
焗住
焗咳
焗熱
撳釘
撳機
撳住搶
撳鵪鶉
古縮
講古
開古
整古做怪
蠱（古）惑仔
夠蠱惑
整蠱人
趷跛跛
趷起身
趷起隻腳
嘰嘰趷趷
躝屍趷路
搞搞震
攪屎棍
攪腸痧
滾攪晒
撈攪（念 *lau*[3] *gau*[6]）
姑勿論
死估估（念 *gu*[2]）
鼓氣袋
杰撻撻
擱頭殼
噏汁
皮噏（篋）
貢枱底
岌岌貢
震震貢
嗰啲嘢
嗰個細路
調校
牙骹
門鉸
窗鉸
間隔
陰功
一嚿飯
大大嚿
落格
冇根兜
眼甘甘
打鑊甘
蟹杠
吷牙鬆杠
少咁個
黃黚黚
靜雞雞
打大交
眼好澀（念 *gip*[8]，下同）
個柿有啲澀
搵佢教飛
有根有纏
膝頭繳（樵）眼淚

GW

君是
君真
滾攪
鬼掮
倔情
倔（掘）頭
倔尾龍
倔擂槌
眼掘掘（屈）
硬掘掘

蹪低
攢嘢落地
打鬬斗
返歸
好攰（癐，念 *gui*[6]）
行到攰（癐，念 *gui*[6]）
做到攰（癐，念 *gui*[6]）
唔係啩
到你喇啩
自成一國
唔見一橛
斷橛禾蟲
唔使問阿貴

H

炕乾
炕麵包
候鑊
喉急
姣屍扽篤
行床
朝行晚拆
吼女仔
吼住佢
吼住大減價
哄埋嚟
嚡焓焓（念圾[9]）
口嚡舌倔
含含聲
瞌眼瞓
合埋雙眼
畀人恰
冚盅
冚唪唥
墟冚
抆頭埋牆
慳家
熨焓焓（念合）
熨過辣（焫）雞
頭暈身熨
恨仔恨到發燒
蝦人蝦物
吓吓聽晒佢
坐吓喇
行吓行吓
鏗佢個頭
鏗吓個碗
贈興
趁墟
賓虛
兒嬉
帶挈（念 *hit*[8]）
菜莢（念 *hap*[8]）
打冇
雞鵪
打乞嗤
打喊露
大喉欖
臭亨亨
唔嗱度
唔响（享）度
佢响（享）呢度
亂晒坑
搵衡（掕，念 *heng*[2]）條繩
撐到衡（掕，念 *heng*[2]）
有幾何
腥夾曷
冇晒姣氣
啲米糠晒
皮膚好糠
跪地餼豬乸

K

冚斗
冚被
冚檔
扣布
溝水
紅溝藍
溝女
琴日
噏弗
擒青
畸士
騎哩（呢）
騎騎笑
茄喱啡
咕哩
涸喉
棘手
咭片
咳斷佢
靈擎
琼（滰）乾啲水
豬油琼（貿）咗
眼瓊瓊
繑口
繑手
繑線
竅妙
橋段
好橋
嶠繚
啱蕎
酸蕎頭
咁蹺
一鑊蹺起
扱印
扱個碗上去
倒扱牙
畀狗扱一啖
鯁親
啃唔落
佢好揩
啲煙好揩
搉佢個頭
咪拘
山卡罅
蛋戟
一楷沙田柚

KW
隙爍繂嘞
群埋啲損友
空筐筐
明筐益你
四方繂
疏嘞繂
兜個大繂
畀人坤咗

L
甩轆
叻仔
礚仔
靚仔
花靦仔
懶叻
懶醒
懶架勢
攔河
躝開
躝屍趷路
攞嚟衰
嘍口
嘍多唔值錢
嘍佢去旅行
摟住件外套
烏蠅摟過
著到咁瘻爆
凜抌嚟
撈攪
撈撈攪攪
林林抌抌
賴尿
賴貓
賴低啲嘢
嚹嚹閑
監人賴後
酹酒
唔老黎
揦手
揦住
揦西
揦脷
揦埋塊面
揦鮓（嗱渣）
揦番拃沙
啦啦亂
嗱嗱臨
癩痢
邋遢
叮呤（嚨，念 *leng*[1]）
�到好高
冧巴 (*number* 變 *lumber*)
冧檔
冧咗棵樹
冧掂佔
好冧
花冧
稀冧冧
攋一眼
攋網頂
攋咁大步
攋晒啲紙
立雜
笠笠亂
笠頭
暖笠笠
攬頸巾
嶙骨
碌柚
蘿柚
簕竇
撩人
撩交打
撩溶啲糖
撩吓啲炭
靈擎
零舍不同
啷口
啷吓啷吓
發啷厲（狼戾）
厲轉手
厲手掉咗
冤厲
矙厲頸
眼矋矋
嚦嘢
嚦淨晒
孿毛
孿捐
囉囉孿
燶味
火燶
咧咧啡啡
闊咧啡
鐮鐮脷
嘴鐮鐮
𠾍（念 *ler*[1]）飯應
𠾍𠾍脷
死𠾍
任你點𠾍
食人唔𠾍骨
聯番件衫
靦仔
花靦
魚笭（念 *leng*[1]）
入笭
喱士
咖喱
茄喱啡
咕哩
花哩碌
烏哩單刀
胡哩馬杈
無厘頭
落（念 *lok*[7]）佢棚牙
角落頭
熟落（絡）
線絡
槓槓箱箱
嗰槓嘢
樟木槓

擂（念 *lui*[1]）喺度做乜
死擂（念 *lui*[1]）
成個擂（念 *lui*[1]）低
倔擂槌
隔籬鄰舍
不留（嬲，念 *low*[1]）
鑊撈（驢）
走佬
過龍
亂龍
內籠
頂籠
空籠
密籠
趟櫳
一碌木
大碌藕
眼碌碌
滾水淥腳
一堆纍
大隻騾騾
門罅
山卡罅
晒冷
冚唪呤
一抽二拎
多籮籮
氣囉氣喘
長流流
新年流流
輕寥寥
空寥寥
騎哩（呢，念 *le*[5] 變調）
衫裏
架樑
喉欖
無啦啦
㗎喇
㗎嘞
烏劣劣
滑捋捋
沙里弄銃
直筆甩
臭屁瘌
一嚿溜
打赤肋
甜到漏
同佢鍊過
鬍鬚簕特

M

枚菜
昧水
孭仔
孭袋
孭鑊
嫲姐
碼實
馬辰薦
紋路
炆（燜）豬肉
炆（燜）脸啲
咪書
咪郁
手指甲咪唔入
瞇埋雙眼
藐嘴藐舌
嘜頭
嘜實佢
大粒癦
擘大個口
擘開兩邊
瘦擘擘
擘爛件衫
擘開兩隻腳
瘟瘤
盟鼻
盟籠
掹衫尾
掹貓尾
掹斷條繩
掹車邊
黑瞇掹
嚤雞
巢嚤嚤
瘦嚤嚤
冇得攞
歪身歪勢（歪念 *me*[3]）
借歪
搣開兩邊
窄搣搣
抿石灰
好抿水
企到抿
踎低
踎墩
地痞
謬（茂）俚
矇矇光
矇查查
眼矇矇
白蒙蒙
你孖佢
黑孖孖
夜麻麻
發矛
打茅波
佢份人好茅
羊咩
第屘
酸微微（念 *mei*[3]）
落雨微
知微麻利
口水溦
淡茂茂
嘴沐沐

N

扭紋
撚手
撚化
撚頸就命
撚爛個氣球

嬲高
炗嬲鬼命
焫（辣）親
焫（辣）雞
焫（辣）穿條褲
畀枝香焫（辣）親
諗頭
諗縮數
抵得諗
脍善
脍鼻
炆（燜）到脍
油淰淰
瞓到淰
濕到淰
匿埋
擰歪面
擰轉頭
嬲死佢
嬲爆爆
拎（又念 *ling*¹）錢出嚟
拎住個噏
搦唔郁
搦住件衫
淰油
淰懦
濕淰淰
黐淰淰
泥爛啲餡料
躪日去一次
大步躪過
一擠咁長
嗱，畀晒你
大拿拿
褦住條繩
藤褦瓜瓜褦藤
佗手褦腳
冇嚟褦
唔嚟更
惡死能登
酒凹

煮燶飯
鹹赧赧
出風赧
倒瓤冬瓜
腳瓜瓤（念 *nong*¹）
一疤瘀
未有耐
大傺細
隻傺隻（亦作隻攋隻，攋念癩）

NG

啱牙
啱晒
啱偈
啱啱好
扴袋
揞到實
揞住嘴笑
呃（鳴）求
呃（鳴）契爺
人怕呃（鳴）
岌岌貢
岌頭岌髻
韌皮
掗拃（枒杈）
拗頸
拗柴
拗胡婆
揞（揞）晒頭
殺晒框
發吽哣
戇居居
踬身踬勢
蕹菜
壅多啲泥
嗌交
嗌霎
嗌破喉嚨
翳焗
閉翳

擙唔到
遨勻啲藥水
罨汁
罨山草藥
抓牙
抓嚟抓去
抓實個袋
揼開道門
神推鬼揼
哽心哽肺
哽好都假
成日哽哽聲
顏（研）碎啲藥丸
心噏
發噏風
生勾勾
老奀茄
滑牙
做牙（禡）
口丫角
老嚙嚙
狗嚙豬骨
臭餲餲
打昂瞓
頭岳岳
砂煲罌罉

P

仆低
扒手
扒頭
頻倫
劈炮
剫蔗
剫鉛筆
草披
擗晒佢
撇濕晒啲衫
蒲頭
鍾意蒲
盆滿鉢滿

嘭嘭聲
嘭佢出去
啤牌
一啤啤
一瓣糊
拚（判）死
拚（判）爛
拚疲嚟
挨拼椅
豆卜
醒扒
頭掊（念 *pow*[5]）
鬆掊掊（念 *pow*[5]）
一鑊泡（念 *pou*[4]）
發泡膠
大泡（念 *pau*[1]）和
臭亨亨
得棚骨
大牌檔
大排筵席
衫袖披咗
啲穀好盼

S

呻笨
呻窮
殺食
盛惠
筍嘢
恤衫
恤髮
攝石
攝（揳）灶罅
攝（揳）青鬼
林沈嘢
審啲鹽
審啲芝麻
使得
使費
使頸
使乜講
使死人
見使
好大使
唔等使
噬士
噬氣
細藝
篩身篩勢
潲水
晒命
晒幸福
晒碼頭
走晒
沙冧
沙沙滚
沙里弄銃
砂煲罌罉
揇開隻手
耍手擰頭
縮沙
揗牛王
揗到立立令
蘇蝦
騷身材
做騷（台灣、內地作秀）
唔騷佢
騷騷都係羊肉
縮骨
縮縮酸酸
思思縮縮
古縮
瀟湘
醒起
山草藥
霎氣
霎戇
霎眼嬌
冇搭霎
烚（念霎[9]）熟狗頭
嘥烚烚（念霎[9]）
錫身
錫晒佢
痛錫
孱仔
唔死一身潺
修身
修游
索氣
索（嘞）油
侲芋頭
癲癲侲侲
鼠入嚟
鬼鼠
睄一眼
跣親腳
騸（𠜱）雞
蛇喱眼
時哩沙啦
是必
打思噎
肥屍大隻
姣屍扽篤
落雨絲濕
花臣
竹升
的骰
蛋散
乜水（誰）
老水
瘦削
去消夜
食消夜
秤先啲
有識認
散收收
烏垂垂
懵盛盛
雞碎咁多
冇晒修
撞手神
笑口噬噬

水鬼陞城隍
爛身爛世

T

佗仔
佗衰
陀地
砣錶
暈酡酡
淘茶
淘飯
綯住隻羊
聽日
趟櫳
撻錢
撻頭
撻住拖鞋
杰撻撻
舔豉油
水氹
氹氹轉
嗞（詃）掂佢
嗞（詃）人歡喜
扱扱冚
歎世界
歎咖啡
淡摵摵
燂豬毛
火燂煤
抖啖氣
走夾唔抖
走頭
軚盤
轉軚
車呔
領呔
肥腯腯
惡腯腯
手揗腳震
打倒褪
呢停嘢

重弊添
唔記得咗添

TS

湊仔
湊啱
巢皮
巢嗌嗌
摷佢出嚟
柴台
柴娃娃
睬過你
睬你都傻
扯鼻鼾
扯貓尾
譖（唚）氣
譖（唚）醉
揩毛
揩枝籤出嚟
搓波
搓排球
搓（搋）麵粉
沖菜
剒（念 $tsok^8$）傷條頸
剒斷條繩
佢想剒我
劗口
劗釘
劗親手
岩岩巉巉
侵啲水
侵埋你
唔侵你玩
戚眉戚眼
摵住個袋
得戚
暢散紙
尋日
直程
猜呈尋
無呈呈

埕埕塔塔
吟沉
黐線
靠黐
實食冇黐牙
踏（叉）錯腳
胡哩馬杈
嘈喧巴閉
槽肥隻雞
棖雞
瞠大眼
光矃矃
太陽矃眼
揪揹（念 $tsing^5$）
勁揪
一揪鎖匙
串仔串女
搞串個 party
擦餐勁嘅
斜啤眼
除笨有精
瓦罉
架罉
臭青
唔臭米氣
手赤
肉赤
頭赤
打赤肋
魚春
嚇親
老襯
幫襯
快脆
匀巡
爆拆
短切切（設設）
薄切切（設設）
似層層
歪雌雌
齊葺葺

矇查查
肉隨砧板上
一颼除
打兩槌
打乞嗤
沙里弄銃

W

威吔
維皮
為食
圍威喂
屈質
屈人
屈親腳
勻巡
搲銀
搲毛
搲爛塊面
抰咗佢
烏哩單刀
烏歪
傴低頭
傴低條腰
核突
瘟瘟沌沌
轀入黑房
腥鰛鰛
魚嚄
嗢噏
摷嗢檔
整嗢晒
係囉嗢
唔好嗢
食胡
食雞胡
口或或
柴娃娃
唸口簧

Y

而家
依家
宜得
伊撈七
喐郁
喐喐扡扡
喐牙棒哨
喫飯
好喫好喫
煙韌
冤崩爛臭
淵淵（冤冤）痛痛
喻口喻面
曳曳
好嘅曳嘅
踹單車
踹死蟻
優褲
印印腳
陰陰食
也文也武
夭心夭肺
翕吓手
押高衫袖
押住枝槍
抰嚟抰去
抰吓張被
郁身郁勢
心郁郁
腌尖聲悶
小靨
結靨
補靨
田螺靨
冇掩雞籠
熱痱
溶溶爛爛
爛溶溶
啲雨好溶（茸）
豆蓉
蓮蓉
蒜茸
椰茸
薑茸
豬膶
好嘢
流嘢
牙煙
有型
詐型
威吔
左吙
跛吙
油膉（膱）
花生膉膉（膱）吔
菜薳
捉兒人（念 *yi*[1] *yen*[1]）
眼扡毛
甜曳曳
甜椰椰
軟荏荏
笑吟吟
靜英英
雙窬（念 *yue*[2]）牆
打思噎
詐假意
單眼簷
一腳蹬（念 *yang*[5]）開
大排筵席
人頭湧湧
喊到乙乙聲
畀啲人湧晒

後記

校完最後一頁，終於舒了一口氣。

約三十年前開始收集錯別字、詞和病句，斷斷續續發表過一些有針對性的文章，其後結集為《有的放矢說中文》。二十年前起，先後有朋友和同事提議、鼓勵，於是萌生了編一本辨字正詞書的念頭。近幾年，經不起友人的催促，終於鐵心成書。由醞釀、準備到動筆，走過了悠長歲月。雖然，工作的壓力，疾病的纏繞，不容我速戰速決，但延宕這麼多年，足見從事語言研究，何等艱辛。

中文浩如煙海，可望而不可即，可親可敬又可畏。目前全世界通行範圍最廣的是英語，漢語有幾千年歷史，是當今最多人使用的一種語言，漢字（原體字）書法又是世界上獨一無二的藝術。佔世界絕大多數的表音文字均以詞為單位，它們的「字典」其實是「詞典」；中文卻先有字後有詞（其實多數字本身已是詞），字典和詞典可以分家。東漢許慎編的《說文解字》，收單字九千三百五十三個，異體字一千一百六十三個；晉代呂忱編的《字林》，共收字一萬二千八百二十四個；清康熙五十五年（一七一六年）印行的《康熙字典》，收字四萬七千零三十五個；一九一五年中華書局出版的《中華大字典》，共收單字四萬八千多個。新中國成立後出版的小型字典《新華字典》，只收較常用的字八千五百多個；一九九〇年出版的《漢語大字典》，共收單字五萬六千個左右；一九七八出版、幾經修訂的《現代漢語詞典》，共收字、詞六萬多條；到一九九三年出版的《漢語大詞典》，共收破紀錄的三十七萬條詞目（而新編《辭源》、《辭海》的許多詞語還沒收進去）。英國的《牛津大詞典》收集單詞四十五萬個以上，中文的字、詞、成語、熟語、俚語、諺語、歇後語等加起來，恐怕多達四五十萬，不比英語遜色。如此浩繁，字、詞數以萬計、十萬計的字典、詞典，沒有誰可以全部掌握，想學懂、掌握所有字、詞，完全沒有必要，更是愚不可及。被譽為「語言大師」的老舍，其著名的長篇小說《駱駝祥子》，所用的不同的漢字，也不過是二千四百多個，以這二千四百多個字構成的詞，也夠豐富多采了。而老舍駕馭中國語言文字已耗去畢生精力。

編纂大型字典、詞書，從來都不是一個人的力量所能完成的。以《康熙字典》為例，據聞編纂人員多達千餘人。中國有五千年歷史，由古代至唐宋歷時四千多年，其間漢語一直存在平上去入四聲，有韻尾為閉口鼻音 m 的韻母，沒有兒化音（至明代北方話始有兒化）。漢語北方話出現大變化迄今還不到一千年，這是金、蒙、滿等外來語影響所致。康熙帝是一代明君，他熱愛中華文化，酷愛唐宋詩詞，首次南巡時親詣孔子廟，行三跪九叩禮，又為北京孔廟大成殿門額題「萬世師表」大字。惟恐漢語古音失傳，唐詩宋詞優秀傳統中輟而不能衍續，據說朝廷任用了三百八十六個粵籍文人參與編纂《康熙字典》，還原北方話失去的入聲等唐宋古音。又如《漢語大字典》，參與編纂工作的達三百餘人，歷時十年才完成。《漢語大詞典》參加編寫的有四百餘人，聯同顧問及工作人員達八百多人，也歷時十年以上。然而即使是集許多人之力，慢工出細貨，編成的皇皇巨著也不能保證全無舛誤。《康熙字典》印行後，人們發現有不少紕漏和欠妥之處，其中引書錯誤甚多，道光年間王引之奉命作《字典考證》，改正該書引書訛誤二千五百八十八條。《現代漢語詞典》、《漢語大詞典》等是精品巨構，但也有一些差錯罅漏，白璧尚有微瑕。猶幸經一版再版地修訂，已日趨完善。人貴有自知之明，筆者自問是吳下阿蒙，就算傾盡口耳之學，鍥而不舍，窮年累月，也不可能編出一本盡善盡美的書。本書魯魚亥豕、一差二錯在所難免，懇切希望得到大方之家和廣大讀者批評指正。

任何語言學著作都不可能不受惠於前輩和專家的著述。本書在編寫過程中，參考過和或多或少採用過《説文解字》、《康熙字典》、《辭源》、《辭海》、《現代漢語詞典》、《漢語大詞典》、《中國成語大辭典》、《中文百科大辭典》增編等二三十種字、詞典及專著，謹此致謝，恕不一一詳列。

末了，還要感謝梁天偉教授，他在繁重的教學工作中撥冗為本書作序，本書得以增色添彩；再感謝花千樹葉海旋老總和譚芷茵編輯，他們為本書的出版提出過不少寶貴的意見，並跟足全程。在粵語正音方面，國學宿儒歐鞏華兄一直使我受益良多；友人張家英為我校閱了本書的主要部分，助我補苴罅漏；過去曾是我學生、現在是廣州著名書法家的李卓祺為本書封面題字，於此一併致謝。深情厚誼，我銘篆於心。

吳順忠

二〇一五年二月，香港

正字典——辨字正詞指南

作者／吳順忠
總編輯／葉海旋
編輯／譚芷茵
設計／陳艷丁
封面題署／李卓祺
出版／花千樹出版有限公司
地址：九龍深水埗元州街 290-296 號 1104 室
電郵：info@arcadiapress.com.hk
網址：http://www.arcadiapress.com.hk
台灣發行／遠景出版事業有限公司
電話：(886)2-22545560
印刷／利高印刷有限公司
初版／二〇一五年六月
初版二刷／二〇一六年五月

ISBN: 978-988-8042-80-7